Aus »Making the Movie: Die schwierige Reise zur Wahrheit«
von Federica Sosa, erschienen in *Variety*, Juli 2019

Als ich mit dem Projekt begann, war ich vorsichtig. Obwohl mein vorheriger Dokumentarfilm viel Kritikerlob erhalten hatte, suchte ich schon lange nach einer neuen Geschichte, die mich ebenso packen, ja förmlich verschlingen würde wie diese.

Während eines längeren Londonaufenthalts stieß ich auf die Geschichte der Familie Banner. Der Fall erregte damals viel Aufsehen; als der Prozesstermin näher rückte, konnte man ihm überhaupt nicht entgehen. Bei den Schlagzeilen bekam ich eine Gänsehaut: ein sinnloser Mord, eine Familie, die von den Dämonen eines Mitglieds verfolgt wurde. Eine Großstadtlegende, die ihre Krallen in ein unschuldiges Kind gebohrt und das Leben vieler Menschen unwiderruflich verändert hatte. Ich wusste sofort, dass ich diese Geschichte erzählen wollte.

Im Planungsstadium ahnte ich noch nicht, auf welche Schwierigkeiten mein Team und ich stoßen würden. Was anfangs noch wie eine simple – wenngleich tragische – Story aussah, schien sich uns zunehmend zu entziehen. Für jeden Knoten, den wir lösten, entdeckten wir einen neuen, stießen auf ein weiteres Geheimnis im Gewebe dieser Familie. Wir trugen Interviews zusammen, betrachteten die Ereignisse aus jeder erdenklichen Perspektive, versuchten, einen Zugang zu gewinnen. Und über allem hing immer dieser Schulhofmythos, die dunkle Gestalt des Großen Mannes.

Ein Problem war der fehlende Zugang. Nicht alle Personen, um die es in dieser Geschichte geht, sind noch am Leben. Oft mussten wir auf Material aus dem Nachlass zurückgreifen, auf Berichte aus zweiter Hand. Diese können oft erhellender sein als ein Interview, doch für eine Filmemacherin ist es unglaublich frustrierend, wenn man an bestimmten Punkten nicht nachhaken und »Warum?« oder »Kam Ihnen das real vor?« fragen kann.

Vieles von dem, was im Film vorkommt, ist dank des Prozesses, des gewaltigen Medieninteresses an der Familiengeschichte der Banners und des öffentlichen Hungers nach weiteren grausigen Details inzwischen allgemein bekannt. Ursprünglich wollte ich mit meinem Film lediglich die Gerichtsverhandlung begleiten, hinter die sensationslüsternen Schlagzeilen blicken und die Wahrheit über einen Mord aufdecken. Doch mit den Betroffenen selbst zu sprechen ließ mich die Ereignisse in einem anderen Licht betrachten. Dies ist keine blutige, schockierende Boulevardgeschichte; es ist eine Geschichte von Trauer und Schuld und schrecklichen Geheimnissen. Sie erzählt vom Vermächtnis einer grausamen Legende. Sie beginnt und endet in den dunkelsten Wäldern.

Sie verfolgt mich bis heute.

1990

ES BEGANN gegen Ende des Sommers, als die Tage lang und heiß waren und die Schule so fern erschien, dass man sich nicht vor ihr fürchten musste. Sadie und Helen schoben ihre Fahrräder am Fluss entlang und suchten eine Stelle, an der sie sich hinsetzen und in Ruhe Bonbons essen konnten – Toffos für Sadie, Opal Fruits für Helen, alles genau wie immer. Sadie war im Wald an einer Wurzel hängen geblieben und hatte sich die Handfläche aufgeschürft, als sie sich an einem Baum abgestützt hatte. Sie untersuchte erneut den Kratzer, die winzigen Rindenstückchen, die in der Haut eingegraben waren.

»Hey, da drüben ist Marie«, sagte Helen, den Mund voller Kaubonbon.

Helens ältere Schwester saß auf einer verwitterten Bank am Flussufer, neben sich zwei Freundinnen. Sadie schaute von ihrer Hand auf.

Marie war kürzlich zwölf geworden und trug jetzt einen Lern-BH. Sadie hatte ihn selbst gesehen, als er bei Helen zu Hause auf der Wäscheleine hing. Er hatte kleine, weiche Körbchen und dünne Satinträger. Sie schaute Marie an, die auf der Bank saß und mit den Turnschuhen Staub aufwirbelte, und fragte sich, ob sie ihn wohl gerade anhatte, wobei ihr ganz heiß wurde.

Marie blickte auf und bemerkte die beiden. Ihre Mundwinkel verzogen sich zu einem Lächeln, das sich langsam auf ihrem Gesicht ausbreitete. Sie stieß ihre Freundinnen an und winkte die Mädchen zu sich. Die Räder klickten beim Schieben, und der Toffeegeschmack in Sadies Mund wurde sauer.

»Hi, Mädels«, sagte eine der Freundinnen, ein dunkelhaariges Mädchen mit Sommersprossen auf der schmalen Nase. »Wollt ihr ein Spiel spielen?«

»Das ist kein Spiel, Justine.« Jetzt erkannte Sadie auch das andere Mädchen. Es war Ellie Travis, die ältere Schwester eines Klassenkameraden von Sadie. Sie hatte hellblonde Haare, eine Strähne hatte sich zwischen ihrem Gesicht und dem Brillenbügel verfangen. »Ihr wisst doch, was mein Bruder gesagt hat.«

»Du solltest nicht auf das hören, was James sagt«, verkündete Helen fröhlich. Ihre Schüchternheit war verflogen. »Er redet nur dummes Zeug.«

»Sie meint doch nicht James.« Marie verdrehte die Augen. »Es geht um Thomas. Er ist der Älteste, und es war seine Aufgabe, Ellie vom Großen Mann zu erzählen. Und weil ich die Älteste bin, ist es jetzt meine Aufgabe, euch davon zu erzählen.«

Sadie sah zu, wie Justine die Augen zukniff, ihr Mund zuckte in einem Lächeln. Sie holte einen Lolli aus der Tasche, wickelte ihn aus und schaute beiläufig von Sadies Shorts hoch zu ihrem T-Shirt und dann zu ihrem Gesicht, hielt ihrem Blick stand.

»Wer ist der Große Mann?«, wollte Sadie wissen.

»Er lebt im Wald«, sagte Marie, beugte sich vor und nahm Helen die Bonbonpackung aus der Hand.

»Er sieht alles«, fügte Ellie hinzu, während sie die Brille auf der Nase hochschob.

»Er ist ein Mörder.« Justine lehnte sich grinsend zurück. »Er kommt in der Nacht und nimmt dich mit.«

»Vor fünf Jahren hat er ein Mädchen aus meiner Straße geholt«, sagte Ellie und zupfte ängstlich am Saum ihres T-Shirts. »Das habe ich jedenfalls gehört.«

»Das stimmt nicht.« Helen hakte Sadie unter. »Hört auf, uns Angst zu machen.«

»Und ob es stimmt.« Marie schnippte ein zerknülltes Bonbonpapier auf ihre Schwester. »Aber keine Sorge, jetzt wisst ihr Bescheid und seid vor ihm in Sicherheit.«

»Nicht nur in Sicherheit«, sagte Justine und zerbiss den Lolli mit ihren kleinen weißen Zähnen. »Der Große Mann kann euch auch zu etwas Besonderem machen, wenn ihr ihn darum bittet.« Sie stand auf und sah demonstrativ auf die Uhr – eine violett und gelb gemusterte Swatch, die Sadie wochenlang im Schaufenster des Juweliers betrachtet hatte. »Ich muss los. Macht euch auf weitere Geschichten vom Großen Mann gefasst. Er wird euch mögen.«

Marie unterdrückte ein prustendes Lachen, doch Sadie bemerkte, dass Ellie die Augen gesenkt hielt und mit den Fingern immer noch am losen Saum ihres Oberteils zupfte.

»Bringt er wirklich Mädchen um?«, fragte Helen mit großen Augen, worauf auch Ellie von der Bank aufstand.

»Ich habe keine Lust mehr auf dieses Spiel.«

Justine zuckte mit den Schultern. »Dann geh doch nach Hause, Ellie. Wir brauchen dich jetzt eh nicht mehr.« Sie lächelte Sadie und Helen zu und achtete nicht auf den

Blick, den Marie ihr zuwarf. Nur Sadie schaute Ellie nach, als sie davonschlurfte.

»Um deine Frage zu beantworten, Helen«, sagte Justine, stellte ihr Fahrrad hin und schwang ein langes Bein über den Sattel. Sie trug Jeansshorts mit zerfranstem Saum und zerrissener Tasche. »Ja. Das tut er. Er hat seine eigene Tochter umgebracht.« Sie trat gemächlich in eine Pedale und rollte am Flussufer davon. »Sie wollte nicht tun, was er gesagt hat«, rief sie über die Schulter. Dann war sie verschwunden.

1999

ER HATTE sofort ein ungutes Gefühl. Sie gingen auf die Musik zu, das Gras strich über ihre Unterschenkel, doch er hätte am liebsten kehrtgemacht.

»Geht es dir gut?« Sie schob ihre Hand in seine.

Miles warf ihr einen Blick zu. Sie hatte sich an diesem Morgen anders gekleidet; ein Sommerkleid mit aufgedruckten Gänseblümchen, dazu eine weiße Strickjacke, nicht die Latzhosen oder weiten Jeans und Tops mit dünnen Trägern, die sie bevorzugte. Er freute sich, weil sie sich besondere Mühe gegeben hatte.

»Ja«, sagt er. »Mir geht's gut.«

Ihm war immer noch schlecht. Vielleicht aus Solidarität – so etwas sollte es geben. Sadie hatte ihm abends im Bett alles Mögliche vorgelesen, lauter *Wusstest du schon* und *Wow, das ist ja mal seltsam* und *Hör dir das an*, und alles klang widersprüchlich und bizarr und hexenmäßig, das Baby wurde mit einer Frucht verglichen, und man sollte ihm im Mutterleib Musik vorspielen, um es klüger zu machen.

Er dachte an das höhnische Gesicht seiner Mutter, als er dies vor einer Stunde erwähnt hatte, um die Stimmung aufzulockern. Wie sie die Hand ausgestreckt hatte, um ihm und Sadie Tee nachzuschenken. *Klar, klassische Musik wird dem armen Ding sicher helfen, damit es überhaupt eine Chance im Leben hat.* Wie sich die Hand seines Vaters fest um ihre geschlossen hatte. *Frances, Liebes.* Und wie seine Mutter geseufzt, zweimal entschlossen geblinzelt und ihnen den Teller mit den Keksen angeboten hatte. *Es tut mir leid, Miles, aber ihr seid beide noch so jung.*

»Sie werden sich schon damit abfinden.« Sadie drückte seine Hand, schirmte die Augen ab und sah zum Festivalgelände hinüber. Die Bühne war mitten auf dem Feld aufgebaut, an beiden Seiten gab es Verkaufsstände. Rauchwolken stiegen auf, der Geruch von gebratenem Fleisch wehte zu ihnen herüber, als sie den improvisierten Parkplatz hinter sich ließen und den Hügel hinaufgingen.

Dafür liebte er sie. Und seine Eltern *würden* sich damit abfinden, ganz sicher. Wie konnte es auch anders sein? Ihr einziger Sohn bekam ein Kind, ihr erstes Enkelkind – und ja, vielleicht waren er und Sadie zu jung, erst im dritten Semester, doch nichts geschah grundlos, oder? Manche Dinge waren einfach vorherbestimmt.

Sadie zog die Strickjacke aus und band sie um die Taille. »Immerhin haben wir es hinter uns.« Sie legte den Arm um ihn. »Jetzt können wir den Nachmittag genießen.«

Mit Sadie war es jedenfalls vorherbestimmt. Das wusste er genau.

Er konnte sich ziemlich gut vorstellen, was seine Eltern machten. Sein Vater holte gerade bestimmt den guten Gin aus dem Schrank, dazu die dicken Kristallgläser, die seine Mutter so liebte. Sie würden schweigend ein Glas auf der Terrasse trinken, und später würde seine Mutter in der Küche auf und ab laufen, das Abendessen vorbereiten und ihre Meinung kundtun. Danach würde sie Miles vielleicht anrufen.

»Als Nächstes müssen wir es wohl deinen Eltern sagen.« Er spürte, wie Sadie neben ihm erstarrte.

»Das mache ich besser allein.« Sie wandte sich ab. »Ich glaube, sie werden nicht sonderlich erfreut sein.«

»Nicht so wie meine?« Er wollte ihre nackte Schulter küssen, doch der Scherz verpuffte, sowie er seinen Mund verlassen hatte und die Erinnerung an die entsetzten Gesichter seiner Eltern wiederauftauchte.

Miles hatte gewusst, dass es nicht leicht werden würde. Er erinnerte sich an den Moment, in dem Sadie ihm gesagt hatte, dass sie schwanger war. Er hatte auf der Kante ihres schmalen Bettes im Wohnheim gesessen. Am Abend vorher war er feiern gewesen, eine Kneipentour mit den anderen Soziologen, und rieb an dem schwachen Stempelabdruck eines Clubs, der auf seiner Hand prangte. Sadie war zwei Abende hintereinander zu Hause geblieben, wegen einer Magenverstimmung. Doch die hatte sich als etwas völlig anderes entpuppt. Als etwas, das ihren flachen Bauch nun kaum merklich wölbte, etwas, das sie nächste Woche in Schwarzweiß auf einem Monitor im Krankenhaus sehen würden.

»Hey«, sagte sie, als sie am Rande des Festivalgeländes ankamen, und schaute ihn eindringlich an. »Alles wird gut.« Sie fuhr mit den Händen über seine Hüften bis zu den Rippen hinauf. Die Berührung verursachte ihm eine Gänsehaut, sein Mund wurde ganz trocken.

»Ich weiß«, sagte er und neigte den Kopf, um sie zu küssen. Lächelnd grub sie ihre Zähne in seine Lippen.

Er folgte ihr zur Menge hinüber, der Saum ihres Kleides bewegte sich im Wind. Er hatte Angst, natürlich hatte er das. Es fiel ihm schwer zu glauben, dass sie in einem Jahr zu dritt sein würden, immer und überall. Fürs Erste war es leichter, sich aufs Studium zu konzentrieren – das hatte er immerhin unter Kontrolle. Etwas, das praktisch und wichtig war für ihre Zukunft, für Sadie, für das Baby. Er bekam ein eigenartiges heißes Gefühl in der Brust.

Sie erreichten die ersten Verkaufsstände: Marmelade, Kuchen und Käse aus örtlicher Herstellung, Holzschmuck und Gläser mit Kerzen. Jemand aus Sadies Studiengang hatte ihr von dem Festival erzählt; Miles hatte den heißen Tipp pflichtschuldig an seinen Mitbewohner James und einige Kommilitonen weitergegeben. Er zuckte innerlich zusammen, als er die spießigen Mittelklasseangebote sah, und hoffte, dass sie nicht gekommen waren.

»Die Band nach dieser soll toll sein«, sagte Sadie und führte ihn an den Ständen vorbei, ohne sie eines Blickes zu würdigen, und auf einmal war alles wieder gut.

Er wusste, es war ein Klischee, aber er hatte noch nie für jemanden so empfunden wie für Sadie. Einmal hatte er im Pub versucht, seinen Freunden davon zu erzählen, aber die hatten ihn ausgelacht. Sicher, sie war schön, das war nicht zu übersehen. Und auch witzig, obwohl nicht jeder diese Seite an ihr kannte. Ihre Empfindlichkeit schreckte manche Leute ab. Er hatte gehört, wie Lila, James' neueste Freundin, sie als »kalten Fisch« bezeichnet hatte (vermutlich war er viel zu gnädig mit ihr; sie konnte ebenso gut »Bitch« gesagt haben). Doch Miles war fasziniert gewesen von dem Schutzwall, den Sadie um sich aufbaute, wenn sie neue Leute kennenlernte, und er war umso fester entschlossen, ihn zu durchbrechen.

Er schob ihr eine Haarsträhne hinters Ohr. »Du warst toll vorhin. Bei meinen Eltern, meine ich. Danke.«

Sie drehte sich um, den Mund zu dem kleinen, verstohlenen Lächeln verzogen, das er am liebsten mochte. »Es geht nur noch um uns beide, oder nicht?«

Und damit hatte sie recht.

Sie kamen zum Bühnenbereich, und Miles blieb stehen und reckte den Hals nach James und den anderen. »Na komm«, sagte Sadie und zog ihn durch eine Gruppe von Teenagern zum Rand des Feldes. »Lass uns näher an die Lautsprecher gehen. Ich wette, sie stehen da drüben.«

Seine Freunde hatten begonnen, Sadie zu behandeln, als wäre sie aus Glas oder hochexplosiv. Sie überschlugen sich seit kurzem beinahe, um ihr einen Stuhl oder einen besseren Blick auf den Fernseher anzubieten. Als er es ihnen letzte Woche erzählt hatte, hatten sie ihm mitleidig auf die Schulter geklopft. *Ich bin so aufgeregt,* hatte er hinzugefügt, worauf sie es sich anders überlegt und ihm einen ausgegeben hatten. Jetzt wollten sie nur noch wissen, wann der Ultraschall anstand, wie es Sadie ging, ob sie das Geschlecht des Babys erfahren wollten. Über den Rest dachte er nach, wenn er nachts allein im Bett lag. Sadie war in ihrem eigenen Zimmer, das sie verlassen musste, sobald sie sich exmatrikulierte. Wie würden sie leben, wie könnte er gleichzeitig studieren und für seine Familie sorgen? Er dachte oft daran, dass er noch nie ein Kind im Arm gehalten hatte – er hatte keine Geschwister, seine Cousins und Cousinen waren alle älter. Wie ging das doch gleich? Er hatte gehört, man müsse den Kopf abstützen, das sei wichtig. Genau wie das Bäuerchenmachen, ein Vorgang, der ihn immer noch verblüffte.

Er würde sich ein Babybuch kaufen und es heimlich lesen. Oder gleich mehrere.

Keine Spur von James oder anderen Bekannten, doch Miles war nicht sonderlich enttäuscht. Nach dem unangenehmen Morgen bei seinen Eltern fühlte er sich mit Sadie warm und sicher – zu zweit gegen die ganze Welt –, und er wäre gern den Rest des Tages in dieser Blase geblieben.

»Ich besorge uns was zu trinken. Kommst du mit?«

»Ich warte hier.« Sadie schaute sich um. Es war eine gute Stelle am Rand der Menge, von der man freie Sicht auf die Bühne genoss. Daneben war ein Grasstreifen, über den Kabel zu einem Generator liefen, dahinter grenzte ein Wäldchen an das Feld. »Ich halte Ausschau nach den anderen.«

Miles arbeitete sich zum nächsten Getränkestand vor und kaufte ein Bier für sich und eine Cola für Sadie. Er schlenderte zu ihr zurück, spielte kurz mit dem Gedanken, einen Hotdog zu essen, bevor sein Blick auf ein vertrautes T-Shirt fiel. Neongrün, die Ärmel ein bisschen zu kurz – er sah die Person von hinten, machte dunkle, lockige Haare aus und wusste, es war James in seinem uralten Lieblings-T-Shirt mit den Teenage Mutant Ninja Turtles darauf. Miles glitt durch die Menge und versuchte, seine Getränke nicht zu verschütten. Die nächste Band kam auf die Bühne, die Leute rückten vor, und er verlor James aus den Augen, bis er schließlich in einer Lücke vor ihm auftauchte.

Dann drehte sich der Mann im grünen T-Shirt um, und es war gar nicht James – der hier war zwanzig Jahre älter, mit grauen Bartstoppeln, und das T-Shirt hatte ein kleines Adidas-Logo auf der Brust. Miles wandte sich verlegen ab.

Er schaute über die Menge und war überrascht, wie weit er sich von Sadie entfernt hatte. Er brauchte einen Moment, um sie wiederzufinden. Sie stand immer noch am Rand des Feldes, war jetzt aber in den Schatten der Bäume getreten. Es war eine seltsame Stelle, ziemlich abseits, und sie neigte den Kopf, als hörte sie jemandem zu – vermutlich einer Freundin, vielleicht der, die ihr das Festival empfohlen hatte. Er machte ein paar Schritte, konnte aber nicht sehen, wer bei ihr stand.

Sadie sagte etwas, und er bemerkte die Angst in ihren Bewegungen. Sie wich zurück aus dem Schattenfleck, drückte eine Hand schützend auf den Bauch. Ihr Gesicht war ganz blass, ihre Augen weit aufgerissen wie die eines Kindes.

Miles drängte sich durch die Menge, das Bier schwappte hektisch im Plastikbecher. Die Sonne blendete ihn, als sie hinter einer Wolke hervorglitt, und er bekam einen Ellbogen in die Rippen, während er sich den Weg bahnte. Die ersten Akkorde der Band kreischten aus den Lautsprechern. Er erhaschte wieder einen Blick auf Sadie, die Angst in ihrem Gesicht, den schlaffen Kiefer, als sie rückwärtstaumelte. Dann trat der Sänger ans Mikrophon, das Publikum drängte nach vorn, und er konnte sie nicht mehr sehen.

Miles schob sich an einer Gruppe Mädchen vorbei, stolperte über eine Tasche, und dann hatte er das Gedränge endlich hinter sich gelassen. Er stand am Rand des Feldes. Links von ihm war Sadie. Sie hatte ihm den Rücken zugekehrt und schaute zu den Bäumen. Sie war jetzt allein. Er lief zu ihr hin, streckte die Hand aus, umfasste ihre Schulter, und sie schoss herum. Als sie ihn erkannte, wurde ihr Gesicht weicher, obwohl die Angst (es war Entsetzen, meldete sich eine Stimme in seinem Kopf; hässliches, unkontrolliertes Entsetzen) in ihren Augen blieb und sie die Hand noch immer auf die Stelle drückte, an der ihr Kind wuchs.

»Geht's dir gut? Was ist passiert?«

Sie wandte sich ab, nachdem sie noch einen Blick auf die Bäume geworfen hatte. »Ach, gar nichts. Ein Betrunkener, du weißt ja, wie die sind. Na los, gehen wir näher ran.« Er wollte noch etwas sagen, aber sie war bereits in Bewegung, den halbleeren Colabecher in der Hand.

Es passierte nicht zum ersten Mal, dachte er, während sie zur Bühne zurückkehrten. Sadie war schön, und Männer blieben oft auf der Straße oder in Kneipen stehen, sprachen sie an, wollten sie berühren. Warum also hämmerte sein Herz noch immer so in seiner Brust? Er drehte sich zu den Bäumen um, die jetzt von goldenem Sonnenlicht gefleckt waren. Er konnte durch sie hindurch auf die dahinterliegenden Felder schauen. Niemand war zu sehen.

Er warf einen Blick zu Sadie hinüber. Sie hatte die Augen auf die Band geheftet und nickte leicht im Rhythmus der Musik. Sie trank von ihrer Cola, den anderen Arm noch immer vor dem Bauch.

Es war ihr Blick gewesen. Sie hatte Angst gehabt, er hatte das Entsetzen deutlich in ihrem Gesicht gesehen. Es war so nackt und bloß gewesen, das hatte ihn wohl erschreckt. Aber er hatte noch etwas darin gelesen. Als die Band den zweiten Song begann und Sadie wieder zu den Bäumen schaute, begriff er: Es war Wiedererkennen. Vertrautheit. Sadie war außer sich vor Angst gewesen, aber das Gefühl war ihr nicht neu.

2018

DIE CREW trifft Amber Banner zum ersten Mal in ihrem Hotelzimmer in West Los Angeles. Sie trägt einen plüschigen Hotelbademantel, die Haare hat sie auf dem Kopf zu einem unordentlichen Knoten gesteckt. Das Bettzeug ist zerwühlt, das Laken sichtbar, ein Kissen rutscht langsam auf den dunklen Teppich. In der Mitte des Raums steht ein Tablett vom Zimmerservice, auf dem ein Stapel Pfannkuchen den Puderzucker aufsaugt, während ein Teller mit Melonenstücken rosafarbene Tränen weint. Auf zwei verwaisten Tellern ist der Sirup geronnen und verströmt einen feuchtwarmen Geruch. Das Besteck liegt da, als stemmte es die Hände in die Hüften.

Sie lässt sich seufzend auf die Matratze sinken, schaut zu, wie sie hereinkommen, den wie Pfützen daliegenden Kleidern ausweichen, den obszönen, auf links gedrehten Strumpfhosen und Slips. Das Tischchen ist überhäuft mit Geschenktüten, Blumen und Obst, auf dem Teppich darunter liegen Karten verstreut, das Obst wird braun. Sie lächelt.

Als sie das Lächeln sieht, kommt Greta sich vor wie ein Kind vor dem Tigergehege.

»Amber, ich bin Greta. Wir haben schon miteinander telefoniert.«

Amber betrachtet sie, den Kopf leicht zur Seite geneigt. Sie spielt mit dem Gürtel des Bademantels.

»Du bist jung«, sagt sie schließlich. Ihre Augen zucken in koffeinbedingter Nervosität über die beiden Männer, das flauschige Mikro und die entfalteten Reflektoren. Sie winkt, worauf Greta den zuckerwattepinken Hocker heranzieht, sich unbeholfen hinsetzt, einen Stapel Papier unter dem Arm hervorholt und auf ihren Oberschenkeln glattstreicht.

»Wir hatten gehofft, dass wir dich filmen können, während du dich fertigmachst«, sagt sie. »Ich weiß, du hast heute Morgen viel zu tun.«

Vermutlich schaut der Chauffeur bereits ungeduldig aufs Handy, während er draußen wartet, und das Studio, das Amber gleich besuchen wird, erwacht allmählich zum Leben; Scheinwerfer werden auf Bühnen gerichtet, Sessel an den richtigen Platz gerückt, das eifrige Publikum in eine Warteschlange gescheucht, während das Sonnenlicht den Gehweg überflutet. Frühstücksfernsehen: Gretas schlimmster Albtraum.

In London war sie Praktikantin bei einer solchen Sendung gewesen und hatte sich nach einem Monat eine feste Stelle verdient. Sie weiß noch, wie sie ihre Eltern in Michigan angerufen und es ihnen erzählt hat – zweiundzwanzig, die Uni vor sechs Monaten abgeschlossen und einen Schritt näher an der Karriere, die sie ihnen angekündigt hatte. Sie nahmen es ihr nicht übel, dass sie Dearborn bei erster Gelegenheit verlassen hatte und nach England gegangen war, aber es hatte trotzdem gutgetan, es ihnen zu sagen: Ja, es hat sich gelohnt. Alles läuft nach Plan. Und falls sie ein paar belanglose Details über den Job verschwiegen hatte (ein endloser Zyklus, bei dem sie Möbel rückte, Gäste umherschob, angebrüllt wurde, alles falsch machte), dann war das auch in Ordnung. Denn letztlich ist alles nach Plan gelaufen, und hier ist sie nun, neun Jahre und zahlreiche Jobs später, und Amber Banner fordert sie heraus, sich zu beweisen.

Das Handy in ihrer Tasche summt, und sie wühlt zwischen USB-Sticks, Parkzetteln, zerknüllten Servietten und klebrigen Tuben mit Sonnencreme. Amber betrachtet sie gleichgültig wie eine Katze.

Greta liest die Nachricht von Federica: *Wie ist sie so? Entschuldige mich bei ihr. Verdammt, ich kriege keinen Flug.*

In London ist es zwei Uhr morgens. Greta kann sich genau vorstellen, wie Federica sich noch einen Kaffee nachschenkt und den Becher neben den Laptop stellt. Federica, die auf den Balkon schlendert, sich wegen der Dreharbeiten sorgt – wenn auch nicht genug, um tatsächlich den Versuch zu unternehmen, einen der vielen Flüge zu buchen, die in den nächsten Tagen London verlassen. Stattdessen wird es wieder die üblichen Entschuldigungen geben, und Greta wird diejenige sein, die sich um einen reibungslosen Ablauf kümmert und ein Verhältnis zu Amber aufbaut. Greta wird an der Fassade der »Eisprinzessin« meißeln, als die Amber Banner in den britischen Medien präsentiert wird. Sie wird die eisige Ruhe, die viele so entsetzlich finden, durchbrechen und eine verborgene Tiefe finden müssen, eine unbekannte Wahrheit, auf der sie ihren Film aufbauen können.

Amber sitzt gelassen da, als Tom sich vorbeugt, um die Lichtstärke zu prüfen, seine sommersprossige Hand dicht neben ihrer Wange. Ihre Augen sind mit Wimperntusche verschmiert, doch die Haut ist rein und glatt bis auf einige kaum sichtbare Narben auf der linken Wange. Im frühen

Morgenlicht des Hotelzimmers sieht sie perfekt aus, wie gemacht für eine Titelstory. Greta erinnert sich an das Foto von Amber, das in London über Federicas Schreibtisch hängt. Ein DIN-A3-Ausdruck aus der Zeitung, das Bild, das alle Fernsehsender und Titelseiten in den vergangenen Monaten gezeigt haben – Amber auf den Stufen des Gerichtsgebäudes, die Haare brav zum Pferdeschwanz gebunden, eine makellose, kragenlose weiße Bluse, die bis zum eleganten Hals zugeknöpft ist. Am Rand sieht man verschwommene Blitzlichter, Hände, die ihr Mikrophone hinhalten. Und das schmallippige Lächeln, das ihren Mund kräuselt, während sie trotzig und unbeirrt in die Kamera schaut. Das Ende einer Geschichte, die von den Boulevardblättern ausgebreitet wurde – und der Beginn einer neuen.

»Ich muss in einer halben Stunde im NBC-Studio sein«, sagt sie und gähnt so breit, dass Greta den pelzigen Sirupbelag auf der Zunge und die roten Rachenwände sehen kann. »Aber es ist okay, wenn ihr filmt. Mich kümmert so was nicht – ihr könnt mich filmen, wann immer ihr wollt.«

Greta hört, wie Luca und Tom hinter ihr alles aufbauen. Julia, die neue Produktionsassistentin, glänzt durch Abwesenheit. Sie war auch ein Versprechen, das Federica gegeben und gebrochen hat – ein weiterer Anruf, den sie versäumt hatte, und als Greta schließlich selber anrief, hatte Julia bereits einen anderen Job angenommen. Die Flüge nach L. A. gingen schon am nächsten Tag. Also würden sie, Tom und Luca sich als Dreierteam durchschlagen müssen – fünf Tage, in denen sie ständig schweißnass wären, ihre Ausrüstung von einem Drehort zum nächsten schleppen und versuchen würden, mit Federicas ständig wechselnden Visionen für den Film Schritt zu halten.

Sie will nicht im Weg stehen, als Luca nach einer Position für den Mikrophongalgen sucht, der natürlich keinen Schatten ins Bild werfen darf. »So, Amber«, sagt sie und versucht, die Ecke ihres Flipflops von einem BH-Träger zu lösen, während sie sich vorsichtig über den Teppich bewegt. »Bist du noch einverstanden mit dem, was wir vereinbart haben? Wie wir uns den Film vorstellen? Ich weiß, dass es nicht einfach ist, über all das zu reden.«

Sie muss das fragen, obwohl Federica sicher sauer wäre. Rechtlich gesehen ist Amber erwachsen – so gerade eben – und hat einen Vertrag unterzeichnet. Das haben Greta, Federica und der Sender gründlich abgecheckt. Aber sie kann nicht anders. Sie muss Amber einen Ausweg bieten, selbst wenn diese offensichtlich nicht daran interessiert ist.

»Plant ihr immer noch zehn Folgen?« Amber beugt sich vor und berührt ein Stück Melone, als wollte sie es nehmen, tut es aber nicht. Ihre Finger verweilen darauf, während sie Greta beobachtet.

»Kommt drauf an, wie viel Material wir bekommen. Ich hoffe schon.«

Amber zieht die Finger zurück, wischt rosafarbenen Saft am Bademantel ab. »Will mein Dad noch immer nicht mit euch reden?«

Gretas Handy klingelt, eine willkommene Ausrede, um die Frage nach Miles nicht zu beantworten. Sie schlüpft in den Flur und nimmt Federicas Anruf an, bevor die Mailbox sich meldet.

»Wie läuft es? Ist sie okay?«

»Wir sind gerade erst angekommen. Sie sieht gut aus. Glücklich.«

»Filmt ihr sie beim Fertigmachen, wie ich es wollte?«

»Ja.«

»Super. Perfekt. Das gefällt mir – die Vorstellung, dabei zuzusehen, wie sie ihr öffentliches Gesicht aufsetzt. Ich wette, ohne Make-up sieht sie viel jünger aus, was?«

»Ja, irgendwie schon.« Greta ist sich nicht sicher. Sie hat sich so daran gewöhnt, Bilder von Amber Banner zu betrachten, Mitschriften und Berichte und Kolumnen über das zu lesen, was sie getan hat, dass sie leicht vergisst, wie jung sie ist. Eine Achtzehnjährige, die dabei gefilmt wurde, wie sie mit ihrer Anwältin lachte, während sie vor dem Gerichtssaal wartete. Eine Achtzehnjährige, die angeblich keine achtundvierzig Stunden nach ihrer Freilassung aus der Haft einen Vertrag mit einem Agenten unterzeichnete. Ein Mädchen, das die Welt zuerst auf einem verschwommenen Handyfoto gesehen hatte, ihr helles Top blutgetränkt, ein roter Streifen neben ihrem Mund.

»Hör zu«, sagt Federica. »Ich weiß, wir haben den Plan mit ihr durchgesprochen – und das ist auch wunderbar so –, aber es wäre gut, wenn du versuchen könntest, noch tiefer zu gehen. Wirf ihr ein paar unerwartete Bälle zu, versuche, sie aus dem Konzept zu bringen. Ach ja – und wenn du Tom allein erwischst, dann sag ihm, er soll die Kamera hin und wieder einfach laufen lassen. Während ihr mit ihr rumhängt und so.«

Greta kaut auf ihrer Lippe. »Du meinst, sie filmen, ohne dass sie es weiß?«

»Wenn du es so ausdrückst, hört es sich schlimm an. Ihr sollt keine Kamera in ihrem Zimmer verstecken. Aber du weißt, wie es läuft. Die besten Sachen bekommt man meistens dann, wenn die Klappe zu ist. Also tut einfach, als hättet ihr schon Schluss gemacht.«

Greta schweigt, das Handy liegt heiß an ihrem Ohr. Der Flur mit der geprägten Tapete und dem gestreiften Teppich erstreckt sich ins Unendliche.

»Die Sache ist die, Greta … Die Boulevardblätter hier reden viel über ihren Buchdeal. Angeblich eine siebenstellige Summe, obwohl ich mir da nicht sicher bin. Aber an der Sache ist was dran. Und das ist super – ein Buch ist kein Film. Das Buch wird Ambers Version sein, Ambers Sicht – ihre *überarbeitete* Wahrheit. Aber wir brauchen mehr. Es gibt mehr als ihre Version, da bin ich mir hundertprozentig sicher. Die müssen wir aus ihr rauskitzeln, wenn das hier funktionieren soll.«

»Na schön … ich werde es versuchen.«

»Es tut mir wirklich leid, dass ich noch nicht da bin. Ich weiß, es ist eine beschissene Zeit, um mit persönlichen Problemen anzukommen, aber das konnte einfach nicht warten. Ich erkläre es dir, wenn wir uns sehen. Und ich vertraue dir. Ich weiß, du hast es im Griff. Glaub mir, das wird dein großer Durchbruch.«

»Schon okay. Ich hoffe, alles geht gut.« Sie wird rot, ist verlegen. Ambers Lachen klingt unter der Tür hindurch. »Ich sollte wieder reingehen.«

Als sie ins Zimmer kommt, sitzt Amber vor dem Spiegel und schminkt sich, während Tom sie filmt. Luca steht neben dem Nachttisch und blättert in den Zeitungen, die

Amber dort gesammelt hat – amerikanische Zeitungen der letzten Tage und britische Boulevardblätter, die sie von zu Hause mitgebracht hat. Als sie in den Staaten eintraf, gab es eine frische Welle von Artikeln, die ganze Geschichte wurde noch einmal erzählt. Während die britischen Medien nicht immer freundlich zu ihr waren – Greta kann sich lebhaft an eine Kolumne in der *Mail* erinnern, nach der Amber Banner für alles stand, was mit den »jungen Leuten von heute« nicht stimmte –, scheinen die Amerikaner ihre schreckliche Geschichte, den tragischen Start ins Leben, zu mögen. Sie sind vom Amber-Fieber befallen. Oben auf dem Stapel liegt eine Zeitschrift, die sie bei ihrer Ankunft auf dem Flughafen von Los Angeles zeigt, den Kopf gesenkt, mit einer Filmstarbrille. *Amber Banner kommt nach Hollywood!* Luca schaut zu Greta und verdreht die Augen.

Der Hauch eines Lächelns umspielt ihren Mund, und sie tritt beiseite. »So, Amber, freust du dich auf heute?«

Sie zuckt mit den Schultern und bohrt einen Pinsel in eine Lidschattenpalette. Sie setzt ihn ans Auge, ohne die überschüssige Farbe wegzupusten, worauf sich ein grauer Puderschleier auf ihre Wange legt. »Nicht direkt. Aber es ist nett, über Dinge zu reden. Jetzt, wo der Prozess erledigt ist.«

»Um die Sache richtigzustellen?« Greta hasst es, dass sie ihre Stimme verändert, nur weil sie vielleicht im Film zu hören ist. Es klingt, als läse sie einen Text vor, obwohl sie sich eher hindurchtastet und erahnen muss, was Federica haben will, während sie sich auf einem anderen Kontinent befindet.

Amber lächelt ihr im Spiegel zu. Greta weiß genau, wie gut Tom, der hinter ihr steht, die Einstellung gefällt. Er beugt sich vor, und Amber erträgt es geduldig, auch sie hält flüchtig inne. Und dann sagt sie: »Genau.«

2000

MILES ERWACHTE mit einem Gefühl der Furcht, wie immer in letzter Zeit. Komisch, dachte er im Halbschlaf, dass man eine Woche als »immer« empfinden konnte. Länger war es tatsächlich nicht; er konnte die Tage im Kopf abzählen. Zehn Tage seit Ambers Geburt. Sechs seit Sadie ihm gesagt hatte, ihre Tochter sei verflucht.

Oft kam es ihm vor, als verliefe sein Leben im Zeitraffer, als wäre nur ein Augenblick vergangen, seit Sadie ihm gesagt hatte, sie sei schwanger, und nun hatten sie ein Baby. Sie waren aus dem Wohnheim in eine winzige Familienwohnung gezogen, die nicht weit vom Campus entfernt war. Alles war wunderbar gewesen, aufregend – die Monate, in denen Sadies Bauch wuchs, in denen erst ein und dann zwei Ultraschallbilder mit Magneten am Kühlschrank hingen; ein Foto von ihnen beiden im Standesamt nahm einen Ehrenplatz auf dem Fernseher ein. Sie hatten das schlichte braune Sofa mit bunten Kissen aus dem Secondhandshop aufgehübscht, und im schäbigen Schlafzimmer stapelten sich winzige weiße Kleidungsstücke. Auch im Studium lief es gut. Er wachte jeden Morgen früh auf und las, seinen Lieblingsbecher mit Kaffee neben sich auf der Fensterbank, während Sadie noch schlief, um die Kuhle gerollt, die sein Körper im Bett hinterlassen hatte.

Dann wurde Amber geboren, und alles hatte sich verändert.

In den ersten Tagen nach der Geburt war er empfindlich und nervös gewesen. Sie hatten ihm Amber gereicht, während er Sadies wachsbleiches Gesicht und die Blutlache auf dem Boden anstarrte, überzeugt, er würde sie verlieren. Eine Nottransfusion nach dem Notkaiserschnitt, man hatte Miles beiseitegeschoben, während er das Baby im Arm hielt. Die Gewalt des Ganzen hatte ihn schockiert, er hatte ihren Widerhall noch tagelang gespürt. Er war jeden Morgen überrascht, wenn er sein erschöpftes, gequältes Gesicht im Badezimmerspiegel des Krankenhauses betrachtete. Doch Amber trank gut, schlief gut, ein blonder Flaum bedeckte ihr weiches Köpfchen. Allmählich legte sich das angsteinflößende Gefühl, er näherte sich einem steilen Abgrund.

Dann, am ersten Morgen in ihrer Wohnung, hatte sie es gesagt. Sadie stillte im Bett, ein Kissen im Rücken, während ein verschlafener Miles zur Toilette stolperte. Sie hatte auf ihre Tochter hinuntergeschaut und *Es tut mir leid* gesagt.

Er hatte nicht weiter darauf geachtet, doch als er zurückkam, lag Amber auf seiner Bettseite, und ihr Wimmern schwoll allmählich zu Gebrüll an, während Sadie dasaß und in die Zimmerecke starrte. Er schaute hin, konnte aber nichts entdecken – nichts außer einem alten Stuhl, den sie beiseitegeschoben hatten, um Platz für den Wickeltisch zu machen, darauf ein Stapel gefalteter Kleidung. Er schaute wieder zu Sadie, deren Blick auf den Stuhl geheftet war, sie hatte den BH noch auf einer Seite heruntergeklappt. Amber schrie jetzt noch lauter.

Er sagte ihren Namen, sein Herz hämmerte. Er war erleichtert, als sie ihren Blick von der Ecke abwandte und ihn anschaute. Aber nicht lange.

»Sie werden kommen und sie holen. Sie ist verflucht, genau wie ich.«

Dann hatte sie von ihrer eine Woche alten Tochter zu Miles geschaut. »Es tut mir leid«, hatte sie gesagt, war aus dem Bett aufgestanden und hatte das Zimmer verlassen.

Amber brüllte jetzt aus vollem Hals. Miles hatte das Baby beruhigt und gehört, wie unten Töpfe im Spülbecken schepperten. Sadie hatte ihm zugerufen, sie wolle Milch kaufen, und die Tür war hinter ihr zugeschlagen, bevor er etwas sagen konnte. Er war zum Telefon gegangen und hatte seine Mutter angerufen.

»Es ist eine schwierige Zeit«, hatte Frances wegwerfend gesagt. »Das kannst du dir gar nicht vorstellen. Es geht ihr bald besser.«

Aber es ging ihr nicht besser. Obwohl Sadie den Fluch nicht mehr erwähnt hatte, ertappte Miles sie immer wieder dabei, wie sie das Baby betrachtete. Sie überprüfte ständig die Fenster und verriegelte auch tagsüber die Tür.

Am schlimmsten aber war das Flüstern. Es war nur ein Mal vorgekommen (*soviel du weißt*, fügte eine unwirsche Stimme in seinem Kopf hinzu), doch er musste ständig daran denken.

Er war spät von der Vorlesung heimgekommen, halb im Delirium vor lauter Schlafmangel. Amber weinte wieder einmal. Er hatte sie in der milchfleckigen Babywippe gefunden, die sie wie fast alles andere gebraucht gekauft hatten. Er hatte sie hochgenommen und war zum Schlafzimmer gestürmt, weil er erwartete, Sadie schlafend vorzufinden. Sein Ärger verflog, als Amber plötzlich verstummte und ihr feuchtes Mündchen an seine Schulter drückte.

Doch Sadie war nicht im Bett gewesen. Sie hatte mit dem Rücken zu ihm gestanden, über den Stuhl in der Ecke gebeugt, die Hand an die Wand gestützt – und hatte geflüstert.

Nicht sie, meinte er zu verstehen, obwohl er sich das vielleicht nur eingebildet hatte. So wie er sich wohl auch eine Sekunde lang nicht einen, sondern zwei Schatten an der fleckigen Wand eingebildet hatte.

Nicht eingebildet hatte er sich allerdings den wilden Zorn in Sadies Augen, als sie sich umdrehte und ihn dort stehen sah, und er hatte sich ganz gewiss nicht eingebildet, dass sie ihm die Schlafzimmertür vor der Nase zugeschlagen hatte. Doch als sie fünf Minuten später in die Küche kam, wo er Amber ein unbeholfen zubereitetes Fläschchen gab, war es, als wäre nichts geschehen. Sadie begann in aller Seelenruhe, eine Zwiebel und eine Möhre kleinzuschneiden, weil sie sich am Morgen auf Shepherd's Pie geeinigt hatten.

Seither wachte er mitten in der Nacht mit einem Gefühl der Furcht auf. Es war vertraut, beinahe tröstlich, ein alter Freund. Darum hätte er an diesem besonderen Morgen um ein Haar die Augen geschlossen und sich davon überfluten lassen.

Stattdessen drehte er sich um und berührte das kühle Bettlaken auf Sadies Seite. Sie lag nicht neben ihm im Bett, die Ecke der Decke war fein säuberlich zurückgeschlagen.

Miles konnte hören, wie Amber sich in ihrem Babykörbchen regte. Er stand auf, leise Furcht meldete sich, wurde drängender. Amber wimmerte im Schlaf. Er kniff die Augen zu, um die letzten Schlafspuren zu vertreiben, und trat auf den Treppenabsatz.

Später würde er allen erzählen, er habe es sofort gewusst. Er wusste es, er *spürte* es. Dennoch spulte er die Routine ab, ging durch alle Zimmer, horchte auf die Schreie des Babys, die sich von verdrossen zu verzweifelt steigerten. Es dauerte nicht lange, bis er sich vergewissert hatte, dass alles still und ruhig war, jede Spur von ihr bereits verflogen. Die Haustür war nicht abgeschlossen, ihr Schlüssel lag auf dem Tisch.

Da begriff er, dass sie wirklich weg war.

2018

BEIM MITTAGESSEN drückt Amber die Finger in den schwankenden Burger; das Brot ist fügsam, das Blut sintflutartig. Sie gräbt die Zähne hinein und begegnet Gretas Blick, Gurken knirschen. Sie kaut, und beide schauen zu, wie das kraterübersäte Brötchen sich langsam wieder hebt und ein Käsefaden, der am Tellerrand gestrandet ist, langsam auf den schimmernden Holztisch trieft. Die Kamera scheint Amber nicht zu stören, als hätte sie vergessen, dass sie da ist – bis sie sich umdreht und Tom eine Handvoll Pommes anbietet.

»Was glaubst du, wie es gelaufen ist?«, fragt Greta und schiebt ihren Salat beiseite.

Amber zuckt mit den Schultern und trinkt schlürfend von ihrer Limo. »Alle waren echt nett«, sagt sie dann.

»Fällt es dir schwer, über das zu sprechen, was passiert ist? Es wieder aufzuwühlen?«

Amber greift nach dem Burger und betrachtet ihn nachdenklich. Ein weiterer Käsefaden löst sich langsam und tritt seine unvermeidliche Reise in Richtung Tischplatte an. Das Blut tropft leise auf den Teller. »Nein«, sagt sie schließlich und schaut Greta an. »Nein, es tut gut, dass ich jetzt darüber reden kann.« Sie zuckt wieder mit den Schultern und knabbert an ihrem Burger. »Der ist super.«

Greta schaut sich im Restaurant um. Es ist halb leer; der große Andrang beginnt erst in einer Stunde. Keine Paparazzi, immerhin. Sie weiß, dass Tom diese Aufnahmen haben will. Sie kann sich genau vorstellen, wie sie später aussehen; vermutlich schwarzweiß und mit Federicas Kommentar versehen. Vielleicht sogar in Zeitlupe; Kamerablitze explodieren vor dem getönten Wagenfenster, die Münder der Fotografen öffnen und schließen sich, als sie nach Amber rufen und sie sich abwendet. Sie könnten es sogar für den Vorspann verwenden.

Amber betrachtet sie, ein Lächeln umspielt ihre Mundwinkel. Sie hat es gemerkt, denkt Greta. Sie weiß, dass Greta keine Ahnung hat, was sie tut. Man hat sie beide hier ausgesetzt, aber nur eine von ihnen ist verunsichert. Amber lehnt sich in der Nische zurück und gähnt.

Greta räuspert sich. »Stört es dich nie, bekannt zu sein? Dass Leute dich auf der Straße ansprechen? Fühlt es sich nicht komisch an, wenn Fremde mehr über deine frühe Kindheit wissen als du selbst? Es gibt ganze Doktorarbeiten darüber.« Sie übertreibt – nur ein Mensch hat darüber geschrieben. Ein Mensch, der gewissenhaft jeden Onlineartikel über die Banners kommentiert, der eine eigene Website über die Familie und ihre Geschichte unterhält. Eine von mehreren, das schon – aber die einzige, von der man eine umfangreiche Dissertation herunterladen kann. Neulich hat Greta einen Recherchetag eingelegt und sich in die beunruhigende Welt der Fanfiktion über Amber und Sadie Banner begeben.

Amber lacht, und Gretas Herz schlägt schneller. Dieses Lachen wird Federica gefallen, es ist kurz und bitter. Vermutlich wird sie den Clip unmittelbar hinter eins der Talkshow-Interviews von heute Morgen montieren; einen Ausschnitt, in dem Amber niedlich und besonders britisch wirkt, in dem die Tränen weich und rotzfrei fallen. Vermutlich den, in dem die Moderatorin selbst nach einem Taschentuch griff und die Maskenbildnerin in der Werbepause auf die Bühne stürzte, die Amber soeben verlassen hatte. Ja, das dürfte Federica gefallen, zumal es nun ganz still ist und Amber noch immer aus dem Fenster schaut. Das Öffentliche und das Private. Die Gedanken zucken knapp unter der Oberfläche von Großbritanniens aktuell berühmt-berüchtigstem Gesicht.

Von Großbritanniens gefragtester Mörderin.

Sie fahren Amber zum Hotel, wo sie mehrere Termine im Spa gebucht hat. Auf dem Rücksitz umklammert sie Gretas Hand.

»Soll ich blond werden? Ich meine, richtig blond? Ich habe an diesen Ton gedacht, der fast silbern ist. So ein Lilaweiß.«

Greta, deren Strähnchen bis zu den Ohren herausgewachsen sind, brummt unverbindlich. »Das ist ein cooler Look. Aber wartungsintensiv.«

Amber verzieht das Gesicht und wendet sich ab, Gretas Hand fällt auf den Sitz. Als sie vor dem Hotel anhalten, klettert Amber hinaus und lässt eine Kaugummiblase platzen. »Bis morgen dann.«

»Bis morgen«, sagt Greta und widersteht dem Drang, Amber zu sagen, dass eine neue Frisur den Film uneinheitlich machen und Federica auf die Palme bringen wird.

Warum eigentlich nicht?, denkt sie bei sich. Warum nicht Federica auf die Palme bringen? Amber ist das Einzige bei diesem Filmprojekt, das nicht geplant und kontrolliert werden kann, und Greta weiß genau, dass es die berühmte Federica Sosa ganz schön nervt. Das hat sie in den letzten Tagen in London gemerkt, als Amber diverse Anrufe von Federica ignorierte, als ein geplantes Treffen zweimal verschoben und dann ganz abgesagt wurde. Ein feierliches Abendessen fiel ins Wasser, nachdem Amber vier Cocktails getrunken und danach verkündet hatte, sie wolle lieber in eine Disco gehen statt in den schicken Club, an den Federica gedacht hatte. Daher überrascht es Greta nicht, dass Federicas »persönliche Probleme«, von denen sie eine ganze Menge hat, auf einmal so wichtig geworden sind, dass Greta die Verantwortung für diese Phase des Projekts übertragen wurde. Greta, die den Erfolg braucht und Federica-geschult ist, sich mit anderen Worten ausgezeichnet darauf versteht, schwierige Personen wie Amber zu handhaben (*zu manipulieren*, beharrt die Stimme, und Greta muss sie gewaltsam verdrängen).

Sie sitzt in ihrem billigen Motel, ignoriert das rhythmische Hämmern, mit dem das Bett nebenan gegen die Wand stößt, und die heulenden Sirenen auf der Straße, und ruft ihre E-Mails ab. Nichts Neues – was an sich schon ungewöhnlich ist –, doch in London ist es spät, vermutlich genehmigt sich Federica gerade den ersten oder zweiten Wodka Tonic. Greta liest eine Mail ihrer Mitbewohnerin Hetty, die wie immer gleich zur Sache kommt – es geht um ein Geburtstagsessen nächste Woche für Lisette, die dritte Mitbewohnerin. Greta schreibt eine rasche Antwort; bis dahin müsste sie wieder in London sein. Vorher allerdings wird sie Neunzehnstundentage haben, an denen sie recherchiert, sich die täglichen Aufnahmen ansieht und Federica dabei hilft, das geheimnisvolle Etwas zu entdecken, das diesen Film zum Nonplusultra über den Fall Banner machen wird. Hinzu kommen die Dreharbeiten mit Amber. Irgendwie wird sie Zeit für das Essen finden, sagt sie sich. Sie wohnt erst seit sechs Monaten in der WG, während Hetty und Lisette schon seit drei Jahren zusammen sind – es ist schön, wenn man einbezogen wird. Und auch wichtig. Es ist wichtig, noch etwas anderes zu haben, etwas anderes als das hier. Den Fehler hat sie nämlich schon einmal gemacht.

Nachdem sie die Mail abgeschickt hat, öffnet sie einen neuen Tab und ruft die Arbeitsplattform des Teams auf. Toms Icon ist in der Ecke zu sehen; vermutlich geht er das Material des Tages durch. Federica hat ihre überarbeiteten Notizen in einer einmalig uneinheitlichen Kurzschriftversion hinzugefügt, die Greta mittlerweile beunruhigend gut versteht.

Sie kann sich nicht dazu überwinden, die Notizen zu lesen, und klickt stattdessen durch das Material, das sie in London zusammengestellt hat: Dateien mit Fallstudien, die sie und Federica gesammelt haben, frühe Interviews, Aufzeichnungen und Polizeifotos. Sie legt sich auf den Bauch und ruft ein Interview auf, das Federica geführt und ausnahmsweise korrekt benannt hat: *Gavett 23.02.16 FS.*

David Gavett sieht genauso schmierig aus, wie er sich am Telefon angehört hat. Er zuckt unruhig auf dem Plastikstuhl des Cafés, der grellweiße Scheinwerfer betont die fettigen Stellen auf Nase und Stirn und die dunklen Flecken unter seinen Achselhöhlen.

»Bitte sagen Sie mir, welchen Posten Sie zur Zeit von Sadie Banners Verschwinden innehatten«, sagt Federica irgendwo neben der Kamera. Zweifellos hat sie zwei Kaffee intus und zuckt ebenfalls nervös.

Gavett räuspert sich. »Ich war Detective Constable und wurde mit dem Fall Sadie Banner betraut, nachdem die örtliche Polizei ihr Verschwinden als verdächtig eingestuft hatte.«

»Können Sie mir ein bisschen mehr über die ersten Untersuchungsergebnisse erzählen?«

»Es war nicht weiter ungewöhnlich. Keine Anzeichen eines Kampfes oder so. Der Ehemann geht schlafen, wacht auf, und seine Frau ist weg – so etwas kommt öfter vor.«

»Sie dachten, sie hätte ihn verlassen?«

»Anfangs war das die vorherrschende Meinung. Sie hatte eine Tasche und einige Kleidungsstücke mitgenommen.«

»Und wann sind Sie zu dem Schluss gelangt, dass etwas Finsteres passiert sein könnte?«

Er rutscht wieder auf dem Stuhl herum. In diesem Augenblick erhält Greta eine Mail. Sie zuckt zusammen und überfliegt den Vorschautext. *Betr.: Ihre kürzliche Bestellung bei JustEat.* Sie klickt sie weg und wendet sich wieder dem Video zu.

»Nun, zum einen war das Baby erst wenige Tage alt. Zunächst befürchteten wir, Sadie könnte unter postnatalen Depressionen oder einer damit verbundenen Psychose leiden.«

»Aber die Theorie wurde bald verworfen?«

Wieder ein nervöses Husten – das dürfte sich gut machen. Vermutlich werden sie die Aufnahme ganz auf ihn zuschneiden, ihn heranzoomen. »Wir haben sie nie ganz aufgegeben«, sagt er und spielt mit einem Zuckertütchen. »Doch die ersten Gespräche mit der Gesundheitsberaterin, der Hebamme und dem Hausarzt ergaben keine derartigen Risiken. Zumindest keine Warnzeichen. Und gleichzeitig fanden wir … andere Dinge, die besorgniserregender erschienen.«

»Können Sie mir etwas darüber sagen?«, fragt Federica. Greta steht auf und geht ins Bad, um sich das Gesicht zu waschen. Die blechernen Stimmen klingen bis zu ihr herüber.

»Nun, der Ehemann rückte ins Zentrum unserer Ermittlungen.«

»Wieso?«

»Wir wussten von Anfang an, dass er etwas vor uns verbarg. Er legte eine gewisse … Zurückhaltung an den Tag, wenn es um Kontakte mit der Polizei ging.«

»Es war aber auch eine enorme Belastung, dass er mit dem Baby allein war.«

»Zuerst schon.« Greta kommt wieder ins Zimmer und trocknet sich das Gesicht am rauen Handtuch ab. David Gavett spricht manche Wörter seltsam aus; das ist ihr schon beim ersten Sehen aufgefallen. *Schonn.* »Ich will ehrlich sein.« Er lässt das Zuckertütchen endlich los. »Ich war hundertprozentig von seiner Schuld überzeugt. Wir konnten ihm bloß nichts nachweisen.«

»Sie dachten, Miles Banner hätte seine Frau ermordet?«

»Ja, Ma'am. Darauf hätte ich meine Hypothek verwettet.«

Federica schweigt so lange, dass es unangenehm gewesen

sein muss, und Greta ahnt, dass es auch in der Schlussfassung so bleiben wird. Das Publikum soll den Witz verstehen, der Augenblick soll wirken. Dann endlich erlöst sie ihn.

»Dann muss es ja eine ziemliche Überraschung für Sie gewesen sein.«

Gavett lacht, er ist kein Spielverderber. »Na klar. Da bereue ich fünfzehn Jahre lang, dass ich einen Mord nicht nachweisen konnte, und dann marschiert das Opfer eines Tages zur Haustür rein.«

2016

ES WAR der Morgen von Ambers sechzehntem Geburtstag. Sadie Banner kleidete sich sorgfältig, nicht zu förmlich, aber hübsch sollte es schon sein, passend für den besonderen Anlass. Sie versuchte, nicht an all die verpassten Geburtstage zu denken, an denen sie ihr nicht geschrieben oder an sie gedacht hatte (obwohl das nicht stimmte. Sie hatte *immer* an sie gedacht). An all die Geburtstage, die sie trauernd, verängstigt und allein verbracht hatte (obwohl auch das nicht stimmte. Sie war *nie* allein gewesen). Sie versuchte, an gar nichts zu denken, während sie duschte und sich anzog.

Sie ging nach unten, in der Hand die glänzende Tüte mit Ambers Geburtstagsgeschenken, so wie Miles es ihr aufgetragen hatte. Die Stufen knarrten überrascht unter dem noch fremden Gewicht. Das Haus verbarg seine Feindseligkeit nicht. In jeder klemmenden Tür und jedem quietschenden Dielenbrett hörte sie das Wort *Eindringling*. Dem konnte sie nicht widersprechen.

Sie hörte Miles in der Küche, Teig wurde zischend in eine Pfanne gegossen. Natürlich Pfannkuchen, Ambers Lieblingsessen, das wusste sie, weil sie ihre Tochter in den vergangenen sechs Monaten studiert hatte, als müsste sie eine Prüfung über sie ablegen – ihre Vorlieben und Abneigungen, ihre Gewohnheiten, ihre typischen Redewendungen. Sadie musste daran denken, wie sie früher über Musikzeitschriften gebrütet und alle Einzelheiten über ihren Lieblingspopstar auswendig gelernt hatte. Sie stellte fest, dass selbst die Dinge, die sie wusste, sich jederzeit verändern konnten, dass sie nicht von Dauer waren. Als Sadie nach Hause gekommen war, hatte Amber Crêpes geliebt – nun waren es kleine dicke Pfannkuchen auf amerikanische Art. Sie liebte neuerdings alles, was aus Amerika kam: Modemarken, Musik, die Sendungen, die sie pausenlos im Fernsehen und auf ihrem Laptop schaute. Sie hatte sogar angefangen, mit einem leichten Akzent zu sprechen, und Sadie wusste nicht, ob es absichtlich geschah oder durch eine Art Osmose, weil sie stundenlang *Gossip Girl, 90210* und *Pretty Little Liars* schaute.

Ihre Tochter. Selbst in ihrem Kopf fühlte es sich seltsam an, die Worte auszusprechen.

Die Dielenbretter knarrten, als sie zur Küche ging, wo Miles im Chor mit Frankie Valli sang. Sadie trat durch die Tür. Er stand mit dem Rücken zu ihr am Herd, wendete einen Pfannkuchen, rührte mit dem Schneebesen den restlichen Teig und wackelte mit den Hüften zur Musik. Es war der erste sonnige Frühlingstag, und das Licht, das hell durchs Küchenfenster strömte, war buttergelb.

Als Miles sich umdrehte, um die fertigen Pfannkuchen auf den Stapel zu schieben, bemerkte er sie. Er trug seine Pyjamahose, das graue T-Shirt war mit Pfannkuchenteig bespritzt, die Haare standen auf einer Seite in die Höhe. Er war das Einzige, was sich nicht verändert hatte, was sich nie veränderte. So ganz hatte sie sich immer noch nicht daran gewöhnt. Eine Sekunde lang stellte sie sich vor, dies sei der erste Morgen, an dem sie in seinem Zimmer im Wohnheim aufgewacht war und ihn in der Küche vorgefunden hatte. Nur hatte er damals Speck gebraten, besser gesagt, verbrannt, und die Spritzer auf seinem T-Shirt waren Bier vom Abend vorher gewesen. Eine Sekunde lang konnte sie sich einreden, all das, was danach gekommen war, wäre nicht passiert.

Aber eben nur eine Sekunde lang.

Miles lächelte ihr zu; darin wurde er allmählich besser. Den ängstlichen, prüfenden Blick konnte er zunehmend besser kontrollieren. Sadie bemühte sich zu lächeln, als er mit dem Pfannenwender in der Hand auf sie zukam und sie küsste – neben das Auge, als hätte er sich nicht zwischen Stirn und Wange entscheiden können. »Guten Morgen.«

»Morgen.« Sie war überrascht, dass sie es wagte, einen Arm um seinen sonnenwarmen Rücken zu schlingen, sich gestattete, seinen schläfrigen Geruch nach Mehl mit Unterströmungen von Aftershave und Schweiß einzuatmen.

Er trat zurück und nahm die Geschenketüte an sich. »Ich kann mich noch an die guten alten Zeiten erinnern, in denen ich spätabends versucht habe, ein rosa Plastikdreirad oder ein Barbiepferd samt Kutsche einzupacken.« Er bemerkte zu spät, dass Sadie die Bemerkung als Vorwurf auffassen könnte, und sie lächelte beruhigend. Er stellte die Tüte auf den Tisch und fächerte die Päckchen – Make-up von MAC, DVDs und ein in Sadies Augen obszön teures Parfüm – in aller Ruhe auf, damit sie verlockend aus der Tüte hervorschauten. Dann kehrte er an den Herd zurück und schöpfte die nächste Teigportion in die Pfanne.

Natürlich tat es weh, auch wenn er es nicht so gemeint

hatte. Man sollte vor Erinnerungen nicht davonlaufen, sondern sie willkommen heißen. Es war nicht Miles' Schuld, dass sie die harmlosen Erinnerungen an rosa Dreiräder und Plastikpferde nicht teilen konnte, dass sie sie mit Entsetzen erfüllten. Es war nicht seine Schuld, dass sie die beiden im Stich gelassen hatte. Es war nicht seine Schuld, dass sie zurückgekommen war.

Sie ging zum Kühlschrank und schaute hinein, weil Leute das in der Küche gewöhnlich taten. Während sie weg gewesen war, hatte sie sich kaum für Essen interessiert, hatte Brot und ungesundes Zeug gekauft, wann immer es ihr einfiel, hatte abends meist Suppe aus der Dose gelöffelt.

»Ich habe Heidelbeeren gekauft«, sagte Miles. »Die sind doch nach wie vor hoch bei ihr im Kurs, oder?«

»Ich denke schon.« Sadie nahm eine Heidelbeere und legte sie auf die Zunge, zerdrückte sie am Gaumen. Sauer. Sinneswahrnehmungen konnten sie allmählich wieder überraschen, all die oberflächlichen Dinge, die zum Leben gehörten.

Sie schüttete die Heidelbeeren in eine Schale, zusammen mit den Himbeeren, die sie vor zwei oder drei Tagen gekauft hatte. Sie implodierten förmlich, sackten vor lauter Reife in sich zusammen. Als Sadie sie in die Schale schüttete, hinterließen sie Teile ihrer selbst, verschmierte Eingeweide im Karton. Sie trug die Schale und einen Becher Biojoghurt, den Amber (zurzeit) besonders liebte, zum Tisch. Wenn sie Amber beim Essen zusah, musste Sadie sich immer auf die Zunge beißen, um nicht das zu sagen, was ihre Mutter früher über den Tisch geschleudert hatte:

Iss besser nicht so viel davon. Musst auf deine Figur achten. Wirst nicht immer so aussehen. Es gibt die auch mit weniger Kalorien. Sie wusste, dass Amber die ungesagten Worte spüren konnte. Oft kam es ihr vor, als existierte in diesem Haus eine zusätzliche Dimension: unausgesprochene Dinge, ein zweites Schattenleben, in dem sie Familienangelegenheiten aufbewahrten. In dem die vergangenen sechzehn Jahre sicher verstaut waren. Amber hatte bislang gut mitgespielt – doch Sadie spürte, dass unter der Oberfläche das Misstrauen lauerte, dass sich der Zorn anstaute. Es gab jetzt zwei von ihnen im Haus.

»Morgen.«

Sadie spürte, wie sich ihr Herz zusammenzog, als sie sich umdrehte. Ihre Tochter stand auf der Schwelle, trug ihren flauschigen Morgenmantel, die Pyjamahose aus Flanell steckte in fusseligen Ugg-Boots. Ihr Morgengesicht erschreckte Sadie immer – sie sah Amber selten ohne Make-up, mit blonden Augenbrauen statt den dicken dunklen Balken, und brauchte oft einen Augenblick, um zu begreifen, dass es ihre Tochter war, die sie da anschaute. Sadie hatte sich nach wie vor nicht an den unverwandten, teilnahmslosen Blick gewöhnt, mit dem Amber sie immer bedachte. Bei ihrer ersten Begegnung vor sechs Monaten hatten sie einander zunächst nur angestarrt, konnten die Ähnlichkeiten zwischen ihnen nicht fassen. Bei der Erinnerung bohrte sich die Angst wie ein Stachel in Sadies Herz.

Amber hatte die gesträhnten Haare zu einem schiefen Knoten gesteckt und gähnte breit, wobei sie theatralisch mit der Hand vor dem Mund herumwedelte.

»Alles Gute zum Geburtstag, meine Kleine!«, sagte Miles,

schoss an Sadie vorbei, umarmte Amber und riss sie dabei von den Füßen.

»Danke, Dad.« Sie verdrehte die Augen auf eine liebevolle Weise, die Sadie erst allmählich zu deuten lernte. »Oooh, Geschenke!«

Ihre Tochter wandte sich der Tüte zu, pastellfarbenes Papier segelte zu Boden. Sie untersuchte flüchtig jedes Geschenk, quietschte gelegentlich, dann landete eins nach dem anderen auf dem wachsenden Berg auf dem Tisch. Es waren lauter Sachen von der Liste, die sie Sadie vor einem Monat ausgedruckt hatte – keine Überraschungen. Amber mochte keine Überraschungen, was Sadie ihr kaum verdenken konnte.

Als sie fertig war, schaute sie ihre Eltern an und lächelte. »Danke«, sagte sie und kam zu Sadies Überraschung zuerst zu ihr, um sie fest – *richtig* – zu umarmen. Sie konnte den blumigen, leicht verschwitzten Geruch ihrer Haut einatmen.

»Gern geschehen«, sagte Sadie unter Tränen und leicht schwindlig, und dann: »Happy birthday.«

Amber war schon weitergezogen, schlang die Arme um Miles' Hals und drückte ihm einen Kuss auf die stoppelige Wange. Sadie trat zurück, ihr war seltsam warm. Wenn Amber beschloss, ihr Strahlen auf einen zu richten, leuchtete es geradezu blendend hell. Sadie war verunsichert, als wäre sie aus der Sonne in ein dunkles Zimmer gekommen. Ihr Gehirn konnte kaum Schritt halten.

»Und jetzt das Geburtstagsfrühstück für das Geburtstagsmädchen!«, verkündete Miles mit einer leichten Verbeugung und stellte stolz den Teller mit Pfannkuchen auf den Tisch.

»Ooohh, danke, Dad!« Amber lud sich den Teller voll, kippte die Sirupflasche auf den Kopf und spritzte alles voll. »Lecker.« Noch im Stehen schob sie sich eine Gabel voll in den Mund und eilte zur Tür. »Ich muss mich für die Schule fertigmachen.«

»Aber ich dachte –«, sagte Miles, doch Amber war schon verschwunden, der Teller weggezaubert, ihre Schritte waren durch die Decke zu hören. Der Raum wirkte seltsam leblos ohne sie. Miles ließ sich betrübt auf einen Stuhl fallen und schaufelte sich Pfannkuchen auf den Teller.

»Kaffee?«, bot Sadie an, und er drehte sich zu ihr um und lächelte. Er schien froh, sie bei sich zu haben. Sie war hier. Sie war hier, und Amber war ihre Tochter, und sie war wieder zu Hause.

1990

IHRE ELTERN bemühten sich nach Kräften, ernsthaft auszusehen, als sie auf den wackeligen Plastikstühlen saßen. Ihr Dad beugte sich vor, als wollte er kein einziges Wort von dem verpassen, was Mrs Barclay, die ihnen gegenübersaß, zu sagen hatte. Ihre Mutter hatte vergessen, die Renovierungssachen auszuziehen, auf der Schulter ihres alten Shirts prangte ein weißer Fleck. Beide hörten mit gerunzelter Stirn und zusammengepressten Lippen der Lehrerin zu – auf den ersten Blick hätte man glauben können, ihre Eltern steckten in Schwierigkeiten.

Sadie betrachtete sie durch die zerkratzte Scheibe des Klassenzimmers, ihre Schuhspitze quietschte auf dem Linoleum. Im Flur war es kühl und ruhig, und bis jetzt war sie allein. Eine einzelne Neonleuchte ganz am Ende hatte zu flackern begonnen, und sie wusste, dass sie sie im Auge behalten musste. Sie drehte sich zu der Ecke, in der ein anderer Flur abzweigte, in dem das Licht bereits ausgeschaltet war. Die Schatten waren still – noch –, und sie wandte ihre Aufmerksamkeit wieder der Szene im Klassenzimmer zu.

Sie konnte genau erkennen, wann ihre Eltern von Sorge zu Ärger schwenkten. Sie hatten mit einem Streit oder einem Knochenbruch gerechnet. Stattdessen entpuppte sich der »Vorfall«, den Mrs Barclay in knappem Ton erwähnt hatte, als das hier.

Sadie schaute wieder zu der flackernden Leuchte, sie gab nicht auf. Sie kämpfte weiter, konnte die Schatten noch in Schach halten. Doch als sie wieder zum Fenster schaute, hatten sich die drei Erwachsenengesichter zu ihr gedreht.

Auf dem Heimweg zerrte ihre Mutter am Gurt, damit sie sich zu Sadie umdrehen konnte.

»Alles gut, Liebes?«, fragte sie ein- oder zweimal, und Sadie nickte und lächelte mühsam, obwohl sie am liebsten die Augen verdreht hätte.

Sie warteten bis zum Abendessen, was nicht unerwartet war. Anne und Robert Frederick ließen Probleme lieber vor sich hin eitern, da sie hofften, sie würden unter dem Druck des normalen Lebens irgendwann zu nichts zerfallen, zu etwas, aus dem eine Familie wachsen konnte.

Doch das hier war offenbar zu schwerwiegend, um es zu ignorieren. Sie aßen Spaghetti bolognese, Soßenflecken zierten das Hemd ihres Vaters, eine Flut herausgepickter Möhrenstückchen lag angespült an Sadies Tellerrand. Beide schauten sie an. Sie aß alle Pilze heraus, ohne ihre Eltern zu beachten.

Anne sprach als Erste. Sie ließ die Gabel mit einem bedeutungsvollen Ton auf den Tisch fallen, und Robert schlürfte rasch die Spaghetti, die er zum Mund geführt hatte.

»Was ist heute passiert? Wir möchten deine Version der Geschichte hören.«

Sadie legte behutsam ihr Besteck hin und schob den Stuhl zurück. »Ich kann mich nicht daran erinnern.« Dann ging sie in ihr Zimmer.

Natürlich konnte sie sich daran erinnern. Sie erinnerte sich nur zu gut, während sie im Bett lag und alle Lampen brannten. Eine war neu – eine Lavalampe aus dem Laden, in dem es immer nach Räucherstäbchen roch und in dem die winzigen Räume durch Perlenvorhänge voneinander getrennt waren. Ihre Mutter hasste den Laden, genau wie alle Mütter, war aber mit Sadie hingegangen, um sie nach ihrer ersten Füllung beim Zahnarzt aufzumuntern (sie hatte ihr auf dem Hinweg sogar ein Eis mit Cola-Geschmack gekauft. Es war kein blaues – der Himmel würde einstürzen, bevor Anne Frederick ihr Kind etwas essen ließ, das einen so unnatürlichen Blauton hatte –, aber es war immerhin ein Sieg). Sadie hatte die Lampe eilig ausgesucht, aus Angst, ihre Mutter könnte das Angebot zurückziehen, und nun verbrachte sie Stunden damit, die weichen violetten Kugeln zu bestaunen, die durch das schwache Pink schwebten.

Die andere Lampe hatte früher auf ihrem Nachttisch gestanden – ein Fliegenpilz aus Porzellan, durch dessen Fenster und Tür das Licht nach außen drang. Sie hatte die Lampe irgendwann unter ihr Bett gepackt und erst kürzlich wieder hervorgeholt, obwohl sie eigentlich zu alt für ein Nachtlicht war.

Sie lag da, links und rechts von sich eine Lampe, und die Deckenlampe mit dem verstaubten Schirm verströmte ihre zuverlässige Wärme. Dennoch krochen die Schatten heran. Sie sickerten unter den Möbeln hervor, glitten über die Wände. Das Flüstern mischte sich in ihren eigenen schnellen Atem, und sie versuchte, es zu verdrängen.

Sie dachte an das zurückgelassene Abendessen und an

ihre Eltern, die vermutlich immer noch schweigend am Tisch saßen, und drehte sich auf die Seite.

In der Schule hatte sie sich sicher gefühlt. Es war nicht das Gleiche, wie Hand in Hand mit Helen in den Wald zu gehen, während Justine und Marie abwechselnd Geschichten vom Großen Mann erzählten. Wenn sie allein im Wald waren und der Wind durch die Bäume flüsterte, kam es ihr vor, als wäre alles möglich. Als könnte er jeden Augenblick aus den Schatten treten und eine von ihnen mitnehmen. Doch die Schule mit den schmierigen Fenstern und den Pultreihen war ein ganz normaler Ort. Hier war niemand besonders. Meist schaute sie auf den Spielplatz und hinauf zu den Wolken, die über den grauen Himmel jagten. Sie fragte sich, ob die Geschichten wahr sein konnten; ob die Dinge, die sie manchmal in ihrem dunklen Zimmer hörte, real waren. Ob sie sich wünschte, dass sie es wären.

In diesem Schuljahr nahmen sie die Viktorianer durch, was ihr gut gefallen hatte. Sie betrachtete alte Schwarzweißfotos von Frauen mit Turnürenkleidern und Männern mit Rüschenkragen und Hüten. Sie stellte sich Straßen mit Kopfsteinpflaster vor, in deren Pfützen sich das schwache Laternenlicht spiegelte, in denen der Nebel sich um Häuserecken stahl. Manchmal träumte sie von einem hohen Haus mit Stufen vor der Tür, einem Gesicht, das nicht das ihre war und sie aus einem Spiegel mit verschnörkeltem Goldrahmen anschaute. Ihre Absätze klickten durch eine Gasse, in der es süß und widerlich roch.

Helen war an diesem Tag nicht in der Schule gewesen – Sadie hatte sich vorgenommen, auf dem Heimweg bei ihr zu klingeln. Helen war oft krank; sie schien Erkältungen förmlich anzuziehen. Sadie fragte sich, ob Helen neuerdings auch das Flüstern der Schatten hörte.

Es war Dienstag, Kunstunterricht, und Mrs Barclay hatte ihnen aufgetragen, Bilder der Fabriken zu zeichnen, über die sie im Unterricht gesprochen hatten. Sie sollten Kreide und Holzkohle für Licht und Schatten benutzen. Alle mochten den Kunstunterricht, und es war ausnahmsweise still, während sich die ganze Klasse über das Papier beugte. Aus schwarz verfärbten Fingern erwuchsen Bilder auf dem Zeichenpapier, das sich an den Rändern rollte. Sadie saß da und sah zu, wie rauchende Schornsteine und schiefe Fenster um sie herum entstanden, aber auf ihrem eigenen Blatt waren nur Rauch und Schatten zu sehen, eine wirbelnde Masse, die sich ihr ständig zu entziehen schien.

Sie hatte die Hand in die Höhe gereckt. »Ich habe mich vermalt. Ich möchte noch mal neu anfangen.«

»Dann hol dir neues Papier, aber schnell«, hatte Mrs Barclay gesagt.

Hinten im Klassenzimmer gab es eine Tür, durch die man in einen langen, schmalen Abstellraum gelangte. Billige Regale aus Spanplatten standen an den Wänden, in denen sich Kunstzubehör, Übungshefte und die Plastikmappen mit Zippverschluss stapelten, in denen sie eigentlich ihre Hausaufgaben aufbewahren sollten. Dazu Dosen mit Stiften und Pinseln und feuchte Spinnweben, die an den dickgetünchten Wänden klebten.

Sadie zögerte auf der Schwelle. Es gab nur eine einzige nackte Glühbirne, die sanft im Luftzug hin- und herschwang. Ihr weißes Licht fiel ruhig und gleichmäßig auf den Betonboden. Die Ecken und Winkel aber lagen im Schatten; das

Licht war zu schwach, es reichte nicht bis dort. Als sie einen Schritt zum Regal mit dem Zeichenpapier machte, fiel die Tür knarrend hinter ihr zu, und die Schatten wurden größer.

Sadie verlor kurz den Mut, aber der Papierstapel war verlockend nah, und sie spürte die kribbelnde Vorfreude auf ihr Bild. So ging es ihr schon eine ganze Weile: Sie hatte die Idee für ein Bild oder eine Geschichte und geriet in Wut, wenn sie mit Malzeug oder Papier dasaß und das Ganze nicht wie von selbst aus ihr herausströmte.

Sie vergaß die schleichende Dunkelheit und trat näher ans Regal, wählte ein Blatt Papier, das ein bisschen größer war als die übrigen, stellte sich vor, wie Mrs Barclay geistesabwesend die Klinge des Schneidmessers wieder und wieder über das Brett geschoben hatte, während sich die Blätter zu ihren Füßen kringelten. Sie vergaß die Dunkelheit, bis die Glühbirne flackerte. Einmal, zweimal. Ihre Hand glitt vom Regal. Sie schaute zum Ende des Raums, wo Stühle und eine alte, zerbrochene Staffelei an der Wand lehnten.

Aber was dort lauerte, war nicht der Schatten der Staffelei, oder? Ihr Herz blieb stehen, fast sah sie, wie sich der Schatten langsam löste, seine langen Finger entrollte, Nase und Kinn im Profil, hoch oben an der Wand – und dann drehte er sich langsam zu ihr.

Das Papier flatterte zu Boden.

Sadies Hand zuckte über das Regal und fand einen Becher voller Scheren mit Plastikgriffen.

Sie spürte einen Atem am Hals, einen Schatten, der sich über sie beugte. Das Licht flackerte, und dann ging es mit einem Funken und einem Knall aus.

Sadie stand ganz still da, die Dunkelheit um sie herum bewegte sich. Keine Angst, sagte sie sich. Du hast ihn gerufen. Als der Atem wieder über ihre Haut flatterte, kniff sie trotz der Dunkelheit die Augen zu.

Sadie war noch nicht bereit, etwas Besonderes zu werden. Sie versuchte, ruhig zu bleiben, doch als sich eine glatte, kalte Hand um ihren Arm schloss, entfuhr ihr unwillkürlich ein Schrei. Sie fasste die Scherengriffe mit ihrer heißen, feuchten Hand, holte aus, stieß fest zu.

Und dann war es nicht mehr ihr eigener Schrei. Sie öffnete die Augen und sah den Abstellraum, die Tür war offen, Licht flutete herein. Mrs Barclay stand vor ihr, die Schere mit den grünen Griffen ragte aus ihrem teigigen Arm, das Blut sickerte langsam und träge auf ihre von Kreide und Holzkohle gefleckten Finger. Ihre weit aufgerissenen Augen waren auf Sadie gerichtet, wachsam und voller Angst.

Und dann war Sadie wieder allein gewesen.

Sie fragte sich, ob sie jetzt allein war.

Sie lag im Bett und starrte zur Decke hinauf. Horchte auf die Stille des Hauses. Dann griff sie langsam hinüber und schaltete nacheinander alle Lampen aus.

2016

SADIE KAM immer zu früh, weil sie auf keinen Fall unzuverlässig erscheinen wollte. Während sie weg gewesen war, hatte sie frei über ihre Zeit verfügen können; jetzt fiel es ihr schwer, sich an strenge Grenzen zu gewöhnen. Aber sie bemühte sich. *Falls du zurückkommst*, hatte Miles an jenem ersten Morgen zu ihr gesagt, das Gesicht aschfahl vor Schock, die Augen geschwollen und gerötet vom Schlafmangel, *musst du es ernst nehmen. Du musst ihre Mutter sein.* Und sie nahm es ernst, als hätte sie einen neuen Job, in dem sie zwei Chefs beeindrucken wollte. Doch es würde lange dauern, bis sie die Probezeit absolviert hatte.

Sadie parkte um siebzehn Minuten vor zehn am Jugendheim, siebzehn Minuten zu früh. Das kam ihr ganz vernünftig vor, sie musste ja nicht lange warten, und so lehnte sie sich im Sitz zurück und hörte, wie der Motor beim Abkühlen vor sich hin tickte. So spät waren kaum noch Autos unterwegs, und die Kiefern, die den Parkplatz säumten, zuckten und schwankten im Wind. Sie saß im Auto und hörte ihren eigenen Atemzügen zu. Sie versuchte, nicht zu den Bäumen hinüberzuschauen.

Sie zuckten und schwankten. Die Schatten reckten sich im orangefarbenen Licht der Straßenlaternen, entrollten sich und griffen nach ihr. Dunkle Gestalten tanzten über den Asphalt, ergriffen die Flucht. Der Motor tickte, tickte,

tickte, die Sekunden dehnten sich. Sie schloss die Augen. Es half nicht.

Sie war überrascht gewesen, als Amber sich auf Miles' Vorschlag eingelassen hatte, ihren Geburtstag in der Gemeindedisco zu feiern. Sie war noch nicht achtzehn, also gab es keinen Alkohol, und Sadie hatte erwartet, dass Amber die Nase rümpfen würde. Andererseits konnte sie ihre Tochter schlecht einschätzen. Sie waren einander äußerlich zwar ähnlich, aber Sadie freute sich, wenn sie Wesenszüge von Miles an ihrer Tochter entdeckte. Ihr war aufgefallen, wie freundlich Amber mit ihrem Vater umging und dass sie seine Vorschläge akzeptierte, selbst wenn sie ihr uncool oder langweilig erscheinen mussten, was Sadie als gutes Zeichen nahm. Entdeckte sie hingegen Spuren von sich selbst an ihrer Tochter, tat sie, als wäre es eine optische Täuschung.

Sie schaute zum Gebäude hinüber. Als sie vor sechzehn Jahren weggegangen war, hatte es noch nicht existiert – das Haus und der Parkplatz waren nur ein vergilbtes Feld gewesen. Die Stadt war seither gewachsen, neue Wohngebiete mit identischen hellen Ziegelhäusern waren entstanden, und ihr war erst nach und nach klargeworden, dass diese Fläche vorher unberührt gewesen war. Hatte sie wirklich geglaubt, nichts würde sich verändern? Sie wusste es nicht.

Sie dachte oft an den Abend, an dem sie vor der Tür erschienen war.

Es war spät gewesen, später als beabsichtigt, und sie hatte nicht gewusst, ob sie erleichtert sein sollte, weil im Wohnzimmer noch Licht brannte. Sie hatte nichts bei sich gehabt, das war ihr wichtig vorgekommen. Natürlich hatte sie sich das Haus schon angesehen, sich vergewissern müssen, dass nur Miles und Amber dort wohnten. Sie hatte geglaubt, es sei so weit, dass sie nun endlich zu ihnen zurückkehren könnte. Dennoch wollte sie auf Nummer Sicher gehen. Die Schatten hatten nämlich die leidige Angewohnheit, zu ihr zurückzukehren.

Als sie zur Tür ging, hatte sie das Auto bemerkt, den von der Sonne verblichenen Einhornaufkleber am Beifahrerfenster, der sich allmählich von der Scheibe löste. Vor dem Beifahrersitz im Fußraum lag ein Ordner mit einer ihr unbekannten verschnörkelten Handschrift auf dem Etikett: *D&T Hausaufgaben* ☺. Sie erinnerte sich, wie sie vor der Haustür gestanden und gehorcht hatte. Die alte Sadie wollte weitergehen, sich um die Hausecke schleichen und durchs Fenster schauen – alles aus sicherer Entfernung beobachten. Stattdessen hatte sie geklingelt.

Die Automatiktüren des Jugendheims öffneten sich ruckartig, Licht strömte auf den Gehweg. Ein weiteres Auto bog auf den Parkplatz, die Scheinwerfer durchschnitten die Dunkelheit, und sie schrak unwillkürlich zurück, schaute wieder zu den Bäumen. Alte Freunde hinter sich zu lassen war schwerer als erwartet.

In der Teenagergruppe, die aus der Tür drängte, konnte sie Amber erkennen, die Mica untergehakt hatte. Sadie war stolz, dass sie sich an Micas Namen erinnerte. Und da war auch Alisdair, Ambers bester Freund. Die drei waren seit der Krabbelgruppe befreundet, und es war wichtig, dass Sadie sich daran erinnerte.

Sie fragte sich oft, was die Jugendlichen von ihr halten mochten: der zurückgekehrten Mutter, der Verrückten, die aus der Wildnis heimgekommen war. Sie fragte sich, was sie wussten, obwohl sie nicht einmal sicher war, was Amber wusste. Anfangs hatte sie versucht, Miles vorsichtig darüber auszuhorchen, wie viel er Amber über die Gründe erzählt hatte, aus denen ihre Mutter gegangen war – und wie viel er selbst wusste. Sie hatte ihm zugehört, als er von jener Woche in der winzigen Wohnung erzählte, als Amber gerade geboren war. Er hatte ihr leidgetan. Für Miles, der immer so optimistisch gewesen war, der ein vollkommen glückliches Leben ohne jeden Schatten geführt hatte, musste es besonders erschreckend gewesen sein. Zuerst hatte sie ein schlechtes Gewissen gehabt, weil sie ihm sein Vertrauen in die Welt geraubt hatte. Doch als er weitersprach, hatte Sadie die vertraute Dunkelheit in sich gespürt, und ihre Geduld hatte sich in Luft aufgelöst.

»Ich *musste* weggehen«, hatte sie gesagt. »Ich musste sie beschützen.« Danach hatte er geschwiegen.

Die Gruppe stand noch vor dem Jugendheim, bewegte sich dann langsam auf das Auto zu, so dass Sadie Amber deutlicher erkennen konnte. Sie hatte ihrem Make-up Details hinzugefügt, die noch nicht da gewesen waren, als sie das Haus verließ: dunkelvioletten Lippenstift; schärfere Konturen für die Wangen. Sie hatte auch die Shorts ausgezogen, und das enge schwarze T-Shirt war gerade lang genug, um als Kleid durchzugehen. Sofern man nicht zu genau hinschaute.

Neben ihr ging ein hochgewachsenes Mädchen, das Sadie nicht kannte. Sie hatte dunkle Haare und hielt den Kopf gesenkt, die Arme vor der Brust verschränkt, während sie mit Amber sprach. Sie trug lilafarbene Jeans und ein hübsches, fließendes weißes T-Shirt; ein mädchenhaftes Outfit, das Amber ums Verrecken nicht angezogen hätte. Amber redete mit ihr, schaute sie gelegentlich an oder nickte, um zu zeigen, dass sie ihr zuhörte. Dann und wann beugte sie sich kichernd zu ihr. Nicht wirklich interessiert, aber auch nicht unfreundlich. Das Mädchen winkte schüchtern zum Abschied, löste sich von der Gruppe und stieg in das andere Auto ein, das immer noch die Scheinwerfer anhatte und einen blendenden Lichtkreis beschrieb, als es wendete und vom Parkplatz rollte.

Sadie beobachtete, wie die Aufmerksamkeit ihrer Tochter müßig zwischen den Jungen hin und her wanderte, die sich um ihre Aufmerksamkeit bemühten. Sie machte Selfies mit ihnen, lehnte sich an eine Brust, lachte über einen Scherz. Aber es wirkte lustlos, und Sadie gelangte zu dem Schluss, dass Amber sich für keinen von ihnen interessierte.

Und dass sie sehr wohl bemerkt hatte, dass ihre Mutter sie beobachtete.

Die Jungen verloren den Spaß und schlenderten in Richtung Innenstadt davon, bis nur noch Amber, Mica, Alisdair und ein ihr unbekannter Junge übrig waren. Er folgte ihnen zum Auto. Sadie konnte sein Gesicht nicht erkennen, auf dem Parkplatz war es zu dunkel. Als sie ganz nah waren, schaute Sadie Amber in die Augen, und erst als die Türen aufgingen, begriff sie, dass die Meute sich geteilt und sie umzingelt hatte.

»Hallo, Mrs Banner«, sagte Alisdair und glitt auf den Beifahrersitz.

Amber stieg als Letzte ein. Hinter ihr krümmten und wanden sich die Bäume.

Auf der Rückfahrt spürte Sadie, dass ihre Tochter sie im

Rückspiegel beobachtete. Sie griff danach, als wollte sie ihn einstellen. Gab vor, das Wispern vom Rücksitz nicht zu hören, das Gelächter, das explodierte wie Krähen, die von einem Baum aufstoben.

»Danke fürs Mitnehmen«, sagte Alisdair, der es sich neben ihr gemütlich gemacht hatte, ein langes Bein über das andere geschlagen, einen Ellbogen besitzergreifend am Fenster abgestützt.

»Oh.« Ihre Hände tasteten über das abgenutzte Lederlenkrad, suchten nach den richtigen Worten, als wären sie dort eingeprägt. »Keine Ursache, ist schon in Ordnung.« Als sich die Stille wie Pappe in ihrem Mund anfühlte, fragte sie: »Hattet ihr Spaß?«

Alisdair drehte sich um und lächelte; ein schmallippiges, verschwörerisches Lächeln. Es verschwand so schnell, dass Sadie es sich auch eingebildet haben konnte. »Ja, vielen Dank«, sagte er in dem höflichen Ton, der Eltern vorbehalten war. »Es hat wirklich Spaß gemacht. Danke, dass Sie uns die Karten gekauft haben.«

Sadie hatte sie nicht gekauft. Ihr Bankkonto war in einem jämmerlichen Zustand, sie hatte nur wenig Geld, das sie auf eine Weise zusammengekratzt hatte, an die sie jetzt nicht denken wollte. Miles lehnte gekränkt ab, wann immer sie etwas beisteuern wollte. Doch das musste Alisdair (oder Amber) nicht erfahren. »Gern geschehen.«

Sie sah zu, wie das Licht der Scheinwerfer vor ihnen über die Straße glitt, Autos und Hecken kurz beleuchtete, bevor es sie wieder der Dunkelheit überließ. Wieder konnte sie das Flüstern vom Rücksitz hören: Mica, Amber und der Junge, dessen Namen sie nicht kannte oder vergessen hatte. Ihre

Haut kribbelte, und sie wurde rot, verlegen, kam sich vor wie ein kleines Kind. Als müsste sie sich Justine und Marie von neuem vorstellen und ihr Bestes geben, genau das Richtige zu sagen, genau das zu sein, wonach sie suchten. Genau wie damals wusste sie auch jetzt nicht, wie sie mit Amber und ihren Freunden reden, ob sie überhaupt mit ihnen reden sollte. Plauderte Micas Mutter mit ihnen, wenn sie sie von der Schule abholte? Blieb Alisdairs Vater noch eine Weile im Wohnzimmer, wenn die drei sich einen Film ansahen? Blieb er stehen und unterhielt sich mit ihnen, stellte Fragen? Oder waren es sichtbare, aber lautlose Eltern, die sich mühelos hin und her bewegten und sich so unauffällig wie möglich um ihre Kinder kümmerten? Sie wusste es nicht. Sie wusste nicht, wie sie sich einfügen sollte. Das hatte sie nie gewusst.

»Mum«, sagte Amber gedehnt und gelangweilt. Das zweite »M« endete in einem Lachen, das rasch erstickt wurde. »Du musstest hier abbiegen.«

Ihre Handflächen am Lenkrad waren jetzt feucht. »Entschuldigung.« Sie wollte in drei Zügen wenden, doch es wurden fünf. Sie fuhr langsam, wobei die Scheinwerfer mehr verbargen als zeigten und wechselhafte, träge Schatten warfen. Sie wünschte sich, sie wäre zu Hause. Sie wusste nicht mehr, wo genau Mica wohnte, und die Straße war schmal und auf beiden Seiten zugeparkt.

»Hier ist es«, sagte Mica, als könnte sie Sadies Unbehagen spüren. »Danke, Mrs B.« Sie küsste Amber auf die Wange und reckte sich nach vorn, um Alisdair in eine Wolke aus teurem Parfüm und dem süßlich-kreidigen Geruch ihres Make-ups zu hüllen. Ihre burgunderroten Fingernägel umklammerten den Sitz.

»Ich kann von hier aus laufen«, sagte Alisdair, und Sadie wollte ihm schon widersprechen, doch es kamen nur fedrige, flüchtige Laute aus ihrem Mund, während sie kraftlos die Hand hob.

»Keine Sorge, ich kenne eine Abkürzung.« Er öffnete die Tür und schwang die dünnen, jeansumhüllten Beine nach draußen.

Als sie weg waren, wurde das Flüstern leiser und das Kichern schärfer. Der Junge hatte in der Mitte gesessen, rutschte aber nicht auf Micas freien Platz. Als Sadie wieder auf die Hauptstraße bog, kippte Amber lachend gegen ihn. Ihre nackten Knie rutschten zur Seite, sie wandte ihm den Kopf zu.

Sadie wollte bremsen. Sie wollte aussteigen und spüren, wie die Nachtluft in ihre Haut biss, wie sich die frühe Wärme des Tages verflüchtigte.

Sie wollte nicht an den Wald denken, an Justines zerrissene Shorts oder das Klicken der Glücksbringer an Helens Fahrradspeichen. Sie wollte nicht an den Großen Mann denken.

Er kann dich zu etwas Besonderem machen, wenn du ihn darum bittest.

»Mum.« Amber lachte nicht mehr, klang jetzt verlegen. Sadie schaute auf die Straße und hatte keine Ahnung, wo sie waren.

»Tut mir leid«, sagte sie kraftlos. »Hast du was gesagt?«

»Du hast die Straße schon wieder verpasst. Wir mussten vor einer Ewigkeit abbiegen.« Ihre Stimme klang ausdruckslos.

»Sorry, sorry.« Sie wurde langsamer, rollte in eine Haltebucht und wendete. Die Straße war verlassen, die Dunkelheit waberte wie Tinte. Sie mied den Blick ihrer Tochter im Rückspiegel. Amber rutschte von dem Jungen weg und starrte aus dem Fenster.

Er sprach, als sie sich einer Kurve näherten, als die ersten Blüten der spinnenartigen Weißdornbüsche wie Sterne im Scheinwerferlicht aufleuchteten. »Es ist die Nächste«, sagte er, und seine Stimme klang überraschend tief und träge. »Bei der Straßenlaterne – sehen Sie?«

»Alles klar.« Sie versuchte, normal zu klingen. Sie spürte, wie Amber hinter ihr vor sich hin kochte. Sie bog in den Weg zwischen den Rapsfeldern, die Scheinwerfer hüpften auf und ab.

Das Bauernhaus war niedrig, mit Flachdach, davor brannte eine Lampe. Die Nebengebäude kauerten im Schatten, und im verdorrten Gras stand eine einsame, schiefe Schaukel mit einem rostigen Gestell.

»Danke fürs Mitnehmen«, sagte der Junge und öffnete erleichtert die Tür, doch bevor er ausstieg, griff Amber nach seinem T-Shirt. Sie zog ihn an sich und küsste ihn, nicht lange, aber fest, unbeirrt, und als sie ihn losließ, schaute sie Sadie von der Seite im Rückspiegel an.

Als sie wieder auf der Straße waren, sagte Sadie: »Du bist betrunken.«

Amber zuckte nur mit den Schultern. Sie saß jetzt allein auf dem Rücksitz, da keine von ihnen vorgeschlagen hatte, sie solle sich nach vorn setzen.

Sadie versuchte es noch einmal, zaghaft, bewegte sich auf unbekanntem Terrain. »Du bist zu jung, um Alkohol zu trinken.«

Diesmal nur ein Lachen, ein kleines, bitteres Geräusch. Ihre Tochter wandte sich ab.

Sadie gab auf. Sie fuhren weiter.

»Uff.«

Amber rollte sich auf den Rücken und zog die Bettdecke übers Gesicht. Sonnenlicht strömte durchs Fenster; sie hatte vergessen, die Jalousie herunterzulassen. Sie hob den Kopf und betrachtete ihren Körper unter dem kühlen weißen Baldachin der Decke. Sie hatte vergessen, sich auszuziehen. Und auch – sie warf einen Blick aufs Kopfkissen, das ihren geisterhaften Gesichtsabdruck zeigte – sich abzuschminken.

Sie deckte sich wieder zu und machte eine rasche Bestandsaufnahme. Ihr Mund war trocken und ein bisschen pelzig; sie spürte noch den schwachen Whiskygeschmack. Ansonsten ging es ihr verhältnismäßig gut. Vermutlich waren Kater ein Mythos, etwas, das nur im Kopf ihrer Mutter existierte.

Sie schloss die Augen und versuchte, wieder einzuschlafen, musste aber an den gestrigen Abend denken, ließ alles noch einmal ablaufen. Sie hatte Spaß gehabt. Alle hatten Spaß gehabt, oder?

Mica und Alisdair waren ständig zusammen gewesen, wie so oft in letzter Zeit. Außerdem war da dieser beiläufige Kommentar von Alisdair über irgendein Konzert, auf dem sie beide gewesen waren und zu dem sie Amber nicht eingeladen hatten.

Sie kannte den Grund. Seit Sadie zurück war, hatten sich ihre besten Freunde verändert. Es war, als würden sie etwas von ihr erwarten – als wollten sie, dass Amber über ihre Gefühle sprach. Doch das hatte sie nun wirklich nicht vor. Es war privat, ging nur sie etwas an. Falls Mica und Alisdair glaubten, sie werde ihnen erzählen, wie traurig es war, dass ihre Mutter sie als Baby verlassen hatte, wie seltsam es war, plötzlich eine Wildfremde »Mum« nennen zu müssen, dann kannten sie Amber schlecht. Und sie wurde das Gefühl nicht los, dass sie sich verändert hatten, weil die ganze Sache sie abschreckte (wer konnte es ihnen verdenken?). Oder – schlimmer noch – dass sie sie bemitleideten. Das könnte sie nicht ertragen.

Andererseits hatte Alisdair seinem Vater den Whisky aus dem Schrank gestohlen, nur für sie. Und Mica hatte ihr das enge schwarze Top gekauft, das sie seit Wochen im Internet bestaunt hatte.

Sie tastete unter dem Kopfkissen nach ihrem Handy. Sie hatte es vor einem Monat auf einer Party fallen lassen, die Risse verliefen wie Spinnweben über den Monitor, das Hintergrundbild von ihr und Mica war zersplittert. Sie entsperrte den Bildschirm; ein verpasster Anruf von Alisdair, der schon ein paar Stunden zurücklag, weil er zur Frühschicht in die Bäckerei musste. Sie entspannte sich ein bisschen. Sie war immer noch die Nummer eins.

Sie hatte auch eine Nachricht von Jake bekommen – ein bisschen überraschend, immerhin war Sadie auf der Rückfahrt total seltsam gewesen. *Schlaf gut*, gefolgt von einem Kuss-Emoji. Sie verdrehte die Augen. So vorhersagbar. Nachricht gelöscht.

Es klopfte, und sie zog die Decke vom Gesicht. »Ja?«

Miles steckte den Kopf herein. »Morgen, Kleines. Hunger auf Speck?«

»Immer.«

»Dachte ich mir.«

»Bin gleich unten.« Als er die Tür geschlossen hatte, stand sie auf und zog sich aus. Sie holte einen sauberen Schlafanzug aus der Schublade, wischte sich mit einem feuchten Babytuch übers Gesicht und band ihren Pferdeschwanz ordentlich. Dann betrachtete sie sich im Frisierspiegel. *Schon viel besser.*

Unten hatte er beide Küchenfenster geöffnet, und der scharfe grüne Geruch von frisch gemähtem Gras drang durch den fettigen Dampf, der aus der Pfanne aufstieg. Irgendwo brummte ein Rasenmäher. Amber zog einen Stuhl heran und schaute zu, wie ihr Vater den Speck briet. Er trug seinen alten, fadenscheinigen Bademantel mit den Spritzern von Bleichmittel. Er hatte die nassen Haare nach hinten gekämmt und pfiff ein altes Lied, das sie aus dem Radio kannte.

»Madam.« Er reichte ihr das fertige Sandwich, das genau so war, wie sie es mochte: zwei dicke Scheiben Weißbrot, vom Laib geschnitten, zwischen denen Ketchup hervorquoll.

»Danke, Dad.«

Er zog den Stuhl gegenüber zu sich heran und machte sich über sein eigenes Frühstück her (Vollkornbrötchen, braune Soße), die aufgeschlagene Zeitung neben sich. Die Seiten flatterten im Luftzug auf und nieder.

»Wo ist Mum?« Das Wort fühlte sich fremd in ihrem Mund an, was seltsam war. Es war ja nicht, als hätten sie nie über sie geredet. Doch nun war sie hier, ein echter Mensch statt eines vagen, verschwommenen Konzepts, und es kam ihr falsch vor. Nun, da sie hier wohnte und eigentlich alles normal sein sollte – anders als in den ersten Tagen, als Miles sie wie ein Einhorn behandelt hatte, das sich jederzeit erschrecken und verschwinden konnte –, fühlte es sich seltsamer an denn je.

»Sie fühlt sich nicht gut.« Er zwinkerte ihr zu. »Aber das ist allein ihre Schuld.«

Amber warf einen Blick auf die Küchentheke, wo leere Weinflaschen für den Recyclingcontainer standen. Eine war hinzugekommen. Neuerdings standen dort immer Flaschen, und sie musste an den Kinderreim denken. *Zehn grüne Flaschen hängen an der Wand.* Meist hörte sie die Stimme ihrer Mutter, obwohl sie sich unmöglich daran erinnern konnte, dass Sadie ihr das vorgesungen hatte. *Und fällt eine Flasche mal herunter …*

Miles blickte auf. »Oh, wenn man vom Teufel spricht. Dir müssen ja die Ohren klingeln, Schatz.«

Amber schaute zu Sadie und dann wieder zu ihrem Sandwich. Sie fragte sich, ob ihre Mutter sauer wegen gestern Abend war – was irgendwie heuchlerisch wäre angesichts der Flaschen, die wie stumme Wächter auf der Theke standen. Der Wind wurde stärker; die Zeitung flatterte im Luftzug. Sadie ging hin und schloss das eine Fenster, dann auch das andere. Die plötzliche Stille war irgendwie aufgeladen, doch das war sie in letzter Zeit immer, und Amber aß einfach weiter.

Der Kühlschrank quietschte, als Sadie die Tür öffnete und sich dagegenlehnte, während sie die Ablagefächer betrachtete. Dann machte sie den Kühlschrank wieder zu, goss sich Kaffee aus der Cafetiere ein und setzte sich ans

Tischende, zwei Stühle zwischen sich und den anderen. Sie schlang die Hände um den Becher, als wollte sie sich an ihm wärmen, und sah die beiden zaghaft an, bevor sie sich abwandte.

»Das ist ja mal schön«, strahlte Miles. »Frühstück am Samstag mit meinen beiden Mädels. Was ganz Besonderes.«

Amber fand ihn nervig, und sein Optimismus war manchmal anstrengend, aber auch irgendwie mitreißend. Sie erinnerte sich, wie sie ihn als Kind einmal zum Weinen gebracht hatte, das war ihre lebhafteste Erinnerung. Eine dumme Sache – Amber war müde gewesen, nachdem sie den Tag bei einer Freundin verbracht hatte, und Miles hatte gesagt, es sei Zeit fürs Bett. *Ich wünschte, meine Mum wäre hier*, hatte sie geschrien, und die Worte hatten ihn wie eine Ohrfeige getroffen – sie hatte förmlich den Aufprall gesehen, wie sein Kiefer schmerzhaft herunterklappte. Er hatte sich weggedreht, bevor sie seine Tränen sehen konnte, doch sie hatte sie in seiner Stimme gehört, ganz deutlich. *Geh ins Bett, Amber*, hatte er gesagt, und sie hatte gehorcht. Seither hatte sie immer gehorcht, weil sich das Bild eingebrannt hatte, wie sich seine tapfere Miene auflöste und zerfiel, eine Vorstellung, die ihr mehr Angst einflößte als alles andere. Miles war alles, was sie hatte, und die fünfjährige Amber hatte beschlossen, nie wieder diejenige zu sein, die ihm das Herz brach.

Heute schätzte sie seinen Optimismus, betrachtete ihn als etwas Besonderes. Denn Miles glaubte tatsächlich, sie könnten eine normale Familie werden – und vielleicht, ganz vielleicht würde das auch gelingen.

»Und, wie war es gestern Abend?«, fragte er. »Hattet ihr Spaß?«

Sie nickte. »Ja. Danke fürs Bezahlen.« Sie vergaß nicht, auch Sadie anzuschauen, und die freudige Überraschung im Gesicht ihrer Mutter bescherte ihr ein seltsam warmes Gefühl in der Brust.

Miles trank einen Schluck Kaffee. »Wer war denn alles da?«

»Ich, Mica, Alisdair, Jenna, ein paar Jungs aus meiner Klasse und Billie – sie ist richtig nett –«

Sadie beugte sich mit wachsendem Selbstbewusstsein vor. »Ist Billie das dunkelhaarige Mädchen? Ich hatte mich schon gefragt, wer sie ist.«

Das gefiel Amber nicht. *Spionierst mir nach, was?* Aber sie zwang sich zu einem Lächeln. »Ja genau. Sie ist neu und erst seit diesem Schuljahr in meiner Klasse.«

»Sie wohnt mit ihrer Mutter allein, richtig? Ich wette, die kennt auch noch niemanden«, sagte Miles.

Amber krümmte sich innerlich. Er würde doch hoffentlich nicht versuchen, Sadie mit einem anderen einsamen Neuankömmling zu verkuppeln. »Kann sein«, sagte sie achselzuckend.

»Vielleicht gehst du mal bei ihr vorbei«, schlug er Sadie vor, die gar nicht zuzuhören schien. »Wäre doch nett. Ich bin mir sicher, sie könnte eine Freundin gebrauchen.«

»Mmm.« Sadie trank einen großen Schluck Kaffee und starrte aus dem Küchenfenster.

»Und was hast du sonst fürs Wochenende geplant, Ams?« Miles tauchte den Rest seines Brötchens in einen Klecks Ketchup, der auf Ambers Teller eintrocknete. »Viele Hausaufgaben?«

Vermutlich, sie konnte sich nicht daran erinnern. Sie war sich nicht sicher, weshalb sie jetzt daran denken sollte, wenn sie noch den ganzen Sonntag vor sich hatte und die zehn Minuten vor Schulbeginn am Montagmorgen. »Ich und Alisdair treffen uns heute Nachmittag, wenn er Feierabend hat. Ist das okay?«

»Morgen kommen deine Großeltern«, sagte Sadie stirnrunzelnd.

»Ich *weiß*, darum treffen wir uns ja *heute Nachmittag.*« Amber war genervt. Es war so offensichtlich, wie Sadie ihren Platz beanspruchte, indem sie ihre Tochter in die Schranken wies. Und dann war da noch Miles, der ihnen gegenübersaß und vor Glück nur so strahlte. Also musste sie lächeln, während ihre sarkastischen Worte noch in der Luft hingen. »Ich helfe euch beim Vorbereiten, wenn ich wieder da bin. Vielleicht kann ich die Cupcakes backen, die Nan so gerne mag.«

»Klingt toll.« Sie spürte Miles' Lächeln, ohne es zu sehen; es wärmte sie. Er griff nach ihrem Teller und stand auf. »Dann hab einen schönen Nachmittag mit Alisdair. Ich muss mich im Arbeitszimmer einschließen und Aufsätze korrigieren.«

»Danke, Dad.« Als sie die Küche verließ, warf sie einen Blick auf Sadie, die immer noch aus dem Fenster starrte. Sie waren selten allein, auch jetzt noch.

Vor sechs Monaten hatte Miles sich, eine Stunde bevor der Wecker ging, neben ihr Bett gekniet. *Amber, du musst mir jetzt genau zuhören.* Dann hatte unten in der Küche ein Stuhl geknarrt, und sie hatte es gewusst, hatte es schon da gewusst, die Erkenntnis hatte sie wie ein Blitz durchzuckt und den Schlaf verdrängt. *Wer ist das, Dad? Wer ist da unten?*

Amber schob den Stuhl zurück und stand auf. Sie nahm sich einen Becher Kaffee – vielleicht war sie etwas voreilig gewesen, als sie sich immun gegen den Kater glaubte – und zögerte dann, die Cafetiere in der Hand. Eigentlich müsste sie Sadie noch eine Tasse anbieten, das wäre normal. Aber sie brachte die Worte nicht über die Lippen.

Zuerst war sie aufgeregt gewesen, was auch sonst, denn Miles war praktisch vor dem Bett herumgehüpft, so wie früher am Weihnachtsmorgen. Ihre Mum wartete unten in der Küche auf sie. Ihre Mum war zu ihr zurückgekommen.

Aber Amber musste unwillkürlich daran denken, weshalb sie damals weggegangen war.

2018

Dienstag, 15. Mai 2018, 1.39 Uhr
Von: Greta Mueller > An: Federica Sosa
Amber für Donnerstag zu Glamour-Event eingeladen – überarbeiteter Drehplan im Anhang. Gutes Material heute. Ihr Auftritt bei GM America ist jetzt online – nicht sicher wegen Geoblocking, unten ein Link.

> Dienstag, 15. Mai 2018, 2.13 Uhr
> Von: Federica Sosa > An: Greta Mueller
> Wie ist sie so?

Dienstag, 15. Mai 2018, 2.23 Uhr
Von: Greta Mueller > An: Federica Sosa
Ein bisschen zurückhaltend und sehr kontrolliert.

> Dienstag, 15. Mai 2018, 2.25 Uhr
> Von: Federica Sosa > An: Greta Mueller
> Kann ich ihr nicht verdenken. Hat sie viel über die Mutter gesprochen?

Dienstag, 15. Mai 2018, 2.28 Uhr
Von: Greta Mueller > An: Federica Sosa
Ein bisschen. Ich will sie nicht drängen.

Dienstag, 15. Mai 2018, 2.31 Uhr
Von: Federica Sosa > An: Greta Mueller
Tja, daran sollte sie inzwischen gewöhnt sein! Denk dran, mit wem wir es zu tun haben. Du brauchst sie nicht mit Samthandschuhen anzufassen.

Dienstag, 15. Mai 2018, 2.32 Uhr
Von: Greta Mueller > An: Federica Sosa
Aber ich kann nicht vergessen, dass sie erst achtzehn ist. Ich muss eine Vertrauensbasis schaffen, statt sie mit Fragen zu bombardieren. Sonst macht sie vermutlich ganz dicht.

Dienstag, 15. Mai 2018, 2.33 Uhr
Von: Federica Sosa > An: Greta Mueller
Schön, aber sei nicht zu vorsichtig. Wir brauchen das Material.

Dienstag, 15. Mai 2018, 2.33 Uhr
Von: Federica Sosa > An: Greta Mueller
Der Ansatz von wegen junge Mörderin ist gut und schön, aber nicht neu. Das andere Zeug ist viel interessanter.

Dienstag, 15. Mai 2018, 2.34 Uhr
Von: Federica Sosa > An: Greta Mueller
Es geht hier nicht um Boulevard-Horror, sondern um die Schatten der Vergangenheit. Das ist dir doch klar, oder?

Dienstag, 15. Mai 2018, 2.35 Uhr
Von: Federica Sosa > An: Greta Mueller
Eine tolle Zeile. Erinnere mich dran, dass ich die verwende.

Dienstag, 15. Mai 2018, 2.38 Uhr
Von: Greta Mueller > An: Federica Sosa
Klar. Es wird wohl großes Fingerspitzengefühl brauchen, damit sie in irgendeiner brauchbaren Weise über Sadie oder den Großen Mann spricht. Wann immer Journalisten danach gefragt haben, war sie äußerst vorsichtig. Als hätte sie Angst, zu viel zu verraten.

Dienstag, 15. Mai 2018, 2.38 Uhr
Von: Federica Sosa > An: Greta Mueller
Sie muss wissen, dass die Leute etwas darüber hören wollen. Oder meinst du, sie hebt sich alles für das Buch auf?

Dienstag, 15. Mai 2018, 2.41 Uhr
Von: Greta Mueller > An: Federica Sosa
Sie hat wohl Angst, man könnte sie als verrückt abschreiben, wenn sie etwas dazu sagt. Und wenn sie es nicht tut, könnte die Presse das Interesse verlieren.

Dienstag, 15. Mai 2018, 2.43 Uhr
Von: Federica Sosa > An: Greta Mueller
Das klingt schlüssig. Und ist ein weiterer Grund, weswegen wir unbedingt einen Zugang zu ihr finden müssen. Egal wie – wir müssen diejenigen sein, denen sie vertraut. Denen sie sich öffnet. Ich schaue mir gerade das Interview an, das du geschickt hast, und da ist irgendwas an ihr, das ich nicht benennen kann. Es steckt mehr dahinter, das weiß ich.

Dienstag, 15. Mai 2018, 2.45 Uhr

Von: Federica Sosa > An: Greta Mueller

Als wäre sie überhaupt nicht froh, dass sie davongekommen ist.

Dienstag, 15. Mai 2018, 2.47 Uhr

Von: Greta Mueller > An: Federica Sosa

Überrascht dich das? Das muss doch für jeden ganz furchtbar sein. Selbst wenn sie nicht verdient hat, dafür ins Gefängnis zu gehen.

Dienstag, 15. Mai 2018, 2.49 Uhr

Von: Federica Sosa > An: Greta Mueller

Du kannst mich zynisch nennen, aber auf mich wirkt sie weder schuldbewusst noch traumatisiert. Ich spüre da gar nichts. Keine Emotionen.

Mich überläuft es kalt, wenn ich sie anschaue.

Das wird perfekt.

2016

SIE ÜBERSTANDEN den Sonntag, und sie überstanden Miles' Eltern. Es war der fünfte Besuch seit Sadies Rückkehr, und alles war ein bisschen leichter geworden. Relativ betrachtet. Denn John und Frances Banner hatten sie nie besonders gemocht – das Mädchen, das mit neunzehn schwanger geworden war und den armen Miles eingefangen hatte. Ihre Schwiegermutter war zornig gewesen, als sie ihre Familie im Stich gelassen hatte, doch ihre Wut angesichts von Sadies Rückkehr war noch größer. Wer konnte es ihr verdenken? Sadie jedenfalls nicht. Sie hatte keine Ahnung, was Miles seinen Eltern erzählt hatte, und er wich ihren Fragen immer aus. *Was sie denken, ist egal*, sagte er immer wieder. *Es geht um uns. Um uns drei.*

Der arme optimistische Miles. In seinen Augen waren sie wieder zu dritt.

Sie hatte nicht gewusst, was sie bei ihrer Rückkehr vorfinden würde. Sie hatte lange darüber nachgedacht, recherchiert, überprüft. Sie war sicher, dass Amber alt genug und damit nicht mehr in Gefahr war. Doch eine leise Stimme tief in ihr hatte sich gefragt, ob sie sie wirklich gerettet hatte, indem sie weggegangen war – und ein anderer Teil von ihr (noch leiser und verborgener) fragte sich, ob die Gefahr jemals existiert hatte. Oder ob die Warnung, die sie in Ambers erster Lebenswoche erhalten hatte, eine Lüge gewesen war.

Tu es nicht. Denk nicht an das Mädchen.

Das kleine Mädchen, das auf dem Stuhl in der Zimmerecke gesessen hatte, während das Baby im Körbchen neben dem Bett schlief.

Sadie stand auf. Sie durfte nicht an das Mädchen denken.

Sie ging nach oben, um Atem zu schöpfen, und die Erinnerungen waren dort tatsächlich leiser. Im Flur betrachtete sie die Wände mit der gestreiften Tapete, den fingerfleckigen Spiegel über der Treppe. Hier hingen Fotos – die meisten von Amber, aber auch einige von Miles –, und Sadie betrachtete sie wieder einmal, um zu begreifen, was während ihrer Abwesenheit geschehen war. Sie suchte in Ambers Gesicht nach etwas, das sie wiedererkannte. Versuchte, sich abzulenken.

Es half nicht. Wieder sah sie klar und deutlich den Abend, an dem sie endgültig die Wohnung verlassen hatte. Amber war erst zehn Tage alt gewesen. Miles hatte neben ihr geschnarcht, während die Böden und Wände knarrten und die Schatten näher krochen. Das Baby in seinem Korb hatte mit den Beinchen gestrampelt, und Sadie hatte auf der Seite gelegen und es über die Bettkante hinweg angeschaut. So klein – es hatte ihr immer den Atem geraubt. Und auch, dass es so still dalag und Sadie aus weit geöffneten Augen anschaute, als wäre sie die Sonne oder der Mond. Füße schabten über die kleine Matratze, die winzige Hand war achtlos neben dem Kopf ausgestreckt, die Fingerchen eingerollt.

Und dann, in der Zimmerecke, ein leises Geräusch.

Sie hatte sich aufgesetzt, und da war wieder das Mädchen gewesen. Sie saß auf dem Stuhl – er war zu hoch für sie, die

Füße in den altmodischen klobigen Schuhen und den Spitzensöckchen schwangen über dem Boden hin und her. Die Haare hatten sich aus den Spangen mit den Gänseblümchen gelöst, die Locken fielen ihr ins Gesicht, ihre Haut war blass und wächsern, ein Schmutzfleck zog sich quer über die Wange. Dunkle Flecken auf dem Kleid. Sadie hatte gewusst, was sie sehen würde, wenn sich das Mädchen vollends zu ihr umwandte. Sie versuchte, sie mit ihrem Blick festzuhalten, flehte lautlos: *Bitte, dreh dich nicht um.*

Der Große Mann holt Töchter. Doch manchmal braucht er Hilfe.

Die Worte klangen Sadie in den Ohren, als sie im Flur des Hauses stand, in dem ihre Familie ohne sie gewachsen war, als sie die Fotos des Lebens betrachtete, das sie während ihrer Abwesenheit geführt hatten. Sie hatte auf die Warnung des Mädchens gehört, hatte Amber in Miles' Obhut gelassen und den Großen Mann und seine Schatten von ihr weggeführt. Warum also spürte sie sie immer noch, warum war es, als würden Augen sie aus jedem Winkel beobachten?

Sie riss ruckartig den Arm hoch – manchmal war es ihr, als könnte sie das Haus mit einer raschen Bewegung zum Gehorsam zwingen, seine Feindseligkeit abwenden – und zog an der Kordel der Dachbodenklappe. Die Tür schwang auf, die Leiter rutschte herunter.

Auf halber Höhe machte sie kehrt und holte Miles' Taschenlampe aus dem Arbeitszimmer. Sie hatte nicht gefragt, ob es dort oben Strom gab. Lieber kein Risiko eingehen. Sie durfte sich nicht von der Dunkelheit überraschen lassen.

Sie kletterte durch die Luke und blieb eine Minute auf der Kante sitzen, damit sich ihre Augen an die Dunkelheit gewöhnen konnten. Aus dem Flur drang genügend Licht, um Umrisse zu erkennen: alte, kaputte Möbel waren an den Wänden aufgestapelt, manche mit Tüchern verhängt. Sie schaltete die Taschenlampe ein und ließ den Strahl durch die staubige Dunkelheit wandern. Er reichte nicht bis in die Ecken, wo sich undurchdringliche Schatten sammelten. Es war, als lauerten sie dort, kaum verborgen. Als warteten sie nur darauf, hervorzukommen, wenn sie es zuließ. Sie leuchtete zur Wand.

Dort waren Kartons säuberlich aufgereiht. Lauter Sachen, mit denen sie sich nie hatte beschäftigen müssen – Schulbücher, Weihnachtsdekorationen, Kostüme –, alle sorgfältig beschriftet und verstaut, lauter Bausteine der Vergangenheit, die sie auspacken und verstehen musste. Eine ungeheure Aufgabe. Sadie blieb eine Weile sitzen und betrachtete alles. Ihre Beine schwangen hin und her, doch der Impuls reichte nicht, um aufzustehen.

Atmete noch jemand außer ihr im Dunkeln? Waren es die leisen, schniefenden Atemzüge eines Kindes? Sie wartete auf das Trippeln kleiner Füße auf nackten Dielenbrettern, auf das leise Klingen eines silbrigen Lachens.

Sie wartete. Sie drehte sich nicht um.

Hinter ihr knarrte ein Dielenbrett, wieder der flatternde Atem. Bald würden sich kleine Finger nach ihr ausstrecken, ihren Arm oder ihre Schulter umfassen, das Kichern würde sich in ihr Ohr ergießen –

Sie drehte sich ruckartig um, der Strahl der Taschenlampe strich über die Dachbalken.

Nichts bewegte sich, alles war still. Nur die Schatten waren da – und sie sagten kein Wort.

Sie las die Etiketten auf den Kartons, sagte sie leise auf: *Papiere – Miles. Auszeichnungen – Amber. Puppenhaus. Möbel fürs Puppenhaus. Kleidung – Sadie.* Diesen Karton starrte sie etwas länger an. Darin befand sich, mit Klebeband versiegelt, eine ganz andere Sadie, die nur kurze Zeit existiert hatte. Sie sehnte sich verzweifelt nach ihr, als wäre dieser Mensch eine Wohnung, in der sie gewohnt hatte, bis der eigentliche Mieter sie zurückverlangt hatte. Sie wusste, in dem Karton würden zahllose Band-T-Shirts und Trägertops liegen, karierte Hemden, Jeansröcke und mehrere Cargohosen. Ein nietenbesetzter Gürtel, vielleicht sogar ein altes Röhrchen Wimperntusche. Sie hätte es am liebsten auf dem Boden ausgebreitet und sich daraufgelegt, den Geruch nach feuchter Waschküche und verschüttetem Bier eingeatmet.

Nur rochen sie jetzt nach Pappe und Staub. Sie hatte die Sachen zurückgelassen, so wie sie Miles und Amber zurückgelassen hatte, und alles hatte den Geruch eines ganz normalen Lebens angenommen.

Und jetzt war sie zurück.

Sie richtete den Strahl der Taschenlampe auf eine weiße Dokumentenkiste. *Fotos.*

Sadie balancierte vorsichtig auf dem Balken hinüber und holte die Kiste, die leichter als erwartet war. Sie setzte sich hin, und der Drang hineinzuschauen war geradezu überwältigend. Sie riss das Klebeband ab und warf es zerknüllt beiseite.

Einige Fotos steckten in limonengrünen Papierhüllen,

andere in einem Umschlag mit dem Logo einer alten Apotheke. Viele waren herausgefallen, ein wilder Haufen von Gesichtern, der am Boden der Kiste verstreut lag. Es würde eine Weile dauern, sie alle durchzugehen.

Dann erklang ein Geräusch aus den Schatten hinter ihr, doch als sie sich umdrehte, sah sie nur ein Puppenhaus und eine Holzkiste mit der Aufschrift *Spielsachen*. Noch mehr Dinge von Amber, die sie nie gesehen hatte.

Oben in der Fotokiste lag das Album. Sie nahm es vorsichtig heraus, legte es auf den Schoß. Ein weißer Leineneinband, der vom Alter vergilbt war. Darauf ein Kinderwagen aus rosakariertem Baumwollstoff und zwei Enten aus gelbem Cord. Und in Kreuzstich die Worte: *Unser kleines Mädchen*. Sie hielt es ans Gesicht und atmete den staubigen Geruch ein.

Wieder knarrte ein Dielenbrett, als ob jemand oder etwas sein Gewicht verlagern würde. Sie störte Dinge auf, die sie eigentlich in Ruhe lassen sollte.

Sadie schlug das Album auf, der Einband war aus dünner, billiger Pappe. Sie hatte es in einem Schreibwarengeschäft gekauft, als sie im vierten oder fünften Monat war, kurz nachdem sie ihr Studium abgebrochen hatte. Als sie sich trotzig fühlte. Die Wahrheit nicht erkennen wollte. Sie war sich sicher gewesen, dass es ein neuer Anfang für sie wäre. Sie würde ein neuer Mensch sein: Sadie Banner, Ehefrau und Mutter. Ein Mensch, der im Licht lebte. Damals hatte sie wirklich geglaubt, sie würde es schaffen. Sie hatte die Angst ignoriert, die sie nachts durchströmte, die Träume, die immer noch kamen und sie verschwitzt und atemlos zurückließen. Sie konnte sie leichter zum Schweigen bringen, wenn sie Miles' Körper an ihrem spürte, wenn sich das Baby in ihr bewegte.

Die Plastikschicht über der ersten Seite hatte durch Hitze oder Alter Blasen geworfen. Unter den Blasen war ein Bild von ihr selbst, wie sie hochschwanger im Bett saß. Sie erinnerte sich, wie Miles neben ihr gelegen hatte, die Kamera vorm Gesicht, eine Perspektive, die ihren Bauch wie einen Berg und ihr Gesicht unvorteilhaft breit aussehen ließ. Sie war jung gewesen, so jung. Sie konnte es nicht fassen, fuhr die runden Wangen wieder und wieder mit der Fingerspitze nach. Zwanzig Jahre alt, doch in dem formlosen T-Shirt und ungeschminkt sah sie noch jünger aus. *Eine Woche über Termin!*, hatte sie eigenhändig unter das Bild geschrieben, woran sie sich gar nicht mehr erinnern konnte. Sie schaute in die Ecke des Fotos, obwohl sie wusste, dass damals dort nichts gelebt hatte, dass ihre Hoffnungen noch lebendig gewesen waren und die Wohnung noch einige kostbare Tage lang nur ihnen gehört hatte, ihr und Miles.

Sie blätterte weiter, und ihr stockte der Atem. Wieder ihr eigenes Gesicht, das gleiche Lächeln. In einem Papierhemdchen, die Haare unter einer Plastikhaube. Im Krankenhausbett, die Arme vor sich ausgestreckt und die Daumen in die Höhe gereckt, überall waren Schläuche mit medizinischem Klebeband an ihr befestigt. Ein Notkaiserschnitt nach sechsunddreißig Stunden Wehen, und dennoch lächelte sie. *Wie dumm*, dachte sie, als sie das Foto betrachtete. *Du hattest ja keine Ahnung.*

Und dann, auf der gegenüberliegenden Seite, wie von Zauberhand, sah sie Amber. Auf dem Rücken in ihrem Krankenhausbettchen, die Beine froschartig angezogen. Sie hatte Stunden gebraucht, um sich zu entrollen. Stunden, um zu akzeptieren, dass sie nicht mehr im Mutterleib war und sich bewegen konnte. Ihr Gesicht war sauber und rosig, sie hatte die Augen geschlossen und die Fäuste neben den Ohren geballt, trug den hellgelben Strampler, den Sadie für sie ausgesucht hatte. Unmittelbar nach der Geburt hatten sie kein Foto gemacht, es gab keine kunstvollen Schwarzweißbilder des Chirurgen, der sie blutig und schreiend aus ihrem Körper hob. Kein Bild von Amber, purpurrot und weiß verschmiert, wie sie auf Sadies Brust lag. Nur Amber allein, winzig und einsam in dem Plastikbettchen.

Der Große Mann holt Töchter, dachte sie und dann: *Stopp*.

Sie betrachtete das nächste Foto, das ein oder zwei Tage nach der Heimkehr aufgenommen worden war. Miles und Sadie gingen über eine Wiese am Flussufer. Sie trug Amber in einem Tuch, hatte die Hand schützend um das winzige Köpfchen gelegt. Miles schaute in die Kamera, die Hände vor sich verschränkt, er hatte sein Fotogesicht aufgesetzt – ein kleines, nachdenkliches Lächeln, das Kinn ein wenig angehoben. Sadie hatte sich zur Seite gewandt, ihr Arm verdeckte das Baby, sie schaute rückwärts über die Schulter, wobei ein Windstoß ihr die Haare ins Gesicht wehte und den grauen Kragen ihrer Fleecejacke und einen Streifen sonnenentwöhnter Haut entblößte.

Das Bild hatte seine Mutter oder sein Vater aufgenommen; sie waren uneingeladen erschienen, als Miles mit dem Auto vor der Tür gehalten hatte. Als sie das Foto betrachtete, meinte sie, die gereizte Aufforderung – *Lächeln!* – zu hören, während der Wind an ihnen vorbeipfiff und das Baby unerträglich leicht an ihrer Brust ruhte.

Der Große Mann holt Töchter.

Die Stimme des kleinen Mädchens flüsterte dicht neben ihr in der Dunkelheit. Warnte sie.

Sie blätterte unbeirrt weiter. Da war Amber, die endlich die Beine ausstrecken konnte, die Füße steif nach oben gereckt, ihr winziger Körper versunken in den Bettdecken ihrer Eltern. Dann wieder balancierte sie auf Miles, der auf dem Sofa saß, lehnte sich mit dem Rücken an seine Brust, reckte jubelnd die winzigen Fäuste, die von seinen riesigen Händen gehalten wurden. Und da – Sadies Finger fuhren schweißnass über die Seite – lag sie auf dem Bauch auf dem schrecklichen verschlissenen Teppich, die Handflächen nach unten gedrückt, den Kopf erhoben, und schaute mit großen Augen in die Kamera.

Zu dem Zeitpunkt war Sadie schon nicht mehr da gewesen. Sie war weggegangen, hatte die Schatten und ihre Stimmen mitgenommen, hatte es Miles überlassen, die Fotos zu machen, diesen hoffnungslos kleinen Menschen ganz allein zu versorgen. Das einzige Bild von ihm zeigte ihn auf einer Party, bei der er Amber in dem Tuch trug. Sein Gesicht wirkte verkniffen und übernächtigt, eine hohle Panik in den Augen. Sie blätterte rasch weiter, weil sie sich davor fürchtete, ihn zu lange anzuschauen.

Das letzte Bild im Album zeigte Amber an ihrem ersten Geburtstag. Sie stand aufrecht, umklammerte die Kante des Couchtisches, vor sich einen Kuchen in Form einer Eins. Sadie erinnerte sich an den Tag. Sie hatte weinend in einem verschimmelten Zimmer gesessen und die Lampe ausgeschaltet, damit die Schatten sie holen konnten. Sie betrachtete noch einmal ihre Tochter, klappte das Album zu, zog die Knie ans Kinn und drückte die Stirn auf den kühlen Leineneinband. Sie atmete seinen staubigen Geruch ein, als wäre darin noch etwas von ihr übrig.

Um sie herum begannen die Schatten, wieder zu flüstern.

2018

GRETA RUTSCHT unruhig im Sessel herum und balanciert den Laptop auf der Armlehne. Die Scheinwerfer von der Schnellstraße flackern durch die schiefen Jalousien und tanzen über die Wand, die Klimaanlage summt gereizt vor sich hin. Es ist Viertel vor vier morgens, und ein erster Streifen Blau erscheint am dunklen Horizont. Im Hotel ist es wunderbar ruhig.

Sie klickt auf eine andere Seite, lädt ein weiteres Interview von der Arbeitsplattform herunter. Sie setzt Kopfhörer auf und greift mit der freien Hand nach dem Bier. *Nur noch eins*, sagt sie sich. *Nur noch eins, dann gehe ich schlafen.*

Die Frauenstimme in ihrem Ohr klingt weich, stockt aber bei einigen Konsonanten. Raucherin oder erkältet, vielleicht weint sie auch. Federica hat das erste Interview selbst geführt, was ungewöhnlich ist – damit hat es gute Chancen, in der Endfassung zu landen. Der Clip liegt nur als Audiodatei vor, was bedeutet, dass die Frau nicht im Film gezeigt werden möchte. Federica wird vielleicht Greta oder eine andere Kollegin als Ersatz nehmen; sie im Schatten filmen, mit abgewandtem Gesicht, und die Audiodatei später einfügen. Vermutlich hat sie die Hände der Frau gefilmt, vielleicht auch die Füße, die wird sie dann als vielsagende Signale präsentieren. Die kleinen Bewegungen, die Anspannung, die einen Satz unterstreicht oder widerlegt.

»Und das war, als diese Gedanken anfingen?«, fragt Federica gerade, näher am Mikrophon, die Stimme respektvoll gesenkt.

»Ja.« Der Ton kippt; man hört ein Kratzen, als hätte Federica das Aufnahmegerät zurechtgerückt. »Zuerst habe ich mich dabei erwischt, wie ich über die schlimmen Dinge nachdachte, die passieren könnten. Dass ich ihn fallen lasse oder vergesse.«

»Und dann ist es eskaliert?«

»Ja. Ich habe angefangen zu denken, dass er ohne mich besser dran wäre; ich war mir sogar sicher. Ich hörte die ganze Zeit Stimmen, die mir sagten, ich solle das Richtige tun und beide verlassen.«

Greta klickt wieder auf die Arbeitsplattform. Dort gibt es einen ganzen Ordner mit solchen Video- und Audiodateien, die nur die Namen der Interviewpartnerinnen tragen. So viele Frauen, so viele Geschichten. Lauter hoffnungsvolle Anfänge, die zunehmend aus den Fugen gerieten.

»Und wann erhielten Sie die Diagnose postpartale Psychose?«, erkundigt sich Federica. In diesem Augenblick vibriert Gretas Handy, die echte Federica verlangt ein Update. In London ist es später Vormittag; Greta sieht sie förmlich vor sich, in der Hand den zweiten großen Americano, die Füße auf dem Schreibtisch, die Schuhe achtlos abgestreift. Vor fünf Stunden hat sie eine Nachricht an Tom, Luca und Greta geschickt und angekündigt, dass sie auch heute nicht ins Flugzeug steigen werde: *Habe hier Dinge zu erledigen. Bin mir hundertprozentig sicher, dass ihr alles im Griff habt.*

Greta ist sich nicht so sicher. Federica auch nicht, den

ständigen Anweisungen und Fragen nach zu urteilen. Greta legt das Handy auf den winzigen Beistelltisch und zieht die Füße unter sich.

»Sofort«, sagt die Frau. »Sowie mich mein Partner überredet hatte, ins Krankenhaus zu fahren. Sie haben es sofort erkannt. Dort habe ich die Hilfe bekommen, die ich brauchte.«

Greta schließt die Datei und betrachtet wieder die ungeschnittenen Aufnahmen von Amber, die Tom heute hochgeladen hat. Wie ironisch sie schaut, wie abgebrüht sie darauf reagiert, dass ihre Mutter sie verlassen hat – und später wieder in ihr Leben getreten ist. Wie schlicht und ausdruckslos sie darüber spricht. *Kann ich ihr nicht verdenken*, hatte Federica geschrieben, und Greta musste ihr zustimmen. An Ambers Stelle hätte sie wohl auch eine Schutzmauer errichtet – das Geschehene war zu gewaltig, um es zu verarbeiten, die Vorwürfe und Schuldgefühle zu groß, um sie zu verdrängen oder zu akzeptieren. Federica findet Ambers Reserviertheit verdächtig, doch Greta fragt sich mittlerweile, ob sie nicht einfach nur tieftraurig ist; ein junges Mädchen, das nicht mit dem schrecklichen Erbe zurechtkommt, das ihre Mutter für sie hinterlassen hat, mit der dunklen, schrecklichen Geschichte, die sie selbst für sich erschaffen hat.

Greta war immer dagegen, Sadie Banners Taten im Film zu analysieren, das kann nur gefährlich werden. Federica will jedoch so viel wie möglich über Sadie ausgraben. Was sie gesagt hat, wohin sie gegangen ist, nachdem sie ihre Familie verlassen hatte – und was sie zur Rückkehr bewogen hat. Greta weiß, dass Federica das nur macht, weil sie nicht genügend Material von Amber selbst bekommen; der schrankenlose, ehrliche Zugang, den man ihnen versprochen hat, beschränkt sich bisher darauf, dass sie Amber bei der Morgentoilette filmen, wie sie irgendwohin fährt oder sich selbst bei aufgezeichneten Fernsehauftritten betrachtet. Amber scheint die Dokumentation als ihre eigene Realityshow zu betrachten, als eine Darstellung ihrer neuen Verruchtheit, und hat bisher wenig Interesse daran gezeigt, über die Geschichte zu sprechen, die sie überhaupt an diesen Punkt gebracht hat. *Warum sollte sie?*, bohrt Gretas innere Stimme. *Würdest du das tun?* Federica hat bei den letzten Anrufen und Mails klargemacht, dass das Team sie stärker bedrängen und mehr aus ihr herausholen soll – aber keinen Vorschlag gemacht, wie sie das bewerkstelligen sollen.

Federica hat angefangen, über Sadie Banner zu recherchieren. Greta vertraut ihrem Instinkt – sie kann nicht anders. Federica ist eine preisgekrönte Filmemacherin, berühmt dafür, Geschichten zu entdecken, die andere nicht finden. Und doch hat Greta ein schlechtes Gewissen, wann immer Amber ihr eine Handvoll Pommes oder etwas Süßes anbietet, wann immer Amber sie um Rat bittet, wenn es um ein Outfit oder die Farbe ihres Nagellacks geht. Amber glaubt, sie stünde im Mittelpunkt der Aufmerksamkeit, während jenseits des Atlantiks jemand in Dingen wühlt, die ausdrücklich tabu sind.

Und trotzdem kann Greta nicht widerstehen und blättert durch die fotokopierten Seiten, auf denen Federica die Stellen markiert hat, an denen Leute etwas über Sadie Banner und ihre Stimmen sagen. Während draußen der Morgen dämmert, hört sie sich die Geschichten anderer Frauen an, liest Anmerkungen von Therapeuten und Ärzten über postpartale Psychose. Und denkt: *Wie konnte man das nur verwechseln?*

1990

»NUN SEI kein Baby.«

»Genau.« Dass Helen es sagte, tat besonders weh. »Sei kein Angsthase.«

Die Bäume schwankten in der Dämmerung, das Laub am Boden zitterte im Wind. Der Herbst war früh gekommen, und die Mädchen gingen nun häufiger in den Wald. Sadie sah in die herankriechende Dunkelheit und fragte sich, ob sie lieber nach Hause gehen sollte.

Das fragte sie sich oft. Tat es aber nie.

Was der Große Mann von ihnen wollte, war nicht immer klar. Marie hatte gehört, er bekomme gern Geschenke, und so trafen sie sich jeden Tag nach der Schule auf einer kleinen Lichtung im Wald, die laut Justine zu den Lieblingsorten des Großen Mannes gehörte. Sie vergruben Centstücke und Süßigkeiten, und Helen, die sich besonders vor dem Großen Mann fürchtete, opferte sogar ihre Kylie-Minogue-Kassette.

Jedes Mal fragten sie Justine: »Ist das genug?«

Und Justine gähnte oder kratzte sich am Ellbogen oder spielte mit ihren Haaren. »Für heute«, sagte sie dann.

Doch an diesem Tag schüttelte sie nur den Kopf. »Nein. Das ist nicht genug. Ich glaube, der Große Mann ist gar nicht zufrieden mit uns.«

Maries angespanntes Lächeln verschwand.

»Ich will nach Hause«, sagte Sadie und schaute sich im dämmrigen Wald um.

Justine sah ihr in die Augen, beugte sich vor, ihr Atem ein warmer Hauch von Pfirsich und Sahne, der Lolli in ihrer Hand fast verschwunden.

»Sei kein Baby«, sagte sie noch einmal. »Möchtest du nicht etwas Besonderes sein?«

Sadie biss sich auf die Lippe und antwortete nicht. Sie hatte den anderen nicht erzählt, was im Kunstraum passiert war. Justine hatte ihnen stolz erzählt, der Große Mann habe sie eines Nachts besucht, und die Eifersucht hatte Sadie einen Stich versetzt.

Helen setzte sich auf einen Baumstumpf, sie atmete pfeifend. Nach einem schlimmen Asthmaanfall war sie zwei Tage nicht in der Schule gewesen und hatte ihre Mutter nur überreden können, sie zum Spielen nach draußen zu lassen, weil Marie ein Auge auf sie haben würde.

»Meinst du, der Große Mann holt Yasmin Hunt, wenn wir ihn darum bitten? Ich hasse die nämlich.«

»Die kleine Schwester von Jenny Hunt?« Marie verzog das Gesicht. »So eine Langweilerin will er bestimmt nicht haben.«

»Geht es denn nicht darum?«, fragte Helen mit verschränkten Armen. »Dass er die Blöden holt und die Guten zu etwas Besonderem macht?«

»Er holt die Bösen«, sagte Marie. »Aber er tut auch denen weh, die seinen Auserwählten weh tun.«

»Seht euch das an«, sagte Justine und hockte sich neben ihre Schultasche. »Das habe ich einem Jungen aus der Neun abgekauft.« Sie holte eine zusammengerollte Zeitschrift heraus, deren Rückseite abgerissen war. Sie strich sie glatt, und Sadie erhaschte einen Blick aufs Cover – die Zeichnung einer Frau in altmodischer Unterwäsche, die eine Treppe herunterlief und von einer schattenhaften Gestalt verfolgt wurde. »Das ist schon ein paar Jahre alt«, sagte Justine und blätterte darin. »Aber echt cool.« Sie fand die Stelle, nach der sie gesucht hatte, und reichte Marie das Heft. Die anderen drängten sich um sie.

Die Doppelseite war verknickt, eine Ecke eingerissen. Die Illustration zeigte ein Mädchen im Bett, das die Decke bis unters Kinn gezogen hatte. Am Fuß des Bettes erhob sich eine scharf umrissene schwarze Gestalt, deren spitze Finger sich nach dem Mädchen streckten. Das Grauen kommt in die Stadt, lautete die Überschrift. Helen drängte sich näher und stieß Sadie mit dem Ellbogen beiseite, so dass sie den kleingedruckten Text nicht lesen konnte.

»Es geht um eine Stadt hier in der Nähe«, sagte Justine, die Augen auf Sadie gerichtet. »In den Siebzigern hatten viele Kinder dort denselben Albtraum. Na ja, die Erwachsenen hielten es für einen Albtraum. Nachts hat der Große Mann sie besucht und gesagt, sie sollen mit ihm gehen. Aber es kommt noch besser. Manchmal hatte er auch andere Kinder dabei. Und in dem Artikel steht, dass die Beschreibungen auf Kinder passten, die tatsächlich vermisst wurden.«

»Eines von ihnen war die zwölfjährige Pauline King«, las Marie vor. »Einige der Kinder aus Stow-on-the-Wold beschrieben Pauline, die in ihren Träumen Hand in Hand mit dem Großen Mann gegangen sei. Pauline wurde seit Weihnachten vermisst, als sie angeblich mit einem unbekannten Mann die Schule verlassen hatte. Sie wurde nie gefunden.«

Sadie erschauerte. Wohin brachte er sie – und würde er sie auch mitnehmen? Oder war sie gut genug, um ausgewählt, um beschützt zu werden? Sie schaute auf den Erdhaufen und die Blätter, unter denen sie ihre letzten Opfergaben versteckt hatten, und wieder zu der comichaften Zeichnung in der Zeitschrift. Plötzlich kamen ihr die Geschenke klein und albern vor, sie waren ganz und gar nicht genug.

»Das ist unheimlich«, sagte Helen und wischte sich die Nase am Ärmel ab. »Vielleicht will ich doch nicht, dass er Yasmin Hunt holt. Vielleicht ist sie doch nicht so schlimm.«

Justine zuckte mit den Schultern. »Ich kenne einige Leute, die so schlimm sind. Ich habe eine ganze Liste von Leuten, die er meinetwegen gerne holen kann.«

Helen hatte Marie die Zeitschrift weggenommen und hielt sie näher ans Gesicht, wobei ihre Augen über die Wörter strichen. »Ich will ihn nicht in meinen Träumen haben«, flüsterte sie. »Wie kann ich ihn davon abhalten, in meine Träume zu kommen?«

Als Justine antwortete, schaute sie Sadie dabei wieder an. »Ist er da nicht schon längst?«

2016

SO HATTE Sadie es sich nicht vorgestellt.

Ihre Tochter verhielt sich gleichgültig, und ihr Ehemann tat, als wäre nichts passiert. Sie hatte so viel wiedergutzumachen, doch anscheinend wollte niemand darüber nachdenken, wo und wie man damit beginnen könnte. Sie war einfach da. Spielte ihre Rolle. Wartete, dass die Risse von selbst verschwanden. Warten konnte sie gut, das musste sie auch. Doch es kam ihr vollkommen falsch vor.

In den Monaten – dem Jahr – nachdem sie weggegangen war, hatte sie ein Cottage an der Küste gemietet. Die Kaution hatte ihre Ersparnisse fast aufgefressen, und sie musste sich etwas von einer alten Freundin leihen, doch es war abgelegen und weit entfernt von Miles und Amber. Zuerst war sie jeden Tag zu Fuß in die nächste Stadt mit einer Bücherei gelaufen und hatte die Zeitungen nach Artikeln über ein verschwundenes Baby durchforstet. *Der Große Mann holt Töchter.* Als die Wochen vergingen, verflog allmählich ihre Angst.

Erst später, sehr viel später, kurz vor Ambers zehntem Geburtstag, kamen ihr andere Wege in den Sinn, auf denen der Große Mann sie erreichen könnte. Vielleicht würde er Amber nicht holen, sondern sie zu etwas Besonderem machen. Vielleicht hatte sie ihre eigene Nachfolgerin geboren – und dann allein und ungeschützt zurückgelassen.

Damals hatte sie es nicht gewagt zurückzukehren – sie

durfte die Schatten nicht zu Amber führen. Sie hatte gehofft, dass Miles sie beschützen und alles Böse von ihr fernhalten könnte. Sie erinnerte sich, wie sie in einem anderen Cottage gesessen hatte, diesmal auf Skye, ein ganzes Jahrzehnt nachdem sie weggegangen war, vor sich den offenen Laptop. Sie erinnerte sich an die Jahre danach, in denen sie Ambers Profil auf Bebo betrachtet hatte, später auf Myspace. Noch später auf Facebook, Twitter und Instagram. Sie suchte nach einem Zeichen, irgendeinem Ausdruck im Gesicht ihrer Tochter, einer seltsam formulierten Statusmeldung, die ihr verraten würde, dass er sie gefunden hatte.

Und nun war sie zurück und beobachtete Amber, wenn sie redete, lachte oder schlief. Aber es war schwierig zu erkennen, da man die einzige Amber, die ganz sicher unberührt gewesen war, mit einem Skalpell aus ihr herausgeschnitten hatte.

Der Große Mann holt Töchter, dachte sie oft, wenn sie allein im Haus war, *aber was lässt er zurück?*

Sie bog in eine Parklücke in der Nähe der Schule. Miles war so großzügig, dass sie es kaum ertragen konnte. Er überließ ihr jeden Tag das Auto und trabte brav zu Fuß zum Bahnhof, die Tasche wie ein Zeitungsjunge quer über dem Körper, in der Hand einen extragroßen Reisekaffeebecher, der im milchigen Morgenlicht dampfte.

Als sie aus dem Wagen stieg, erinnerte sie sich unwillkürlich an die langen Wanderungen zu den öffentlichen Büchereien, die langsamen alten Computer, bei denen man sich noch ins Internet einwählen musste. Sie hatte über ihre Familie gewacht, auch wenn sie es nie erfahren hatte.

Ein Schrei erhob sich über das ferne Gemurmel vom Spielplatz. Sie zog die Ärmel über die Hände und ging zur Schule, horchte wie immer auf leise Schritte, die ihr folgten.

Sie klammerte sich an den Maschendrahtzaun und betrachtete die Gestalten, die auf dem Schulhof herumlungerten. Sie versuchte, Amber zu erkennen, wurde aber ständig abgelenkt – von Mädchen, die lachend den Kopf zurückwarfen; von Jungen, die die Hände in die Taschen gebohrt hatten und mit den Schuhspitzen launisch gegen Mauern stießen.

»Man könnte ihnen den ganzen Tag zuschauen, was?« Eine sanfte Stimme neben ihr. Sie bekam eine Gänsehaut, als sie sich umdrehte.

Die Stimme gehörte einer Frau, das war neu. Sie war klein und dünn, mit einem exakten symmetrischen Haarschnitt. Beigefarbene Caprihose mit gestreiftem Oberteil, die Füße in Birkenstocks voller Grasflecken. Die Armreifen an ihrer Hand klirrten, als sie einen Schritt nach hinten machte und zum Schulhof schaute.

Sadie blinzelte. »Ich –«

»Welche ist Ihre?« Die Frau lächelte. *Der Große Mann holt Töchter.*

Sie suchte den Schulhof mit den Augen ab und entdeckte Amber auf einer Bank. Sie war vertieft in ihr Handy, und das Mädchen neben ihr versuchte, ihre Aufmerksamkeit zu erregen. »Amber.« Sie deutete hinüber, war sich aber nicht sicher, ob sie es sich selbst oder der Fremden bestätigte.

»Ach, so ein Zufall«, sagte die Frau und ließ wieder die Armreifen klirren, als sie sich die Haare hinters Ohr strich. Sadie wartete auf die unvermeidliche Warnung. *Sie gehört mir* oder *Das ist doch kein Mädchen, sehen Sie das nicht?* Aber nein – sie zeigte auf das Mädchen, das neben Amber auf der Bank saß. »Das ist meine Tochter Billie.« Es war die große Dunkelhaarige von Ambers Geburtstag. Sadie sah, wie sie aufstand und Amber eine Packung Bonbons anbot, wie Amber sich eins nahm, ohne vom Handy aufzuschauen. Als sie sich wieder umdrehte, streckte die Frau ihr die blasse Hand mit den Armreifen entgegen.

»Ich bin Leanna.«

»Sadie.« Ihre eigene Hand war klamm und feucht, Leannas hingegen kühl und trocken. »Freut mich.« Diese Redewendungen und sozialen Rituale fielen ihr erst allmählich wieder ein, ihre Umgangsformen waren eingerostet.

»Wir sind neu hier«, sagte Leanna und verschränkte die Arme vor dem schlanken Körper. »Es ist albern, aber ich mache mir Sorgen um sie. Manchmal gehe ich einfach hin und schaue nach – aber ich stehe nicht ständig am Schulhofzaun, versprochen!«

Sadie lachte, weil man es von ihr erwartete, und das Geräusch mischte sich dissonant mit dem Klirren der Armreifen und dem fernen Gebrüll der Kinder. »Amber hat ihren Schlüssel vergessen.« Sie war überrascht, wie glatt ihr die Lügen immer noch von der Zunge gingen. »Ich habe ihn an der Pforte abgegeben.«

Dann klingelte es. Manche Kinder strebten zurück ins Gebäude, während die anderen gemächlich über den Schulhof schlenderten. Sadie wich zurück.

»Ich bin so erleichtert, dass Billie eine Freundin wie Amber gefunden hat.«

Sadies erster Gedanke war: *Glauben Sie das wirklich?*

»Kommen Sie von weit her?«, fragte sie stattdessen. Sie gingen wie durch eine stillschweigende Übereinkunft von der Schule weg.

»Ja, aus dem Norden«, sagte Leanna. In ihrer Stimme schwangen – genau wie bei Sadie – mehrere Akzente mit, obwohl Sadie keinen herausfiltern konnte. »Hören Sie.« Leanna blieb stehen, wirkte plötzlich unsicher. »Vielleicht ist das eine komische Frage, aber möchten Sie morgen Abend ein Glas Wein bei uns trinken? Amber übernachtet bei Billie – das hat sie Ihnen sicher erzählt –, und ich kenne niemanden hier in der Stadt. Ich würde mich freuen.«

Sadie schaute sich um, obwohl sie in einem hellen Lichtfleck standen und keine Schatten zu sehen waren. Natürlich war es möglich, dass Leanna die Gerüchte gehört hatte, dass sie die Nähe einer Verrückten suchte, damit sie deren Geschichte weitererzählen konnte. Aber ihr Gesicht war ernst, sogar nervös, und Sadie erinnerte sich, wie eifrig Billie Amber hinterhergehüpft war, als sie das Jugendheim verließen. Sie dachte an das, was Miles auf seine sanfte Art beim Frühstück vorgeschlagen hatte – vielleicht brauchte die Frau wirklich eine Freundin. Sie dachte an ihre erste Zeit allein in dem feuchten Cottage und wie sie sich nach Gesellschaft gesehnt und sich jeden Kontakt versagt hatte.

»Hört sich toll an. Ich komme gern.«

2018

AMBER IST spät dran, genau wie gestern. Sie hat auch beschlossen, dass sie heute, am vierten Tag der Dreharbeiten, nicht in ihrem Zimmer gefilmt werden möchte. Also warten Greta, Tom und Luca in der fensterlosen Hotellobby, in der die Stühle mit einem feucht aussehenden Samt gepolstert sind und die Tapete im Dämmerlicht der Hängelampen glitzert.

»Das ist doch lächerlich«, sagt Luca, nachdem sie dreißig Minuten gewartet haben. »Ich gehe noch eine rauchen.«

Greta und Tom sehen ihm nach, ein Lichtspalt dringt durch die Tür, bevor sie wieder zufällt.

»Vielleicht sollten wir mal mit ihr darüber reden, dass sie pünktlicher sein muss«, sagt Tom.

»Wir könnten Federica darum bitten. Vermutlich stoßen wir sie nur vor den Kopf, wenn wir ihr die Meinung sagen.«

Tom zuckt mit den Schultern und wühlt in einem Nebenfach seiner Kameratasche. »Ich habe den Eindruck, dass man ihr bisher eher zu selten die Meinung gesagt hat.«

»Das stimmt.«

»Ich weiß aber nicht, ob es Sinn hat, wenn Federica aus achttausend Kilometern die Mutti spielt.«

Greta verzieht das Gesicht. »Da ist was dran.«

Tom lehnt sich auf dem Stuhl zurück, nachdem er sich vergewissert hat, dass seine Ausrüstung vollständig ist. »Es ist übrigens echt nicht in Ordnung von ihr, dir das alles aufs Auge zu drücken.«

»Na ja, ich soll es wohl als Chance betrachten oder so.«

»Klar, solange du am Ende die entsprechende Anerkennung bekommst.«

Sie lächelt freudlos. Beide wissen, wie unwahrscheinlich das ist. »Hoffentlich bekommen wir heute besseres Material. Sie ist schwer zu interviewen, wenn sie gerade aus einer Talkshow kommt – da klingen alle Antworten einstudiert.«

»Mmm.« Tom kratzt sich im Nacken, und Greta bemerkt ein bislang unentdecktes Tattoo, das aus seinem Ärmel hervorschaut. »Das Material, das wir bis jetzt haben, kommt nicht gerade natürlich rüber.«

Sie seufzt. »Das wird schon. Hoffe ich. Ich habe mir übrigens die Band angehört, von der du gestern gesprochen hast. Die ist echt gut.«

»Findest du? Ich dachte mir, dass sie dir gefällt. Ziemlich cool, was?«

»Sie ist toll. Die ganzen Samples, die sie einsetzt. Und das Saxophon! Der Saxophonist ist der Hammer.«

Er grinst, in einer Wange taucht ein Grübchen auf. »Wusste ich doch, dass du Jazz magst. Dachte, es könnte genau dein Stil sein.«

»Es war jedenfalls eine sehr motivierende Begleitung bei den Recherchen über den Großen Mann.«

»Ich wette, der Typ steht auf Jazz«, sagt er, und das Grübchen verschwindet, als er boshaft grinst. »Eine Legende am Saxophon, wie ich hörte.«

»Ich sehe ihn eher am Kontrabass«, sagt Greta, und der Scherz tut gut, auch wenn es eigentlich falsch ist. Es tut gut, Tom in der fensterlosen Lobby mit dem glattpolierten Fliesenboden lachen zu hören.

»Da musst du wohl Amber fragen«, sagt er, und plötzlich ist ihr gar nicht mehr nach Witzen zumute. Tom sieht auf die Uhr. »Die verascht uns doch.«

Greta hofft insgeheim, dass Amber gar nicht auftaucht; wie damals in der Schule, wenn die Lehrerin krank war und es keinen Ersatz gab und sie einfach nach draußen in den Sonnenschein wandern konnten. Sie stellt sich vor, wie sie in den überchlorten Motelpool springt und sich danach mit ihrem Buch auf einen Plastikliegestuhl fallen lässt.

Dann aber malt sie sich aus, wie sie die erste Rezension der ersten Folge dieser Serie liest und ihrem Lebenslauf hinzufügt. Wie sie ihren Eltern erzählt, dass wieder eines ihrer Projekte einen Preis gewonnen hat. »Ich sollte wohl mal raufgehen.«

Tom verzieht das Gesicht. »Die Rezeption kann anrufen. Amber wird es schon schaffen, sich allein die Schuhe anzuziehen.« Sein Handy summt, er wirft einen Blick darauf. »Ich gehe mal telefonieren und hole mir eine Zeitung und einen Kaffee – möchtest du auch was?«

»Nein danke.«

»Kann ich meine Sachen hierlassen?«

»Klar doch.«

Er meldet sich, während er durch die Lobby geht. Seine Worte werden verschluckt, als sich die Tür zum Restaurant hinter ihm schließt. Dann ist Greta mit der Empfangsdame allein, deren lange Nägel auf der Tastatur klicken.

Greta schaut zum x-ten Mal aufs Handy. Keine neuen Mails. Sie öffnet den Browser und geht einige Seiten durch, die sie gestern Abend markiert hat.

Die Legende vom Großen Mann kann bis in die 1970er Jahre zurückverfolgt werden. Ein Großstadtmythos, der in englischen Schulen kursierte und von dem es mehrere Varianten gibt – die beliebteste erzählt von einem Mann, der seine ungehorsamen Töchter ermordet hat. Diese Version des Großen Mannes kann von »guten« oder »besonderen« Mädchen angerufen werden – nach der Legende werden Mädchen, die ihm Geschenke und Gehorsam anbieten, mit eigenen Gaben belohnt. In manchen Versionen sind dies besondere Kräfte, während es in anderen Beschützer sind, die angeblich »aus den Schatten gesandt werden«.

Nichts Neues; Greta hat in den letzten sechs Monaten viele solcher Zusammenfassungen gelesen. Sie klickt auf die nächste.

Der erste Bericht über den Großen Mann wurde 1972 in einer Grundschule in Nordengland aufgezeichnet. Er stammt von der siebenjährigen Julie Young, die ihn in einer Hausaufgabe über den Weihnachtsmann als »den großen Mann«, bezeichnete, der »in der Nacht kommt und guten Menschen Geschenke bringt und die bösen Menschen mitnimmt«. Ihr älterer Bruder Jonathan fand das so unterhaltsam, dass er für Weihnachten einen Comic über den bösen Weihnachtsmann zeichnete, den er den »Großen Mann« nannte. Es gab nur ein Exemplar, das bei Freunden herumgereicht wurde und über das die Familie ihre Witze machte – Jonathan und Julie hatten eine große Familie, und ihre Cousins amüsierten sich damit, den jüngeren Geschwistern mit dem Großen Mann zu drohen, der sie mitnähme, wenn sie nicht gehorchten.

Auch solche Berichte hat sie schon gelesen, aber keiner war so detailliert wie dieser. Sie nimmt sich vor, Julie und Jonathan Young zu recherchieren, und überlegt, wie wahrscheinlich es wohl ist, dass der Comic noch existiert. Federica wird ganz sicher danach fragen; da kann sie ebenso gut schon die Vorarbeit leisten.

Auf der Seite gibt es auch mehrere Links, und Greta geht alle durch. Einer führt zu einem Forum, in dem Leute ihre eigenen Geschichten über den Großen Mann gepostet haben. Es sind viele, viele Seiten.

mein bruder hat gesagt großer mann hat 2 mädchen ermordet in unserer straße befor ich geboren wurde. die haben sie im baumhaus gefunden und wenn man nachts hingeht weinen sie

Kennt jemand diese Geschichte aus Australien? Mutter tötet ihre Tochter im Schlaf – hat doch sicher mit dem GM zu tun.

meine schwester ist verschwunden als ich drei war. der große mann hat sie geholt. ich will sie zurück.

Meine Freundin is so komisch. Woran merkt man ob der GM Leute verändert?

Sie wechselt zum nächsten Link, einem Artikel aus einer Psychologiezeitschrift, in der es um die Auswirkungen der

Legende auf präpubertäre Mädchen geht. Es werden mehrere Fallbeispiele vorgestellt. Die Einleitung konzentriert sich auf Stow-on-the-Wold, einen Fall von 1977, mit dem Greta inzwischen recht vertraut ist. Angeblich litten viele Kinder in der Stadt auf einmal unter dem gleichen Albtraum, in dem eine dunkle Gestalt an ihrem Bettende stand, manchmal in Begleitung eines anderen Kindes. Sie hat auch den Artikel gelesen, der den Vorfall berühmt machte und 1989 in einem beliebten Kultmagazin erschienen war: »Das Grauen kommt in die Stadt«. Greta hat wochenlang versucht, die Verfasserin Gina Slater zu kontaktieren. Sie lebte damals in Stow-on-the-Wold und ist jetzt eine angesehene Journalistin, die für eine Haus- und Gartenzeitschrift schreibt. Erst heute Morgen hat Federica verkündet, sie wolle sie noch einmal anrufen; wichtige Arbeit, die sich auch vom Balkon aus erledigen lässt.

»Tut mir leid, dass ich so spät bin.« Eigentlich kann man sich mit so hohen spitzen Absätzen in einer gefliesten Eingangshalle nicht lautlos anschleichen, aber Amber gelingt es immer wieder.

»Kein Problem«, sagt Greta und steht auf. »Alles klar?«

Amber hat die Haare frisch gestylt, in einem aufgeplusterten Siebziger-Jahre-Stil, doch die Farbe ist gleich geblieben, ein glänzendes Strandblond. Offensichtlich hat sie ihre drastischeren Pläne aufgegeben. Ihre Lippen sind in einem matten Melonenton geschminkt, ein Träger ihres weißen Gypsykleides am Arm hinuntergerutscht. Sie riecht nach einem blumigen Parfüm, doch darunter lauert etwas Reifes, Klebriges. Greta fragt sich, ob die alten Frühstückstabletts noch in einer Zimmerecke gammeln.

»Liest du was Interessantes?«, erkundigt sich Amber und nickt zu dem Handy, das Greta in der Hand hält.

»Nur E-Mails.« Greta schaut über Ambers Schulter und hofft, dass Tom wieder auftaucht. Doch von ihm ist keine Spur zu sehen. »Hast du gut geschlafen?«

Amber zuckt mit den Schultern. »Ich schlafe nie gut.« Sie schaut zu Greta und lacht. »Nein, nicht so. Nicht wegen …« Sie zuckt noch einmal mit den Schultern und betrachtet sich in der verspiegelten Wand, bevor sie Greta wieder anschaut. »Ich habe schon als Kind unter Schlaflosigkeit gelitten. Ich schlafe fast nie. Außer ich bin betrunken.«

»Tut mir leid, das muss hart sein.«

»Bin es gewohnt.« Amber fährt mit dem Nagel an ihrer Oberlippe entlang und sieht wieder in den Spiegel. Sie hält sich den Nagel vors Gesicht und untersucht den überschüssigen Lippenstift, der sich darunter gesammelt hat. »So. Dann mal los. Was steht heute an? Ich schwöre, ich habe auf den Plan gesehen, aber …«

»Du hast ein Interview mit dem *Rolling Stone*«, sagt Greta. »Wir dachten, wir könnten vorher ein bisschen rumlaufen und dich am Strand filmen. Es ist gut, wenn man auch ganz normale Aufnahmen hat – wir können einige deiner Interviews drüberlegen, damit du nicht immer in die Kamera schaust.«

»Cool.« Amber macht einen Schritt zum Spiegel hin, der Nagel kratzt im Mundwinkel. »Klingt einfach.«

»Morgen.« Tom kommt aus dem Restaurant, eine Zeitung unter dem Arm. Seine Turnschuhe quietschen auf dem glatten Boden, und die Empfangsdame schaut von ihrem Monitor hoch.

»Hey, Tom.« Amber wendet sich von ihrem Spiegelbild ab, die Haare schwingen mit. »Hast *du* gut geschlafen?«

»Ja danke. Und selbst?«

»Jep.« Amber schaut zu Greta, ein Lächeln zuckt in ihren Mundwinkeln.

»Super.« Tom sucht ebenfalls Gretas Blick. »Fertig?«

»Ja, fahren wir.«

Als sie ins Sonnenlicht treten, versucht Greta, sich auf den Dreh zu konzentrieren; auf die Winkel und die Beleuchtung und die tausend Variationen, die Federica vielleicht irgendwann gern hätte. Sie ruft sich ins Gedächtnis, dass Amber ein achtzehnjähriges Mädchen ist, das kürzlich von einer Mordanklage freigesprochen wurde und seinen skandalösen Ruf mit einem siebenstelligen Buchdeal und einer Medientournee durch die Vereinigten Staaten vergoldet hat. Dass Amber eine großzügige Summe für diese Dreharbeiten bekommt, dass sie nicht beschützt werden muss. Sie ist eine Interviewpartnerin, ein Thema, ein Star. Nichts, vor dem man sich fürchten müsste.

Doch in Gedanken kehrt sie auf eine Lichtung im Wald zurück, in ein Haus voller Schatten. Zu einem Foto, das ein Passant aufgenommen und überall in den Medien verbreitet hat. Amber mit blutgetränkter Kleidung, ein Polizist legt ihr Handschellen an. Hinter ihr fängt sich das Licht in der Rinde eines sterbenden Baumes und lässt sie wie ein Knochengesicht aussehen, wie ein zahnloses Grinsen.

2016

SIE WAREN spät dran, als sie ins Auto stiegen. Amber hatte nach der Schule auf ihrem Bett herumgelungert und war erst zehn Minuten bevor sie losmussten unter die Dusche gegangen. Sadie saß auf der untersten Treppenstufe und starrte zur Haustür, während über ihr der Föhn dröhnte. Sie war ängstlich, vielleicht auch erwartungsvoll; das Gefühl ließ sich nicht genau beschreiben. Vor siebzehn Jahren hatte es sich ganz ähnlich gefühlt, wenn sie im Wohnheim darauf wartete, dass Miles an die Tür klopfte.

Wie albern.

Als Amber herunterkam, lächelte sie ihrer Mutter zu und fragte: »Fertig?«

Sadie nickte und nahm ihren Schlüssel vom Tisch. Es war einfacher, als zu streiten, sagte sie sich, und bedeutete natürlich nicht, dass sie sich vor ihrem eigenen Kind fürchtete. Im Auto warf sie einen Blick auf Amber: frisch gewaschene Haare, eine teuer aussehende Lederjacke, die Sadie noch nie an ihr gesehen hatte, obwohl das nichts zu bedeuten hatte.

»Es ist komisch, dass du mitkommst«, sagte Amber. »Worüber wollt ihr eigentlich reden?«

»Keine Ahnung«, sagte Sadie, ließ den Motor an und versuchte es mit einem Witz. »Wahrscheinlich über euch beide.«

Amber zog lakonisch die Augenbrauen hoch und schaute aus dem Fenster.

»Wie es sie denn so? Leanna, meine ich. Kennst du sie näher?«

»Sie ist nett.« Amber begann, wild auf ihrem Handy zu tippen, wobei ihre Fingernägel auf dem Display klickten. Als sie fertig war, betrachtete sie wieder die vorbeiziehenden Häuser. Die Straße glitt unter den Autoreifen hinweg, die Gänge des alten Wagens knarrten, und Sadie fragte sich, ob sie das Radio einschalten sollte. Ob Amber die Stille ebenso geladen vorkam wie ihr.

»Was habt ihr denn so vor?«

»Wir wollen uns den ekligen Horrorfilm ansehen, den Jenna runtergeladen hat.« Amber schaute sie grinsend an. »Aber erzähl Leanna nichts davon. Bitte. Sie würde ausflippen.«

Sadie verspürte die alte Aufregung, die Erwartung, erinnerte sich an Geständnisse auf dem Schulhof, Arm in Arm mit anderen Mädchen, an Kichern und Geheimnisse, die mit heißem Atem in Ohren geflüstert wurden, die der Wind entblößt hatte. Sie lächelte nervös, ihre feuchten Hände umschlossen das Lenkrad. »Na sicher.« Und dann, weil sie den Moment auskosten wollte: »Früher habe ich Horrorfilme geliebt.«

»Dad hasst sie. Er ist so ein Weichei.«

Sadie lachte, das Geräusch fühlte sich weich und fest in ihrer Kehle an. »Ja, er hat ihnen nie etwas abgewinnen können.« Ein Kribbeln überlief sie, als sie miteinander redeten, ihre Sätze miteinander verbanden (ein Gespräch! Dies war ein echtes Gespräch!).

Dann fiel ihr ein, warum sie mit zehn Jahren den Spaß an Horrorfilmen verloren hatte, und ihr Lächeln verblasste.

Sie wagte es nicht, in den Rückspiegel zu schauen, weil sie in diesem Augenblick, in dem sich der Abgrund der Angst vor ihr auftat, ein Gesicht darin entdecken würde.

»Hier musst du links. Dann rechts.« Amber feuerte eine weitere Nachrichtenlawine ab und warf das Handy in ihre Tasche.

Sie fuhren in eine zugeparkte Sackgasse, und Sadie manövrierte den Wagen in die einzig freie Parklücke.

»Einparken kannst du auch besser als er«, sagte Amber, war aber ausgestiegen, bevor Sadie das Kompliment registrieren konnte. Wo sie gesessen hatte, wehte nur noch kalte Abendluft. Sadie schaltete den Motor aus und folgte ihrer Tochter den kurzen Weg zum letzten Haus. Es war in einem hübschen Hellgelb gestrichen, vor dem Fenster stand ein steinerner Blumenkasten mit weißen Kamelien. Amber drückte die Klingel, und beide beobachteten durch das Zierglas, wie eine verschwommene Gestalt die Treppe herunterkam.

Sadie erinnerte sich (sie drückte die Handballen gegen die Augen, als könnte sie die Bilder so verbannen), wie sie damals Helen und Marie abgeholt hatte und wie sie zu dritt mit dem Rad zu Justine gefahren waren. Wie sie gemeinsam vor Türen gestanden und gewartet hatten, während ungeduldige Mütter ihre Töchter riefen, wie sie in Oberteilen aus Knautschsamt und engen Halsbändern mit ihren ramponierten Fahrrädern an Treppenstufen gelehnt hatten. Sie erinnerte sich, wie sie Kaugummiblasen hatte platzen lassen und den Müttern dabei herausfordernd in die Augen geschaut hatte. Es war ihr egal. Sie waren auserwählt. Sie glaubten, er habe sie zu etwas Besonderem gemacht.

Leanna öffnete die Tür, in der Hand eine Rolle Backpapier. »Hi!« Sie trat mit einer angedeuteten Verbeugung zurück und winkte sie herein. »Sorry, eine kleine Timing-Katastrophe in der Küche.«

Als Sadie Amber ins Haus folgte und genau wie sie die Schuhe auf dem dunkelroten Fliesenboden abstreifte, roch sie etwas Frischgebackenes: Brot oder Pizza mit einem üppigen schokoladigen Unterton. Der Flur war ordentlich und sauber, und Sadie kam sich wieder vor wie zehn.

»Billie ist mit Jenna oben«, sagte Leanna, obwohl Amber schon auf der dritten Stufe war, nachdem sie die Jacke übers Geländer geworfen hatte. Leanna griff danach und nahm auch Sadies Jeansjacke entgegen.

»Was für ein schönes Haus«, sagte sie. *Zu früh*, kritisierte sie sich selbst, *du hast doch nur den Boden und die Treppe gesehen*. Die Wände waren mit weißer Raufaser tapeziert und vollkommen unauffällig.

»Ach, da gibt es noch eine Menge zu tun«, sagte Leanna lächelnd. »Kommen Sie mit.«

In der Küche glänzten Kupferpfannen an der weißen Wand, über dem Holztisch hing ein Triptychon abstrakter Gemälde. Sadies Füße in den Socken tappten feucht über die Fliesen, und plötzlich fiel ihr die Plastiktüte ein, die sie schlaff in der Hand hielt.

»Ich habe Wein mitgebracht.«

Sie wünschte sich, sie hätte Schokolade oder Oliven besorgt oder wenigstens keine Tüte von der Tankstelle dabei.

»Das ist sehr nett. Sollen wir du sagen? Ich schenke uns ein Glas ein. Möchtest du Rot oder Weiß? Oder Prosecco? Gin Tonic?«

Die Auswahl verwirrte Sadie, und sie musste sich ermahnen, entschlossener zu sein. »Weißwein wäre wunderbar.« *Gut gemacht*, lobte sie sich.

Sie schaute zu, wie ihre Gastgeberin den Wein öffnete, den sie aus dem Kühlschrank genommen hatte. Sadies Flasche hatte sie ins Regal gestellt. War das nun höflich oder nicht? Sadie konnte sich nicht erinnern. Sie nahm das Weinglas entgegen und nahm einen Schluck, um ihren Mund zu befeuchten. Sie stieß einen leisen Freudenlaut aus, bevor ihr einfiel, dass sie solche Impulse jetzt unterdrücken musste. Doch Leanna lächelte nur und stieß mit ihr an.

»Auf den Freitag.« Sadie lächelte mit.

Sie trank noch einen Schluck.

»Wie lange wohnst du schon hier?«, fragte sie Leanna und war stolz, dass ihr die Frage eingefallen war. Sie hatte nachmittags in der Dusche geübt, hatte sich erinnert, wonach Miles andere Menschen beim Kennenlernen fragte. Diese Frage war jedoch von allein gekommen. Sie würde das hier schaffen.

»Seit ein paar Monaten«, sagte Leanna und deutete auf den Tisch mit der breiten Bank aus hellem Holz, das wild und unbearbeitet aussah. »Setz dich doch.«

Sadie dachte an Wälder, an feuchte Handflächen, die sich in ihre schmiegten, an Grashalme, die man ihr in die Haare flocht, an Freundinnen, die neben ihr lachten. Sie musste blinzeln, um die Erinnerungen zu vertreiben. »Hier drinnen riecht es herrlich.« Über die Erinnerungen hinwegzureden brachte sie gewöhnlich zum Schweigen.

»O ja.« Leanna stand auf, griff nach einem Ofenhandschuh und zauberte von irgendwoher einen Abkühlrost hervor. Sie war lässiger gekleidet als an der Schule, Leggings, ein langes, seidiges T-Shirt und eine weite Strickjacke, die sie wie einen Kimono um sich gewickelt hatte. Zum ersten Mal bemerkte Sadie, wie unterschiedlich Mutter und Tochter gebaut waren, verglich Leanna mit der hochgewachsenen, unbeholfenen Billie, und der Gedanke tröstete sie. Vielleicht verfügte jede Beziehung über ihre einzigartige DNA, die zwei Menschen miteinander verband, egal wie nah oder fern sie einander waren. Sie und Amber waren so offensichtlich und unbestreitbar miteinander verwandt, dass es womöglich nur eine Frage der Zeit war, bis sie sich besser verstanden.

Der Wein regte ihre Gedanken an, sie fühlte sich warm und entspannt.

»Wie gefällt es dir hier?«, erkundigte sie sich, während Leanna zwei Bleche mit Pizza aus dem Ofen holte. »Mein Gott, sind die etwa selbstgemacht?«

Leanna drehte sich zu ihr um, während sich eine Hitzewelle in der Küche ausbreitete. »Ja, sind sie. Ich dachte mir, ich kann die ebenso gut selbst machen, dann brauchen sich die Mädchen keine zu bestellen. Nicht gerade gesund, aber immer noch besser als Pizzataxi, oder?«

Sie schob sie auf den Kühlrost und wandte sich wieder zum Tisch. »Was deine Frage angeht, es ist ganz in Ordnung. Einfach ist so was ja nie, oder? Wenn man in eine neue Stadt kommt, meine ich.« Sie trank von ihrem Wein und korrigierte sich. »Tut mir leid, ich weiß ja gar nicht – hast du schon immer hier gewohnt?«

Da war es, das unerwartete Schlagloch in der Straße, das einen aus dem Tritt brachte, an den Rand des Abgrunds taumeln ließ. Das Wünsche weckte (oh, die *Wünsche*; sie waren der Erinnerung so nah und verströmten doch einen ganz eigenen, erlesenen Schmerz). »Nein«, sagte sie und trank noch einen Schluck, damit die Worte leichter kamen. »Nein, Miles und ich haben in Reading gewohnt, als wir uns kennenlernten.« Besser eine Halbwahrheit als eine richtige Lüge. »Hier ist leider nicht viel los.«

Sie versuchte, nicht an die letzten Monate der Schwangerschaft zu denken, in denen sie schlecht geschlafen hatte, in denen Miles mit ihr aufgeblieben und nachts umhergefahren war, in denen sie überlegt hatten, wo sie nach seinem Studienabschluss wohnen würden und ob sie sich etwas Besseres leisten konnten als die Familienunterkunft in der Nähe der Uni. Als Amber zwei war, hatte er das Haus gekauft, in dem sie heute wohnten, seine Eltern hatten ihm die Anzahlung geliehen. Er hatte Sadie gesagt, er habe sich für diese Stadt entschieden, weil sie immer ihre Nummer eins gewesen sei.

»Ach, ich weiß nicht.« Leanna drehte den Stiel des Glases zwischen den Fingern. »Mir kommt es vor, als wäre hier einiges los.« Sie lächelte über den Rand hinweg und sagte, unmittelbar bevor sie das Glas in Richtung Mund kippte: »Natürlich haben wir vorher sehr abgeschieden gewohnt.«

Über ihnen polterten Schritte, und Leanna schaute hoch, aufmerksam und resigniert zugleich. Dann stand sie auf.

»Die Pizza sieht aus wie im Restaurant«, sagte Sadie ein wenig hilflos. Sie hatte die Mädchen einen Moment lang völlig vergessen. »Ich weiß nie, wo ich beim Kochen anfangen soll.«

Leanna tat ihren Einwand mit einer Handbewegung ab. »Ich gebe dir das Rezept. Es ist ganz einfach, ehrlich. Damit kann man ohne viel Mühe Eindruck schinden.« Sie nahm einen Metallschieber aus der Schublade und beförderte die Pizza auf zwei Steingutteller, wobei ein leicht angebranntes Stück Spargel herabfiel. »Bin gleich wieder da und schenke uns Wein nach. Ist das okay?«

Sadie hätte gern sofort mehr Wein getrunken; was in ihrem Glas war, wirkte flach wie ein Gezeitentümpel, trüb und ungewiss. Doch sie nickte und lächelte, wie man es von ihr erwartete, und Leanna verschwand im dunklen Flur. Die alten Stufen knarrten unter ihren Schritten, dann war Sadie allein.

Ihre Augen zuckten durch die Küche. Eine Stammesfigur in der Ecke neben dem Herd schaute auf die Butterdose hinunter. Auf einem Regal neben der Tür waren filigran gravierte Esstäbchen wie Wachsoldaten in Elfenbeinhaltern aufgereiht. Das Triptychon über dem Tisch sah aus wie schwarze Spritzer auf rotem Blut, die Farbe war so dick aufgetragen, dass sie am liebsten daran gekratzt hätte wie an einer verschorften Wunde. Sie betrachtete die gerahmten Fotos auf dem Fensterbrett: Mutter und Tochter an Stränden, auf Brücken, am Waldrand. Dies war nicht ihr Leben. Sie betrachtete wieder die dicke Farbe, die Narben, die der Pinsel hinterlassen hatte.

Schritte kamen die Treppe herunter, gerieten aber aus dem Rhythmus, als ein zweites Paar Füße auf den Fliesen zu hören war. Billie schaute durch die Tür, sie trug eine Pyjamahose und hatte die Haare zu einem Zopf geflochten. »Hi, Mrs Banner!«

»Hallo, Billie. Habt ihr Spaß da oben?« Sie hasste es, wie sie mit ihnen sprach; der schleimige Onkel auf einer Party oder die Moderatorin aus dem Kinderfernsehen der siebziger Jahre. Eine verbale Schmierigkeit, bei der Amber jedes Mal eine Grimasse schnitt.

Doch Billie lächelte nur. »Ja danke!« Bei ihr klang es arglos. Sie schnappte sich ein Stückchen Schinken, das auf der Arbeitsplatte lag, und steckte es in den Mund. Ihre Hände zupften an der Pyjamahose. »Gefällt Ihnen unser neues Haus?«

»Es ist sehr hübsch«, sagte Sadie, trank noch einen Schluck Wein und mahnte sich, eine Pause einzulegen.

»Es ist nett, oder? Aber Mum findet es klein und schäbig.«

Leanna lachte, und Sadie wurde ganz neidisch, als sie sah, wie mühelos die beiden miteinander umgingen. »Ja, das könnte ich tatsächlich so gesagt haben.« Leanna trat an den Kühlschrank. »So, ich habe euch einen Krug Mojito gemacht. Natürlich alkoholfrei.«

»O mein Gott.« Sadie grinste wie ein Clown. »Amber kommt nie wieder nach Hause.« Als die Worte heraus waren, kamen sie ihr makaber und zweideutig vor. Sie trank ihren Wein aus, und Leanna stellte den Krug mit den Minzblättern und Gläser mit Zuckerrand auf ein Tablett. »Bill, schenkst du Sadie bitte nach?«

Billie kam mit der Flasche zu ihr herüber, und Sadie fühlte sich in ein alternatives Leben versetzt, in dem eine kleine Amber mit einer Trinkflasche oder der Teekanne ihres Kinderservice auf sie zukam. In dem eine zehn- oder elfjährige Amber sie mit ihrem Heft in der Hand um Hilfe bei den Hausaufgaben bat. Sie dachte an all die Dinge, die hätten sein können und die sie unwissentlich aufgegeben hatte, als sie damals in den Wald gegangen war.

Wein. Er stimmte sie erschreckend nachdenklich, und sie fürchtete, in den Gedanken zu versinken und nie mehr daraus aufzutauchen.

»Danke«, sagte sie zu Billie, die beim Einschenken unbeholfen mit der Flasche gegen das Glas stieß und sie danach wieder in den Kühlschrank stellte. Das Tablett mit den Getränken klirrte beängstigend, als das Mädchen zur Tür ging.

»Bis später«, rief sie über die Schulter. »Danke, Mum.«

»Jetzt aber.« Leanna drückte die Küchentür zu, als die Musik von oben lauter wurde. »Hast du Hunger? Ich habe Brot und Käse und so.«

Überrascht stellte Sadie fest, dass sie tatsächlich hungrig war. Sie hatte nichts gegessen; sie vergaß das oft, weil sie sich daran gewöhnt hatte, nicht gut für sich zu sorgen. Sie sah erwartungsvoll zu, wie Leanna Teller aus dem Schrank holte und einen Camembert in den Ofen schob. Sie genoss es, wenn Miles kochte – so war es jedenfalls früher gewesen, bevor all das passiert war –, aber bei ihm war es immer ein großes Drama, bei dem er selbst für Rührei mehrere Schüsseln und Pfannen brauchte und sein großes Gesicht zu einer Maske des angestrengten Perfektionismus erstarrte. Leanna hingegen bewegte sich lässig durch die Küche and hantierte wie nebenbei, und Sadie bemühte sich, dem Gespräch zu folgen, während sie wie gebannt auf Leannas flinke Hände schaute. Das Essen wurde auf den Tisch gezaubert; handgetöpferte Teller mit verschiedenen Käsesorten, Sauerteigbrot, Apfelstücke und absolut perfekt aussehende Minitörtchen.

Dann saß Leanna neben ihr, und ihre Aufmerksamkeit war wie ein Gewicht, das auf Sadie lastete, wie ein Schneepflug, der sich zu ihr durchwühlte. Es wurde erwartet, dass sie etwas sagte, und so suchte sie nach den richtigen Worten, während ihre Augen panisch durch den Raum zuckten.

»Du hast so viele interessante Sachen hier.« Das klang gut (darauf einen Schluck Wein als Belohnung). »Bist du viel gereist?«

Leanna lächelte, ihr Messer zerteilte mühelos den Brie. »Dann und wann. Vor allem nach Indien und in den Fernen Osten. Auch nach Nord- und Südamerika.«

»Mit Billie?« Sadie schaute wieder zu den Fotos mit dem himmelblauen Hintergrund. *Nicht dein Leben.*

»Ja, seit kurzem wieder. Aber auch schon, bevor sie geboren wurde.« Die Flasche tauchte wieder auf, Wein floss in beide Gläser. »Ehrlich gesagt, bin ich als Teenager und auch danach viel unterwegs gewesen, gefühlt immer auf der Flucht.«

»Ach.« Sadie fühlte sich jetzt mutiger. »Das Gefühl kenne ich.«

Leanna schaute sie an und wandte sich dann ab, wobei ihre Finger mit dem Stiel des Glases spielten. »Wie alt warst du, als Amber geboren wurde?«

»Zwanzig.« Noch mehr Wein zur Stärkung. »Und du bei Billie?«

Leanna ließ sich nicht so leicht ablenken. »Zwanzig ist jung, das kann nicht einfach gewesen sein. Warst du schon lange mit deinem Partner zusammen? Sorry, ich weiß gar nicht, wie er heißt. Sagtest du Miles?« Die Fragen wirkten scharf und bohrend, ein mandelförmiger, mit Klarlack überzogener Fingernagel, der unter die Haut rutschte und suchte, immer weiter suchte – doch irgendwie tat es auch gut. Im letzten Jahr hatte Sadie sich so sehr daran gewöhnt, befragt, untersucht und für unzureichend befunden zu werden, dass ihr die Antworten nicht schwerfielen.

»Ja, Miles. Wir haben uns an der Uni kennengelernt und waren noch nicht lange zusammen. Ich bin zwischen dem ersten und zweiten Studienjahr schwanger geworden.«

Leanna nahm sich ein Törtchen, aß es aber nicht, sondern hielt es pinzettenartig zwischen Daumen und Zeigefinger. »Du lieber Himmel. Hast du weiterstudiert?«

Sadie war solche Fragen gewohnt, sie ließen sich leicht beantworten. Sie hatte bereits eine Benefizveranstaltung mit Miles' akademisch gebildeten Kollegen durchgestanden, bei der man sie gefragt hatte, was sie denn so mache, und sich dann verzweifelt nach jemandem umgeschaut hatte, der interessantere Konversation versprach. Sie hatte die Rubinhochzeit seiner Eltern ertragen, die Cousinen und Tanten, die sie mit Papptellern voll trockener Sandwiches und Chipstütchen in Händen angestarrt hatten: *Du siehst ja aus, als würde es dir gutgehen. Wird Zeit, wieder Frau und Mutter zu spielen, was?* Heutzutage konnte sie mühelos an die frühen Tage zurückdenken, die erste wichtige Entscheidung. »Nein. Ich hätte es gekonnt, aber wir haben uns dagegen entschieden. Ich wollte später weitermachen. Es hatte finanzielle Gründe, und ich wollte mich auch ganz auf Amber konzentrieren, jedenfalls in den ersten Jahren.« Sie spürte einen Kloß in der Kehle, aber das konnte auch ein Krümel von ihrem Törtchen sein. Sie spülte es mit dem restlichen Wein hinunter, und Leanna füllte natürlich wieder nach.

»Ich respektiere das wirklich.« Leanna schnitt eine Scheibe von einem bläulich gelben Käse ab. »Es ist nie leicht, sich zu entscheiden, oder? Vor allem, wenn man jung ist.« Sie schob den Käse zwischen ihre kleinen gepflegten Zähne und leckte einen Krümel vom Finger. »Das war ziemlich selbstlos von dir.«

Ihre Freundlichkeit behagte Sadie nicht. Sie durfte nicht zulassen, dass sie diese Zeit durch eine rosa Brille betrachtete. Also sagte sie nur: »Ich dachte wohl, es wäre nicht ohne Grund geschehen.« Sie stopfte sich eine Kugel Sauerteigbrot in den Mund, um die Gedanken an jene Wochen zu verdrängen. Den Schwangerschaftstest auf dem Boden des winzigen Badezimmers. Die langen Gespräche, die sie in ihrem schmalen Bett geführt hatten, aneinandergekuschelt unter der verräucherten Bettdecke. Wie sie eines Morgens aufgewacht war, als das Licht durch die schiefen Jalousien fiel, ihre Finger mit seinen verschränkt, und plötzlich genau gewusst hatte, was sie tun würde, obwohl sie tagelang gedacht hatte, es sei falsch, sich für das Kind zu entscheiden.

Die Tage und Wochen, bevor die flüsternden Schatten wiederkamen.

»Nun, jedenfalls hast du eine hübsche Tochter«, sagte Leanna. »Amber ist so reizend. So rücksichtsvoll.«

Sadies erster Gedanke war: *Ist das dein Ernst?*

Leanna schenkte ihr wieder nach. Erst da wurde ihr klar, dass sie noch nach Hause fahren musste.

2018

NACHDEM SIE Amber sicher in einem Café in Santa Monica abgeliefert hat, in dem eine ungeduldige Reporterin des *Rolling Stone* mit einem Smoothie auf sie wartet, geht Greta an den Strand. Sie checkt ihre E-Mails, streift die Schuhe ab und stopft die feuchten Socken hinein. Sie sieht zu, wie Möwen durch die Brandung segeln, während Jogger in fluoreszierenden Stofffetzen an ihr vorbei durch den Sand traben. Sie denkt an ihre Eltern in Michigan, die auf der Veranda sitzen und auf den See schauen. Ihr Vater trinkt Bier, ihre Mutter Tee oder einen kleinen Wodka, dazu gibt es ein Stück Zwetschgenkuchen auf einem goldumrandeten Teller, auf dessen Rand zwei Gabeln balancieren. Sie hatte gehofft, sie könnte sie besuchen, doch Federicas wechselhafte Drehpläne (und konstante Abwesenheit) machen das zunehmend unwahrscheinlich.

Sie fragt sich, was sie eigentlich erwartet hat. Sie hat Erfahrung mit Federica; andere Regisseure und Produzenten haben sie auch schon hängenlassen. Außerdem hat sie natürlich gehofft, dass sie den Film in irgendeiner Weise prägen, ihm ihren Stempel aufdrücken kann.

»Hey.« Tom lässt sich neben ihr in den Sand fallen. In der einen Hand hält er eine fettige Pommestüte und streckt sie ihr hin. Sie nimmt ein paar durchweichte, mit dünnem essigsaurem Ketchup bespritzte Pommes.

»Danke. Wo ist Luca?«

»Zu den Läden gegangen, um etwas für Elke zu besorgen.«

»Ach so.« Sie fragt sich flüchtig, wie es wäre, daheim jemanden zu haben, dem sie Souvenirs mitbringen kann.

Tom streift den Riemen seiner Kamera über den Kopf und legt sich wieder in den Sand. »Die Journalistin war nicht gerade ein Sonnenschein, was?«

Greta lacht. »Kein Wunder. Gerade eben hast du noch Madonna interviewt und bekommst es nun mit einem verkorksten britischen Mädel zu tun, das sich mehr für Pfannkuchenbeläge interessiert als für deine Fragen.«

»O Gott, die arme Frau.«

»Nun ja.« Sie schaut aufs Meer, auf den dunstigen Horizont. »Ich habe Mitleid mit Amber, ich kann nicht anders. Die ganzen Interviews, immer wieder dieselben Fragen, und alle Leute sehen zu. Wir halten ihr die Kamera ins Gesicht, wohin sie auch geht. Das ist nicht gerade spaßig.«

Tom schaut sie mit undurchdringlicher Miene an. »Ich bin mir nicht sicher, ob sie dein Mitleid verdient.«

»Mag sein.« Sie wendet sich ab, ist ein bisschen gekränkt. Eigentlich hatte sie weitersprechen wollen, doch die Worte lassen sie im Stich. Sie werden von den Volleyballspielern nebenan abgelenkt, ein lautes Stöhnen dringt zu ihnen herüber, als jemand den Ball verpasst.

»Ich wünschte, ich hätte meine Badehose dabei«, sagt Tom. »Ich würde echt gerne ins Wasser springen.«

»Ich habe mich nie getraut, im Meer zu schwimmen. Hatte immer Angst vor Haien und Riesenkraken.«

»Zugegeben, ich schwimme auch lieber, wenn ich meine Füße auf dem Boden sehen kann. Allerdings glaube ich nicht, dass es hier sonderlich viele Riesenkraken gibt.«

»Berühmte letzte Worte. Ich kann gern auf deine Sachen aufpassen.«

»Ist wohl vernünftiger.« Er lächelt. »Du gehst nicht gerne shoppen?«

Sie lacht. »Meine Bank ist vermutlich ganz froh darüber. Ich habe seit 2010 nicht mehr zum Spaß eingekauft.«

»Und ich habe seit damals mein Konto überzogen.«

»Du lieber Himmel. Ich frage mich immer, welche Körperteile Leute verkaufen müssen, um sich ein Haus zu leisten.«

»Stimmt.« Er isst seine Pommes. »Ist schon übel, oder? Es kommt mir vor, als hätte ich letzte Woche mein Studium beendet und gedacht, ich wäre erwachsen. Plötzlich heiraten alle, bekommen Kinder, kaufen Immobilien – und ich selber bin froh, wenn ich die Stromrechnung nicht vergesse.«

Sie lacht, aber es klingt irgendwie hohl. Er bietet ihr wieder die Pommes an, und sie nimmt ein paar. Er schiebt seine Haare – hell, beinahe so golden wie der Sand – aus dem Gesicht, stützt sich auf die Ellbogen und schaut zur Sonne empor. Die Hitze hat die Sommersprossen auf seinem Nasenrücken und den Schlüsselbeinen hervorgelockt.

»Wir sollten gleich zurück zu Amber gehen.« Sie schiebt sich alle Pommes auf einmal in den Mund und erinnert sich an Federicas Anweisungen für den Tag: *Bring sie dazu, dass sie über ihr Leben redet, wie es früher war, was sie sich für die Zukunft erhofft. Mal sehen, ob sie das ein bisschen offener macht. Und kannst du bitte so viele Milky Way Midnights wie möglich kaufen, die mag Millie am liebsten, und ich bekomme sie hier nicht.* Schon ist die Entspannung dahin.

Tom nickt, lehnt sich aber weiter zurück und schließt die Augen. »Ich mag sie nicht. Aber das hast du ja schon gemerkt.«

»Sollen wir das denn?«, fragt sie kauend.

»Es würde helfen.«

Sie denkt darüber nach, während sie eine Möwe beobachtet, die mit flatternden Flügeln eine andere attackiert. Ein Wagen fährt langsam vorbei, Bässe dröhnen schwach durch die offenen Fenster. »Es lohnt sich, ihre Geschichte zu erzählen. Sie hat furchtbare Dinge erlebt, aber das geht in diesem ganzen trashigen Boulevardscheiß völlig unter.« Zu ihrer eigenen Überraschung fügt sie hinzu: »Federica hat mal gesagt, man müsse die Leute, über die man schreibt, nicht mögen, um ihnen gerecht zu werden.«

Tom öffnet die Augen und dreht sich zu ihr. Sie sind noch keine Woche in Los Angeles, aber die Haut unter dem Halsausschnitt seines T-Shirts ist schon weißer als der Rest. »Ja, und wo ist Federica noch gleich?«

»Vermutlich kommt sie morgen«, sagt Greta, glaubt aber selbst nicht daran.

»Nein, tut sie nicht. Seit dem Urteil ist sie nicht mehr an der Sache interessiert. Sie hat erwartet, Amber würde schuldig gesprochen, und wir könnten sie im Gefängnis interviewen. Greta, du weißt selbst, das hier ist nicht der ursprüngliche Plan. Sie lässt uns Geistern nachjagen, und zwar im wahrsten Sinne des Wortes. Während sie zu Hause auf Kosten des Senders ihre kaputte Beziehung flickt.«

Jetzt legt Greta den Kopf in den Nacken, genießt die Wärme im Gesicht und den auffrischenden Wind, verdrängt die Stiche, die seine Worte ihr versetzt haben. »Klar, aber der Sender ist begeistert. Amber ist ein heißes Thema. Hast du die E-Mail gelesen? Sie ziehen den Pilotfilm vor. Wir könnten groß rauskommen, wenn wir was Neues über sie ausgraben.«

»Kann sein.« Er nimmt noch ein paar schlaffe Pommes, untersucht sie und wirft sie den Möwen zu. Sie stürzen sich darauf, die gelben Schnäbel klacken wie Schwerter, Kampfgeschrei erfüllt die Luft. Die zweite Handvoll Pommes besteht den Test; er steckt sie in den Mund. »Ich mag sie trotzdem nicht.«

Greta gestattet sich ein Nicken. »Sie ist irgendwie … verstörend.«

»Sie ist unecht.« Ein weiteres Auto fährt vorbei, wieder dringen synthetische Klänge durch das sanfte Donnern der Brandung. »Sie ist kein guter Mensch.«

Greta starrt ihn an. »Sie ist doch noch ein halbes Kind. Sie hat Dinge durchgemacht, die wir uns gar nicht vorstellen können.«

Tom zerdrückt das Einwickelpapier mit der flachen Hand. »Ich weiß.« Er nimmt den zerknüllten Ball und sieht sich um. »Aber da ist etwas an ihr … wie soll ich es ausdrücken? Ich beobachte sie den ganzen Tag durch die Kamera. Und da ist nichts. Kein Gefühl in ihrem Gesicht, nur diese toten, kalten Augen.« Er beugt sich vor, will aufstehen, überlegt es sich anders und schaut Greta an. »Es ist, als hätte sie keine Seele.«

»Sie ist zurückhaltend, das schon.« Federicas E-Mail geht

ihr durch den Kopf. *Kann ich ihr nicht verdenken.* »Wie sollte sie auch anders sein? Würdest du noch jemandem vertrauen, nach dem, was sie erlebt hat?«

Tom prustet los. »Komm schon, Greta – du kaufst ihr das doch nicht ab. Sie ist nicht das *Opfer*. Sie ist eine verdammte Mörderin, egal was sonst passiert ist, und jetzt macht sie mit ihrer rührseligen Geschichte Millionen.«

Plötzlich ist Greta gereizt, ihr wird ganz heiß. »Man kann auch ein Opfer und zugleich schuldig sein. Nicht alles ist so einfach. Sonst würden wir wohl kaum einen Film darüber drehen, oder?«

Er lächelt und zuckt ungerührt mit den Schultern. »Mag sein. Aber manchmal gibt es keine Story hinter der Story. Manche Leute sind einfach böse. Schluss, aus.«

»Du glaubst also gar nichts von dem, was sie sagt?«

»Du etwa?«

Greta schaut aufs Meer und antwortet nicht. Nach einer Weile steht Tom auf und hält ihr die Hand hin. »Lass dich da nicht reinziehen. Du weißt, was passiert. Du kennst Federica, sie wird Amber den Boden unter den Füßen wegziehen. Am Ende haut sie einen immer übers Ohr.«

Greta lässt seine Hand los. »So muss es aber nicht laufen.« Ihr Handy kündigt die nächste E-Mail an.

Tom zuckt erneut mit den Schultern, und sie gehen zurück zum Wagen, wobei sie zwei Teenagern auf Inlineskates ausweichen. »Was immer Amber sein mag, Greta, sie ist nicht unschuldig.«

2016

AMBER SAH von Billies Fenster aus zu, wie das Taxi mit Sadie davonfuhr, wie ihr Kopf kraftlos gegen das Fenster sackte. Sie zog an ihrer Zigarette und lehnte sich weiter hinaus in die Nachtluft. Sie fragte sich, was ihr Vater sagen würde, wenn er sie so sähe. Sadies Mangel an Selbstbeherrschung war ganz schön jämmerlich. Amber konnte es nicht verstehen – sie war erst sechzehn und hatte längst gelernt, was Selbstdisziplin bedeutete, wie sie den Menschen nur ihre gute Seite zeigen, sich als stark und beherrscht präsentieren konnte. Sie war stolz darauf. Sadie hingegen konnte nicht einmal einen Abend bei jemandem verbringen, ohne sich zu blamieren. Sie war erst seit sechs Monaten zurück, doch Amber langweilte es schon, wie sie durchs Leben stolperte und Miles und sie selbst mit sich hinabriss. Sie sollte sich wahrscheinlich schämen, dass sie nicht mehr Mitgefühl für ihre Mutter aufbringen konnte. Aber genau betrachtet, war es Sadie, die sich schämen müsste. Eigentlich müsste *sie* sich schuldig fühlen und um Verzeihung bitten, weil sie ihre hilflose kleine Tochter im Stich gelassen hatte.

Doch Sadie hatte nichts dergleichen getan. Sie war einfach bei ihnen aufgetaucht, hatte wohl im Stillen ein schlechtes Gewissen gehabt, aber das war nicht genug. Sie hätte Amber um Vergebung anflehen müssen. Und Amber hätte ihr vergeben. Sie hätte ihr vergeben und damit bewiesen, dass sie nicht mehr das hilflose Kind war – dass sie tapfer und stark und beherrscht geworden war, dass sie sich um Miles ebenso gekümmert hatte wie er sich um sie. Aber nein. Sadie war aufgetaucht, und Miles war außer sich vor Freude gewesen, und von Amber hatte man erwartet, dass sie sich anpasste und weiterlebte wie bisher.

Ja, sie war wütend – nicht verletzt, das würde sie nicht eingestehen –, weil sie jahrelang alle Schuld auf ihre verschollene Mutter geschoben hatte. Lange hatte sie geglaubt, dass alles gut werden würde, wenn nur ihre Mutter wiederkäme. Und dann kehrte diese Mutter zurück, und es stellte sich heraus, dass sie überhaupt nicht so toll war, wie Amber es sich immer vorgestellt hatte. Eher das Gegenteil.

Was hattest du erwartet?, meldete sich eine kritische Stimme in ihrem Kopf. *Sie ist weggelaufen, weil sie dachte, du wärst verflucht. Sie hatte niemals vor, Kuchen zu backen und dir die Haare zu bürsten.*

Sie drückte die Zigarette an der Hauswand aus, dass die Funken flogen, und warf die Kippe in die Nachbarhecke. Sie würde nicht daran denken. Sie hatte lange genug an jenen Sonntagnachmittag gedacht, an dem sie mit ihrer Großmutter allein in der Küche gesessen hatte. Ihr Vater und ihr Großvater hatten wie üblich schweigend Bier auf der Terrasse getrunken. Amber war damals elf gewesen. Ihre Großmutter hatte ihren fünften Gin Tonic intus und war ganz schön betrunken. »Oh, Liebling«, hatte sie gesagt und ihr mit den vom Spülen feuchten Händen die Haare aus dem Gesicht gestrichen. »Wie konnte sie nur jemals glauben, du wärst verflucht?«

Sie würde nicht daran denken.

Amber trat vom Fenster weg, wobei sich der Vorhang hinter ihr im Wind blähte. Der Film auf dem Laptop warf ein flackerndes Licht an die Wand. Sie nahm sich ein Stück kalte Pizza vom Teller. Klar schmeckte die gut, aber das Pizzataxi wäre ihr trotzdem lieber gewesen.

Sie schaute sich in Billies Zimmer um. Ziemlich nett, wenn auch langweilig mit dem Flauschteppich und den farblich passenden Kissen und dem Seidendings, das über das Bettende drapiert war. Zu bemüht, keine Persönlichkeit – was wiederum ganz passend war. Sie stieg über einen Schlafsack und ging zum Bett, wo Billie und Jenna lümmelten, zwischen sich eine Schüssel Popcorn. Sie nahm die Flasche Malibu, die Jenna im Laden geklaut hatte, nachdem Amber sie dazu angestiftet hatte, und goss beiden nach, bevor sie sich neben sie aufs Bett fallen ließ.

Ihr Handy auf dem Nachttisch summte, und sie warf einen Blick auf den Bildschirm: Mica. *Sorry, kann nicht.* ☹ Sie klickte auf den Sperrknopf, der Bildschirm wurde wieder dunkel. Mica hatte zwei Stunden und dreizehn Minuten für die Antwort gebraucht, also würde Amber sich auch nicht früher melden, obwohl sie eine Menge Fragen hatte: Wieso konnte Mica sich nicht mit ihr in der Stadt treffen? Was trieb sie? Und mit *wem*?

In der Stadt war nicht sonderlich viel los. Es gab den alten Pub an der High Street, eine widerliche Altmännerkneipe, in der sie immerhin Alkohol bekamen (anders als in der netteren Weinbar, deren Türsteher man nicht um den Finger wickeln konnte). Manchmal waren auch Jungs dabei, mit denen kam man in die besseren Läden, wenn sie einem die mageren Arme um die nackten Schultern legten.

Und die widerliche Altmännerkneipe gehörte ohnehin nur ihnen, ihr und Mica. Es waren *ihre* verschwommenen Erinnerungen und von Kichern unterbrochenen Telefongespräche, die sie am nächsten Morgen unter zerwühlten Bettdecken führten.

Sie wandte sich wieder dem Laptop zu. Der Film hatte den Höhepunkt erreicht, die wilde Verfolgungsjagd, ein jammerndes Mädchen rannte vor dem Mörder davon. »Das ist ja nicht mal gruselig«, sagte sie und schaute Jenna gereizt an. »Hattest du doch gesagt.«

Jenna wurde rot. »Vielleicht war das eher so am Anfang?«

Amber genoss es, dass ein Blick von ihr ausreichte, um Jennas Sätze in Fragen zu verwandeln.

»Also, wenn das deine Vorstellung von gruselig ist, mache ich mir ernsthafte Sorgen um dich.« Bevor sie sich abwandte, lächelte sie flüchtig, um Jenna zu signalisieren, dass sie nur einen Witz gemacht hatte. »Bill, jetzt suchst du was aus. Du machst das sicher besser.«

Billies Panik wirkte kindlich und tat gut, ihre großen Augen hefteten sich auf Amber, als sie verzweifelt nach den richtigen Worten suchte. »Oh … ich … hm, Jake hat was auf Snapchat gepostet, über diesen Clownfilm.« Als sie Jake erwähnte, wurde sie rot, was Amber interessiert bemerkte. Sie wusste, dass Billie ihn mochte. Sie hatte gesehen, wie sie Jake an Ambers Geburtstag angesehen hatte – wie ihr Gesicht in sich zusammengefallen war, als Amber ihm angeboten hatte, ihn nach Hause zu bringen (und Amber hatte den Kuss noch nicht mal erwähnt).

»Du solltest ihm schreiben und fragen, ob er gut ist«,

sagte sie beiläufig und sah, wie Billie noch röter wurde. »Hier – ich kann das für dich machen, wenn du willst.«

»Schon gut«, sagte Billie leise, nahm ihr Handy und begann zu tippen. Es war so leicht. Ein Schauer durchzuckte Amber, ein Flattern, als hätte sie Schmetterlinge im Bauch.

Ihr eigenes Handy summte, diesmal mit einer Nachricht von Leo: *Hey, Baby. Was läuft?* Das Flattern wurde stärker, sie musste ein Lächeln unterdrücken. Sie ging ihre Optionen durch. Sie könnte ihm sofort zurückschreiben, sich von ihm mit dem Auto abholen lassen. Mit ihm wegfahren, weg von hier.

Aber nein. Das wäre zu leicht, und sie wollte es ihm nicht leichtmachen. Mit Leo konnte man mühelos spielen, das machte viel mehr Spaß.

Sie legte das Handy weg. Sie würde später antworten, viel später, damit er sich bis dahin den Kopf zerbrach, wo sie war und mit wem. Sie genoss es, kleine Dinge über Menschen herauszufinden, die sie eifersüchtig oder traurig oder glücklich machten. Es war nützlich, denn so konnte man andere dazu bringen, zu tun, was man wollte. Es war gut, wenn man Leute durchschaute – dann konnte man dafür sorgen, dass sie einen nicht überraschten, dass man stets die Kontrolle behielt.

Sie trank aus und goss sich nach, rutschte näher an Billie heran und lächelte. »Na komm. Erzähl mir die gruseligste Geschichte, die du kennst.«

Aus dem Tagebuch von Leanna Evans

[Auszug A]

Ich hatte überraschend gut geschlafen und war, was untypisch für mich ist, erst nach acht aufgewacht. Ich reckte mich und schaute zur gelblichen Decke hinauf. Sie musste gestrichen werden, und es juckte mich in den Fingern, damit anzufangen, wohl wissend, dass ich dieses Vorhaben ohnehin nur auf die endlose Liste der Dinge setzen würde, die ich im Haus zu erledigen hatte. Und in der Stadt. Die Liste schien ständig zu wachsen, doch machte ich immerhin Fortschritte. Lebte mich ein.

Die Vorhänge waren geöffnet – ich schließe sie nie, weil ich gern vom Licht geweckt werde. Ich setzte mich hin und blickte hinaus in den Tag. Die Wolken hingen tief und träge, die Straße war in Nebel getaucht. Es war noch früh am Tag; vermutlich würde der Dunstschleier später wegtrocknen, doch jetzt kam er mir geradezu schön vor, weil er die Härte dort draußen weichzeichnete. Ich schaute über die Häuserreihen, die gelben Rapsfelder und die knorrigen, dunklen Schatten der Bäume. Zuerst hatte mich die Kargheit dieser Kleinstadt beunruhigt, aber allmählich gewöhnte ich mich daran.

Ich stand auf und duschte, schrubbte meine Haut, bis sie rosig schimmerte. Ich hätte gerne Yoga gemacht, aber wir hatten einen Gast, also konnte ich nicht frei über meine Zeit verfügen. Als ich angezogen war, ging ich in die Küche, öffnete sämtliche Schränke und fragte mich, ob ich Pfannku-

chen, Omelette oder ein richtiges englisches Frühstück machen sollte. Ich kam mir vor wie ein Teenager, der zu erraten versucht, was sein neuer Freund gern isst. Es mag seltsam klingen, aber ich wollte alles richtig machen.

Ich beschloss zu warten, bis die Mädchen aufwachten, und dann auf die Schnelle das zu machen, was sie sich wünschten. Ich würde die perfekte Gastgeberin sein. Erleichtert machte ich mir einen Kaffee und ging auf die Terrasse. Ich setzte mich hin und schaute auf den vertrockneten Rasen. Ausgedörrt, dabei war es erst Mai.

Nachdem ich meinen Kaffee ausgetrunken hatte, ging ich wieder ins Haus und holte mein Buch. Ich hätte auch saubermachen können (das kann ich immer!), wollte aber nicht ins Schwitzen geraten, bevor die Mädchen herunterkamen. Sie sollten sich ganz ungezwungen fühlen. Darin besteht die wahre Kunst der Gastgeberin – zu wissen, wie sich das eigene Heim und das eigene Verhalten auf andere auswirken. Daran muss man immer denken.

Ich las, bis die Decke über mir knarrte. Die Mädchen waren wach. Kurz nach zehn, nach Billies Maßstäben ziemlich früh. Ich strich mir die Haare glatt und ging in die Küche, um den Wasserkocher zu füllen. Ich stellte die Porzellanschale mit der Butter auf den Tisch und holte die Teekanne. Dann stellte ich sie wieder zurück, weil sie altmodisch aussah, irgendwie omahaft. Man muss verstehen, wie nervös ich war, wie verzweifelt ich alles richtig machen wollte. Für uns, für Billie.

Sie kam als Erste nach unten, die Haare zerwühlt, die Augen noch geschwollen vom Schlaf. Das Nachthemd war ihr mittlerweile zu kurz und mehrfach geflickt, aber sie hing daran – sie weigerte sich, das andere zu tragen, das ich ihr vorletztes Jahr zu Weihnachten gekauft hatte. Das hatte Amber an, als sie nach unten kam. Sie sah mit ihrem Pferdeschwanz und dem frisch gewaschenen Gesicht viel jünger aus als sonst.

Ich versuchte, cool zu bleiben, sie zu begrüßen, als wäre es normal, dass Billie eine Freundin zum Übernachten dahatte. Ich wünschte beiden einen guten Morgen und bot ihnen Tee, Kaffee und Saft an. Amber wollte Tee und setzte sich so selbstverständlich an den Tisch, als wäre sie hier zu Hause. Ein erster Erfolg, dachte ich. Sie fühlte sich hier wohl, es war richtig von mir gewesen, Billie zu dieser Freundschaft zu ermuntern. Billie wollte nichts trinken – sie sah blass aus. Vermutlich hatte sie zu wenig geschlafen. Sie hatte vorgeschlagen, mit Amber in ihrem Bett zu übernachten, statt die Luftmatratze vom Dachboden zu holen. Die Idee hatte mir gefallen; sie erinnerte mich an die Internatsgeschichten von Enid Blyton, eine besondere Art der Mädchenfreundschaft, die ich selbst leider nie erlebt hatte. Ich war erleichtert gewesen, als Jenna um kurz nach Mitternacht heimgegangen war. Das mag zwar unfreundlich klingen, aber sie passt nicht zu uns.

Als ich die beiden fragte, was sie zum Frühstück wollten, lehnte Amber höflich ab, hatte aber nicht mit Billie gerechnet: »Amber mag am liebsten Pfannkuchen«, sagte sie, während sie selbst ein bisschen grünlich aussah. Sie ist oft krank, auch wenn sie äußerlich so robust erscheint. Darum mache ich mir auch ständig Sorgen um sie.

Ich muss Amber zugutehalten, dass sie rot wurde und mich bat, mir keine Umstände zu machen. Ich tat es rasch ab und kümmerte mich um den Teig. Billie verschwand im Badezimmer, und ich nahm mir vor, ihr nachmittags Brühe und Tee zu bringen, falls sie sich einen Virus eingefangen hatte. Als Amber und ich allein waren, schaute ich zu, wie sie ihren Tee trank. Ich weiß noch, dass ich dachte, wie heiß er sein musste, und mich freute, weil ich ihn auch so trank. Ich sagte ihr, wie nett es gewesen sei, ihre Mutter kennenzulernen.

Worauf sie etwas Komisches erwiderte: »Es war nett von Ihnen, sie einzuladen. Sie hat kaum Freunde.«

Ich versuchte, meine Neugier zu unterdrücken, und fragte betont beiläufig: »Wirklich nicht?«

Amber verzog das Gesicht und konzentrierte sich auf ihren Tee. »Sie ist nicht wie andere Leute.« Mehr sagte sie nicht, und es erschien mir unangemessen nachzuhaken.

Oben ging die Toilettenspülung, der Wasserkasten stöhnte auf, und ich gab einen Teigspritzer in die Pfanne, um die Temperatur zu testen. Er zischte und färbte sich sofort schwarz.

»Das ist so ein schönes Haus«, sagte Amber. Auch daran erinnere ich mich genau.

Ich bedankte mich und drehte den Herd herunter, bevor ich den ersten Löffel Teig in die Pfanne schöpfte. An diesem Morgen kam es mir zum ersten Mal wirklich wie ein schönes Haus vor.

2016

SADIE HOLTE Amber und den Wagen kurz nach Mittag bei Leanna ab. Amber war auf dem Heimweg ziemlich still – vermutlich müde, dachte Sadie. Ihr eigener Kopf fühlte sich auch reichlich verspannt an, das Sonnenlicht folgte ihnen unbarmherzig, als sie durch die verstopften Nebenstraßen krochen.

»Hattet ihr Spaß?« Sie dachte an den Anflug von Kameradschaft, den sie gestern Abend auf der Hinfahrt verspürt hatte. Ein winziger Sieg, aber umso kostbarer.

»Jep.« Amber warf ihr einen Seitenblick zu. »Und ihr?«

»Ja, es war nett. Man kann gut mit Leanna reden.« Sadie fragte sich, ob sie zeigen durfte, dass sie Spaß gehabt hatte. Sie sollte ja eigentlich noch in der Reuephase sein.

Sie erwähnte lieber nicht, wie wütend Miles gewesen war, als sie spätabends ins Haus gestolpert war. Wie er ihr das Handy unter die Nase gehalten hatte: *Du hast nicht angerufen. Ist dir klar, welche Sorgen ich mir gemacht habe? Wie konntest du mir das antun, nach allem, was geschehen ist?* Wie ihm in einem unbewachten Moment eine Träne über seine Wange gelaufen war und wie er sie weggewischt hatte, wobei ihm ein einzelner hohler Verzweiflungslaut entfuhr. Oder wie sie sich mitten in der Nacht übergeben hatte, eine widerliche Masse aus Käse und Wein, wie ihre schweißfeuchte Brust an der Toilettenschüssel geklebt hatte.

»Ich will später noch weg«, verkündete Amber und ließ die Daumen über das Display fliegen.

Sadie verspürte einen Stich der Angst. »Ich – und wohin?«

»Zu Mica«, entgegnete ihre Tochter lässig. Die Lüge kam glatt und geschmeidig, und Sadie war unfreiwillig beeindruckt. »Ihre Eltern sind nicht da, darum helfe ich ihr, auf Milo aufzupassen.« Milo war der kleine Bruder. Sadie war stolz, dass sie es sich gemerkt hatte.

»Und?«, fragte Amber ungeduldig und kampflustig. »Kann ich gehen?«

»Mal sehen.« Sadie wurde heiß, als sie nach der richtigen Antwort suchte. »Du solltest deinen Vater fragen.«

Amber sank selbstzufrieden in den Sitz und betrachtete es offenbar als kleinen Sieg, dass ihre Mutter ihre mangelnde Autorität eingestanden und sie an den Vater verwiesen hatte. Das Handy auf ihrem Schoß summte, und sie lachte bei sich, bevor sie die Antwort tippte. Sadie schaute sie an und fragte sich wie immer, was Amber gerade dachte, was sie schrieb, was die Person am anderen Ende von ihr hielt. Ihre eigene Wahrnehmung von Amber war so verzerrt, das sie die anderer Leute ungeheuer faszinierend fand. Wie wirkte Amber auf sie? Fanden sie ihre Tochter freundlich und rücksichtsvoll, empfanden sie sie als gute Freundin? Oder war sie wirklich so kühl, wie sie Sadie manchmal vorkam? Es machte ihr Angst, obwohl sie wusste, dass das falsch war. Sie wusste, dass sie sich gleich nach ihrer Rückkehr mehr um Amber hätte bemühen müssen. Schließlich hatte sie ihr ganzes Leben auf den Kopf gestellt. Sie hatte sich ausgemalt, wie sie ihre Tochter fest umarmen, ihr über die Haare streichen und ihr wieder und wieder sagen würde, wie leid ihr alles täte. Aber sie hatten einander im Flur nur angestarrt, und keine Onlinerecherche der Welt hätte Sadie darauf vorbereiten können, wie Amber wirklich war. Und welche Angst ihr das einflößte.

Während sie schwiegen, dachte sie auch an Miles, der zu Hause auf sie wartete. Er hatte am Morgen kaum mit ihr gesprochen. Sie konnte es ihm nicht verdenken, schließlich war sie fast sechzehn Jahre weg gewesen, und er hatte sein Kind ganz allein aufgezogen, während sie nicht einmal zuverlässig genug war, um ihm Bescheid zu sagen, wenn sie spät nach Hause kam. Es war so einfach, und doch hatte sie es nicht getan, weil alles zwischen ihnen so ungewohnt war. Einerseits fühlte sie sich wie damals, als sie zwanzig und kurz davor waren, einander die Kleider vom Leib zu reißen. Andererseits war jeder Augenblick schwer von den Erinnerungen an ihre Abwesenheit, von der Gewissheit, dass er nie begreifen würde, dass sie es hatte tun *müssen*, dass sie es für ihn und Amber getan hatte. Und nun machte sie alles nur noch schlimmer.

Sadie bog in die Einfahrt, Miles mähte gerade den Rasen. Er beugte sich vor, um den Rasenmäher auszuschalten, als Sadie den Motor abstellte. Als sie ausstiegen, richtete er sich auf.

»Hallo, Kleines«, sagte er zu Amber und streckte den Arm nach ihr aus. »Schöne Nacht gehabt?«

»Klar. Billies Mama hat uns Pizza gemacht. Und heute Morgen auch noch Pfannkuchen.«

Sadie schloss leise die Tür, doch beide drehten sich zu ihr um. *Eindringling*.

»Das ist aber nett«, sagte Miles zu Amber, drückte sanft ihre Schulter und ließ sie dann los. »In der Küche ist Frittata, falls du noch Hunger hast.«

»Lecker.« Amber ging zur offenen Haustür, die Augen schon wieder auf das Handy gerichtet.

Miles betrachtete Sadie einen Moment lang, und sie spürte, wie eine Welle der Übelkeit in ihr aufstieg und verebbte. »Ich mag es nicht, wenn wir streiten«, sagte er leise.

»Ich auch nicht.« Etwas in ihr zerfiel. »Es tut mir leid.« Das stimmte. Es tat ihr immer leid.

»Mir auch.« Er zog sie an sich, schob die vergangenen sechzehn Jahre weg, schloss sie so selbstverständlich und instinktiv in die Arme, wie nur Miles es konnte. »Ich will doch, dass du Freundinnen hast. Ich habe überreagiert. Ich hatte Angst.«

Sie wandte probehalber das Gesicht nach oben, um ihn zu küssen. Seine Lippen waren kühl und trocken, und der Geruch des frisch gemähten Grases drang ihr in die Kehle. Irgendwo auf der Straße brannte etwas, und sie spürte, wie die Angst herankroch. Miles' Schatten streckte sich lang auf dem Boden aus, ihr eigener verschwand darin.

»Du würdest es mir doch sagen«, sagte er in ihre Haare. »Wenn du … wenn es … wenn sie wieder hier wären?«

Sadie wollte schlucken, die brennende Luft fing sich in ihrem Mund. Sie nickte, das Gesicht an das Muster seines Polohemdes gedrückt.

»Gut«, sagte er, die Hand an ihrem Hinterkopf, ihre Stirn unter seinem Kinn. »Wir sind nur noch zu dritt, nicht wahr?«

2018

Freitag, 18. Mai 2018, 3.04 Uhr

Von: Federica Sosa > An: Greta Mueller

Danke für die Nachricht. Das klingt gut, ich sehe mir jetzt das Material an.

Wie war Amber heute drauf?

Freitag, 18. Mai 2018, 3.05 Uhr

Von: Greta Mueller > An: Federica Sosa

Ziemlich gemischter Tag. Sie hatte ein Interview mit einer französischen Zeitschrift – die Journalistin war eigens dafür hergeflogen –, das ist wohl ganz gut gelaufen. Aber als wir danach essen waren, hat ein Typ sie angesprochen und gesagt, sie sei der Teufel. Das war schrecklich.

Freitag, 18. Mai 2018, 3.07 Uhr

Von: Federica Sosa > An: Greta Mueller

Habt ihr das im Kasten?

Freitag, 18. Mai 2018, 3.11 Uhr

Von: Greta Mueller > An: Federica Sosa

Ja, Tom hat gefilmt, weil sie gerade mit ihrem Agenten telefoniert hat. So furchtbar. Man konnte genau sehen, dass es sie getroffen hat, auch wenn sie getan hat, als wäre es keine große Sache.

Freitag, 18. Mai 2018, 3.13 Uhr
Von: Federica Sosa > An: Greta Mueller
Ich glaube, du bist zu sensibel. Sie muss doch inzwischen daran gewöhnt sein – die Kleine ist mit der Vorstellung aufgewachsen, sie sei verflucht! Und jetzt baut sie ihre Karriere darauf auf.
Ehrlich, du solltest kein Mitleid mit ihr haben. Denk mal an ihr Honorar! Dafür kann sie gefälligst arbeiten.

Freitag, 18. Mai 2018, 3.17 Uhr
Von: Federica Sosa > An: Greta Mueller
Hör mal, du machst deine Arbeit da drüben wirklich super. Das Material, das wir bis jetzt haben, ist toll. Ich dränge nur ein bisschen, weil ich weiß, dass es etwas ganz Besonderes werden und dich groß herausbringen kann. Damit könntest du dir einen Namen machen. Und das hast du auch verdient. ☺
Warum bist du überhaupt so spät noch auf?

Freitag, 18. Mai 2018, 3.18 Uhr
Von: Greta Mueller > An: Federica Sosa
Jetlag. Außerdem hat das Motel dünne Wände und ist echt unheimlich.

Freitag, 18. Mai 2018, 3.19 Uhr
Von: Federica Sosa > An: Greta Mueller
Wieder die leidenschaftlichen Nachbarn?

Freitag, 18. Mai 2018, 3.20 Uhr
Von: Greta Mueller > An: Federica Sosa
Heute nicht. Diesmal weint ein kleines Kind. Und ich glaube, hier gibt es auch Ratten.
Hast du die Mail von Ambers Lehrerin gelesen? Was meinst du, lohnt es sich, da nachzuhaken?

Freitag, 18. Mai 2018, 3.22 Uhr
Von: Federica Sosa > An: Greta Mueller
Igitt, Ratten! Machst du Witze?!
Klar könnte es sich lohnen, ein Vorgespräch mit der Lehrerin zu führen. Wir haben auch noch die Sachen von Sadies ehemaliger Lehrerin – wie hieß sie doch gleich? Berkley? Barclay? –, die ziemlich gruselig sind. Wäre ein schöner Kontrast.

Freitag, 18. Mai 2018, 3.24
Von: Greta Mueller > An: Federica Sosa
Okay, dann plane ich einen Skype-Anruf und finde heraus, ob sie etwas Brauchbares für uns hat. Habe ich dir diesen Artikel geschickt? [Link] Das ist ein sehr interessanter Großer-Mann-Fall aus Deutschland, von 2010. Hier wurde kaum darüber berichtet, weil Dawn Brancheau gerade in SeaWorld getötet worden war.
Bei den Ratten bin ich ganz deiner Meinung! Ich kann hören, wie sie durch die Wände laufen. Aber das Hotel in Texas war noch schlimmer, erinnerst du dich? Bäh.

Freitag, 18. Mai 2018, 3.25 Uhr
Von: Federica Sosa > An: Greta Mueller
O Gott, Schätzchen, das klingt ja schrecklich. Bei der nächsten Reise gibt's ein größeres Budget, versprochen.
Danke für den Link. Du solltest jetzt wirklich schlafen. Morgen musst du Amber pushen – vielleicht bestellst du ihr einen Drink zum Essen, damit sie ein bisschen lockerer wird. Du könntest sie fragen, wie sie den Zwischenfall von heute empfunden hat, falls du glaubst, dass es sie wirklich getroffen hat. Das könnte ein guter Ausgangspunkt sein, um die Fassade zu durchbrechen.
Ich rede gerade mit Morris, und er sagt, sie muss vor der Kamera erzählen, was in jener Nacht passiert ist. Und zwar alles. Wir sollen sie überreden, dass sie sich im Haus filmen lässt. Das wäre pures Gold.

Freitag, 18. Mai 2018, 3.26 Uhr
Von: Greta Mueller > An: Federica Sosa
Sie hat bei der Vertragsunterzeichnung kategorisch erklärt, dass sie nicht dorthin zurückkehren wird.

Freitag, 18. Mai 2018, 3.27 Uhr
Von: Federica Sosa > An: Greta Mueller
Ich weiß, ich war dabei. Aber ich bin zuversichtlich, dass wir sie überreden können.

Freitag, 18. Mai 2018, 3.28 Uhr
Von: Federica Sosa > An: Greta Mueller
Egal, du brauchst jetzt erst mal Ruhe, du musst ja völlig fertig sein. Tut mir leid, dass du den ganzen Albtraum allein

durchstehen musst. Und morgen früh sagst du der Rezeption das mit den Ratten! Das ist völlig inakzeptabel.
Danke für deine tolle Arbeit. Ich verspreche, es wird sich lohnen.

Freitag, 18. Mai 2018, 3.30 Uhr
Von: Greta Mueller > An: Federica Sosa
Keine Sorge. Wenn ich ehrlich bin, stören mich die Ratten weniger als das Baby. Das arme Ding hört gar nicht auf zu schreien. Allmählich frage ich mich, ob es allein im Zimmer ist.
Jedenfalls schaue ich gleich noch ein bisschen Trash-TV. Gute Nacht.

Freitag, 18. Mai 2018, 3.31 Uhr
Von: Federica Sosa > An: Greta Mueller
Ohropax, Liebes. Habe ich auf Reisen immer dabei.
Ich rufe morgen an, wenn ich weiß, was mit den Flügen ist.

2016

MILES SASS am Tisch und sah zu, wie Amber das dritte Stück Frittata verspeiste. Sadie war ins Bett gegangen, um ihren Kater auszuschlafen. Amber hatte das iPad vor sich liegen und scrollte auf einer Boulevardseite, die er verachtete, durch Berichte über Prominente, die er nicht kannte. In einem seiner Uni-Seminare behandelte er die Gefahren dieser Berichterstattung: die Demokratisierung der Berühmtheit, wie die Boulevardmedien Gewichtsverlust oder Gewichtszunahme permanent mit Status und Erfolg verbanden. Und ließ dennoch zu, dass seine Tochter nicht genug davon bekam. Er sah zu, wie ihre Finger geschickt die Seite bedienten, wie sie mit gleichgültiger Miene das Augen-Make-up oder die Cellulitis von Reality-Stars heranzoomte, während ihr Blick über das Display zuckte.

Sie schaute hoch, als sie merkte, dass er sie beobachtete. »Was hast du heute vor, Daddybär?«, erkundigte sie sich, wie sie es immer tat.

»Ich muss einige Hausarbeiten korrigieren«, sagte er und trug die Teller zum Spülbecken. »Und heute Abend wollte ich einen ausgeben und was zu essen bestellen – was hältst du davon?«

»Tut mir leid, Dad, da kann ich nicht. Ich habe Mica versprochen, ihr mit Milo zu helfen.«

Er wandte sich ab, um seine Missbilligung zu verbergen.

Micas Mutter war viel zu oft unterwegs und ließ das arme Mädchen mit dem Baby zu Hause. »Na schön. Ich gebe dir Geld, dann könnt ihr euch was bestellen.«

»Danke, Dad, das ist wirklich nett von dir.« Amber sperrte den Bildschirm des iPads und zögerte. »Dad … Mum geht es doch gut, oder?«

Er trocknete sich die Hände ab und schaute dabei hinaus in den Garten. »Ich denke schon, Kleines. Wir müssen sie eben im Auge behalten.«

Sie zögerte kurz und verschwand dann, das iPad an die Brust gedrückt, nach oben, ohne den Stuhl an den Tisch zu schieben. Er stand in der Küche und horchte, bis es still im Haus wurde und er sich entspannen konnte. Miles erinnerte sich an die Zeit, als Amber tagsüber geschlafen hatte. Wenn er sie nachmittags hingelegt hatte, war er durch die Zimmer gewandert und hatte sich gefragt, wo er anfangen sollte. Oft hatte er seine Mutter angerufen, die seinen Vater vorbeischickte. Miles hatte sich aufs Bett gelegt und an die Decke gesehen, während John sich in der Küche zu schaffen machte, aufräumte und die Trümmer des Tages versteckte. Er hatte auf die ersten schniefenden Atemzüge aus dem Babyphon gewartet, das erste empörte Heulen. Er versuchte, die elektrisierenden Gefühle zu verdrängen, die jeder Gedanke an Sadie in ihm auslöste. Er versuchte, nicht zu spekulieren, wann oder wo oder wie er etwas hätte anders machen können.

Er hatte nie aufgehört, an sie zu denken. Er fragte sich, ob sie das wusste.

Miles war wütend auf sich, weil er gestern Abend die Fassung verloren hatte. Ja, es war gedankenlos und unverantwortlich von Sadie gewesen, nicht Bescheid zu sagen – Amber, der Teenager in der Familie, hätte das nie getan, hätte ihm nie solche Sorgen bereitet –, aber er musste auch Rücksicht nehmen. Er musste akzeptieren, dass sie sich in einer Anpassungsphase befanden und es noch eine Weile dauern würde, bis sie den richtigen Weg gefunden hatten. Und er war wild entschlossen, diesen Weg zu finden. Trotz allem, was geschehen war. Er wusste, dass er und Sadie zusammengehörten, das war immer so gewesen. Er hatte gewusst, dass er der einzige Mensch war, der sie wirklich verstand. Und er hatte gewusst, ganz sicher gewusst, selbst wenn ihn bisweilen Zweifel überkamen, dass sie eines Tages heimkommen würde. Manche Dinge waren einfach vorherbestimmt. Seit ihrer ersten Begegnung war es seine Aufgabe gewesen, sich um sie zu kümmern. Etwas, das Sadie wohl erst nach und nach bewusstwurde. Sie war so lange allein gewesen, dass es ihr schwerfiel, ihn und Amber an sich heranzulassen. Daher musste er geduldig sein.

Oben wurde sanft eine Tür geschlossen, leise Schritte huschten über die Dielenbretter. Vielleicht wollte Amber nach Sadie sehen, das hätte ihn gefreut. Von weit her hörte er ein Baby schreien. Wenn er die Augen schloss, war er fast wieder in der Vergangenheit, in der er allein auf das Weinen seiner kleinen Tochter horchte und einen schier unerträglichen Druck verspürte, weil niemand außer ihm sich um sie kümmerte.

Er ging ins Arbeitszimmer und schloss die Tür, wobei er auch die Erinnerungen auszusperren versuchte. Er wusste, sie waren nicht hilfreich. Miles schaute zum Computer. Der Bildschirmschoner zeigte ein Foto von ihnen dreien. Sie hatten es wenige Wochen nach Sadies Rückkehr aufgenommen; Miles konnte sich erinnern, wie er Sadie und Amber zusammengedrängt und der Kellnerin im Restaurant die Kamera gereicht hatte. Er saß in der Mitte, lächelte breit und hatte um jede der beiden Frauen einen Arm gelegt. Die Kellnerin hatte den Augenblick erwischt, in dem Amber und Sadie in dieselbe Richtung schauten. Die Ähnlichkeit zwischen ihnen war verblüffend. Es wäre ungeheuer schwer gewesen, wenn seine Tochter zu einem Ebenbild der Frau herangewachsen wäre, die sie beide verlassen hatte, wäre Sadie nicht nach Hause gekommen.

Aber sie war nach Hause gekommen. Er hatte es immer gewusst.

Er weckte den Computer mit einer Mausbewegung auf, und das Foto verschwand. Er warf einen Blick auf die Hausarbeit, die er durch eine Software zum Entdecken von Plagiaten hatte laufen lassen, während er gekocht hatte. Das Ergebnis war da: 54 % abgeschrieben. Noch ein Student, den er am Montag zu sich bestellen musste. Er klickte den Bildschirm verärgert weg und öffnete das E-Mail-Programm.

Zuerst las er die neuen Mails, die immer gleichen Nachrichten an die ganze Abteilung, wonach der gemeinsame Kühlschrank gereinigt werden und der Müll in der Küche getrennt werden sollte. Spam von Antiquariaten und einer Partnervermittlung, bei der er sich vor drei Jahren in einem Anfall von Kühnheit registriert hatte. Er löschte sie, ohne sie zu lesen, und danach auch die Onlinequittungen für Essenslieferungen und die Kettenmail, mit der ein paar alte Schulfreunde ein Treffen planten. Nichts davon war wichtig.

Blieben nur noch die Mails von Studierenden – die Szenarien waren ihm inzwischen vertraut, meist ging es um phantasievolle Ausreden, warum Abgabetermine nicht eingehalten wurden –, und eine mit unbekanntem Absender. SomeoneSpecial@gmail.com. Betreff: *Ich weiß Bescheid.*

Der Betreff sollte Aufmerksamkeit erregen, weshalb er ihn kaum beachtete. Miles war sich sicher, was er darin finden würde: das nächste billige Partnerangebot. Er öffnete die Mail, wohl wissend, dass er nichts zu befürchten hatte.

Und merkte schnell, wie sehr er sich geirrt hatte.

2018

»WAS DENKST du über mich?«, fragt Amber. Sie scrollt durch die Songs auf ihrem Handy, das sie sofort an die Hi-Fi-Anlage des Mietwagens angeschlossen hat. Sie hat auch darauf bestanden, das Dach zu öffnen, und Greta versucht, den Überblick zu behalten, obwohl ihr ständig die Haare ins Gesicht wehen.

Sie sind zu zweit. Die Jungs arbeiten noch eine Liste von Außenaufnahmen ab, die Federica um drei Uhr morgens Londoner Zeit gemailt hat. Es ist ihr letzter Tag in L. A., die Woche ist wie in einem Wirbel aus Scheinwerferlicht und Ambers eingeübten Antworten vergangen, die vermutlich allesamt aus der Feder der Talentagentur stammen, bei der Amber unter Vertrag steht. Vermutlich wollen die möglichst viel Interesse an den US-Rechten ihres Enthüllungsbuches wecken. Doch wenn die Kamera läuft, hat Amber nichts Neues zu sagen. Greta hofft, dass Federica in London die Antworten aus ihr herausholen kann, um die es ihr wirklich geht. Wenn Amber wüsste, wie intensiv Federica sich mit der Geschichte von Sadie Banner beschäftigt, wäre sie vielleicht ein bisschen entgegenkommender. Denn Federica wird zunehmend besessener; das Dossier auf der Arbeitsplattform wird immer umfangreicher und die Liste der Leute, die sie interviewen will, immer länger. Während die Liste der Dinge, über die Amber *nicht* sprechen will, ohne ihr Wissen zusammengestrichen wird.

Greta will diesen Pfad nicht einschlagen. Sie hat so viel über den Großen Mann gelesen, über Mädchen, die dachten, er würde sie zu etwas Besonderem machen, und über verschwundene Töchter, dass sie nachts wach liegt und die Schatten beobachtet.

Amber hat an diesem Tag keine Termine. Daher war Greta bereit gewesen, mit ihr nach Disneyland zu fahren. Dort würde es keine Schatten geben.

»Wie meinst du das?«, fragt sie, als sie sicher auf dem Freeway sind.

»Na, ob du mich magst.« Amber klappt die Sonnenblende herunter und prüft ihr Make-up, fährt mit dem Finger über die frisch aufgespritzten Lippen. Sie hat die Haare säuberlich nach hinten gebunden, ein dichter Pferdeschwanz, der bei jeder Bewegung mitschwingt. »Hältst du mich für einen schlechten Menschen?«

Greta überlegt. »Ich weiß nicht, ob ich genug über dich weiß, um dich zu mögen. Aber, nein, ich halte dich nicht für einen schlechten Menschen.«

Sie fragt sich, ob das stimmt. Gestern hat sie hinter der Bühne gesessen und Amber bei einem weiteren Fernsehinterview beobachtet, diesmal für eine Nachrichtensendung. Vorher im Green Room hatte Amber in einer Illustrierten geblättert, bis sie ein Foto von sich selbst entdeckte. Danach war sie auf die Bühne geschlendert und hatte sich in einen der Sessel gesetzt, die für das Interview bereitstanden. Greta hatte erlebt (wie schon die ganze Woche), wie Ambers Stimme sanft wurde, beinahe schüchtern, und wie ihr die Tränen kamen, als der Moderator fragte: »Halten *Sie* sich für unschuldig?«

»Ich habe ihr das Leben genommen, das wird mich niemals loslassen«, hatte Amber geantwortet und langsam eine Träne über ihre Wange rollen lassen. Als die Kameras ausgeschaltet waren, war sie in den Green Room zurückgekehrt, über das Essen von KFC hergefallen und hatte mit einem B-Promi geplaudert, der auf die berühmte Amber Banner gewartet hatte.

»Ich will nicht nach Hause. Mir gefällt es hier.«

»Tatsächlich?« Greta hasst die Stadt. Sie hasst die endlosen Highways und Staus und Werbetafeln, die Einkaufszentren und das perfekte weiße Lächeln. Hollywood hasst sie am allermeisten. Gestern Abend ist sie auf dem Weg zum Hotel an einer Frau vorbeigekommen, die am Straßenrand saß und ungeduldig auf ihren schmutzigen Fuß schlug, um zwischen Dreck und blauen Flecken eine Ader zu finden. Eine Gruppe Mädchen in hautengen Jeans war an ihr vorbeistolziert, ohne sie zu beachten, gefolgt von einem Bus voller Touristen, während aus dem riesigen Andenkenladen an der Ecke fröhlicher Fünfziger-Jahre-Rock-'n'-Roll drang. Es ist, als würde überall, wohin sie kommt, ein Kind weinen, ein Mann sie aus einem Taxi oder Fenster beobachten oder seinen Blick wie Eis über ihre Haut wandern lassen.

»Klar.« Amber lächelt sich selbst im Spiegel an und klappt die Sonnenblende wieder hoch. Sie schaut auf die Stadt, die an ihnen vorbeizieht. »Ich fühle mich hier irgendwie neu. Weißt du, was ich meine? Keiner kennt mich, aber die Leute interessieren sich trotzdem für mich.«

»In London interessieren sich die Leute auch für dich.«

Amber schnaubt verächtlich. »Also bitte. Da bin ich ein Freak. Die wollen nur ein Bild von mir, auf dem ich verrückt aussehe. Die wollen, dass ich ausflippe und ihre Kameras zerschlage, damit sie mir was anhängen können. Sie versuchen, meinen Wagen von der Straße zu drängen. Hier halten mir die Paparazzi die Tür auf und bezahlen bei Starbucks für mich.«

Das hat Greta in den vergangenen vier Tagen mehr als einmal erlebt. Amber hingegen hat es nie sichtbar zur Kenntnis genommen oder kommentiert.

»Hast du dich deswegen auf den Film eingelassen? Damit die Leute dich besser kennenlernen?«

»Nein«, erwidert sie achselzuckend. »Ich werde gut dafür bezahlt. Hey, nicht so schnell!«

Greta tritt auf die Bremse, obwohl die Straße vor ihr ausnahmsweise frei ist. Amber reckt den Arm mit dem Handy nach oben und macht ein Foto von dem Straßenschild über ihnen, auf dem *Anaheim* steht, daneben die Silhouette von Mickymaus. Der Himmel ist strahlend blau.

»Perfekt«, sagt Amber, betrachtet das Bild und öffnet Instagram. »Mann, ich liebe diesen Song.«

Sie fahren in vertrautem Schweigen weiter, die Landschaft ist weit und staubig unter dem endlosen Blau. Greta versucht, nicht an den Drehplan für die nächste Woche zu denken, den Federica ebenfalls geschickt hat. Jede Menge Außenaufnahmen, Interviews, Recherchen. Sie will auch nicht an die letzte SMS denken, die um vier Uhr morgens angekommen war: *Tut mir soooo leid. Katastrophe hier. Das könnte es gewesen sein. Schluss, aus. Keine Ahnung, was ich machen soll.* Eine Minute später folgte dann: *Könntest du A. vorschlagen, am Dienstag in der Schule zu drehen? Ich weiß, sie will nicht dort filmen, aber es könnte starke Bilder liefern – das Publikum daran erinnern, wie jung sie ist.*

Sieben Minuten später: *Liebe Grüße.*

Greta kann sich genau vorstellen, was sie in London erwartet. Federica mit geschwollenen Augen, wie sie ob ihrer zerbrochenen Beziehung schmollt und unablässig auf ihr Handy schaut. Bei Amber wird sie sich natürlich Mühe geben, wird ihr den Koffer auf den Gepäckwagen hieven, sie vorsichtig durch den Flughafen bis zum wartenden Auto steuern und die ganze Zeit plaudern, während Greta, Tom und Luca hinter ihnen hertraben. Sobald Amber sicher im Hotel untergebracht ist, wird die Fassade bröckeln. Dann werden sie nur noch zu zweit sein, nachdem die Jungs unter einem Vorwand verschwunden sind, und Federica wird ihren Stuhl nah heranziehen. Die Worte werden nur so heraussprudeln, der detaillierte Bericht über das, was Millie, Federicas Schriftstellerfreundin, herausgefunden oder geleistet hat, und das wird dann in eine Diskussion des Projektes übergehen, begleitet von Vorwürfen, was Greta hätte besser machen können.

Sie haben bisher zweimal zusammengearbeitet. Kurz nach ihrem Studium hatte der Onkel eines Freundes, dessen Anwesen in Hertfordshire ein ebenso beliebter wie profitabler Drehort war, sie bei einem Historienfilm als Mädchen für alles untergebracht. Federica war damals Regieassistentin eines furchteinflößenden Regisseurs mittleren Alters, der mit Sonnenbrille über das Set stolzierte und ihr bissige Bemerkungen ins Ohr flüsterte, aber mit keinem anderen Mitglied des Filmteams sprach. Federica, die ihre wilden Haare in einen Pferdeschwanz gezwängt und mit der Sonnenbrille aus dem Gesicht gehalten hatte, feuerte maschinengewehrartige Salven in alle Richtungen ab, während sie durch die Räume und Zelte ging: »Du da – was ist mit dem Reflektor?« »Du da – was hat das Gemälde da zu suchen?« »Du da – zur Abwechslung mal den Text gelernt?« Sie fand Gefallen an Greta, die flink reagierte und nie widersprach, und als die arme Setassistentin das Gemälde erneut falsch aufhängte, feuerte Federica sie auf der Stelle und ersetzte sie durch Greta.

Nachdem Greta sich zu besseren Jobs hochgearbeitet hatte, hatte ein Produzent, den sie kannte und mochte, sie Federica für einen neuen Film empfohlen. Federica hatte Greta in ihr Büro in Soho eingeladen, zehn Minuten vorher eine SMS geschickt und das Treffen in einen Coffeeshop in Bethnal Green verlegt. Greta war dreißig Minuten später dort eingetroffen, ihr dünnes, geblümtes Top schweißfeucht am Rücken, die Haut am Hosenbund wundgescheuert. Federica hatte an einem wackeligen Tisch auf dem Gehweg gesessen, die dunkle Brille auf der Nase. Ihre Haare bauschten sich in einer sonnenbeschienenen Wolke um den Kopf. Sie hatte gelächelt und einen Schluck Kaffee getrunken. »Du wirst es schon lernen«, hatte sie gesagt und recht behalten.

Der Low-Budget-Film, an dem sie damals gearbeitet hatten – ein winziges Team von sechs Leuten, darunter Tom und Luca –, war ein Riesenerfolg gewesen. Er war als Insidertipp gestartet und hatte bescheidene Erfolge gefeiert, bis Federica auf einer gläsernen Bühne an ein mit goldenen

Blättern geschmücktes Pult trat und den Preis mit ihren breiten flachen Händen fest umklammerte. Es war ein Dokumentarfilm über ein berüchtigtes Ehepaar, das drei Jahre lang Anhalter in Texas ermordet hatte, und die Kritiker lobten ihn für den Zugang, den Federica zu den Kindern des Paares gefunden hatte. Amber hat Greta erzählt, dass sie den Film schon dreimal gesehen hat.

Ursprünglich sollte er *Eine Art Dunkelheit* heißen, ein Zitat des jüngsten Sohnes aus einem besonders quälenden Interview. Danach hatte Greta die Jalousien in ihrem Hotelzimmer geschlossen, sich trotz der glühenden Hitze in alle verfügbaren Decken gewickelt und um drei Uhr nachmittags ins Bett gelegt. Auf Wunsch der Verleihfirma wurde er in *Meine Eltern sind Mörder* umbenannt. Wenn Greta erwähnt, dass sie daran mitgearbeitet hat, sagen alle, wie sehr sie den Film mögen. »Wie ein Horrorfilm«, hatte eine Freundin bei einer Hausparty gejubelt. »Nur in echt!« Sie hatte es gesagt, als wäre es ein Kompliment. Das machten alle. Aber sie waren nicht dabei gewesen. Sie wussten gar nichts.

Wieder weint ein Kind, da ist sie sich ganz sicher. Sie braucht eine Sekunde, um zu begreifen, dass sie zu zweit auf dem Highway unterwegs sind und ein Lied mit einer hohen, klagenden Melodie aus Ambers Handy hören.

»Wir sind gleich da!«, quiekt Amber und beugt sich über die Tür, um ein weiteres Schild zu fotografieren. »Mein Gott, ich bin so aufgeregt.«

Und zu ihrer eigenen Überraschung ist Greta das auch, jedenfalls ein bisschen. Es fühlt sich an, als wären sie entkommen, als hätten sie etwas hinter sich gelassen. Dabei hat sie sich davor gefürchtet, mit Amber allein zu sein. Sie erinnert sich, dass sie einmal mit ihren Eltern im Tivoli war. Sie hatten Freunde in Kopenhagen besucht, und sie wusste noch, wie die Karussells umhergewirbelt waren und die Leute gelächelt hatten und wie sich ihre Hand in der ihrer Mutter angefühlt hatte.

Sie biegt in den Disneyland Drive und fragt sich, was Tom gerade macht, ob er und Luca noch immer Federicas Wunschliste abarbeiten (die spezifische Punkte umfasst wie »Kind am Strand mit Ballon oder Ball. Wind weht Ballon/ Ball weg?«. Und »junge/jung aussehende Mädchen trinken/lachen in dunkler Kneipe, viel Neonlicht«) oder ob sie aufgegeben haben und irgendwo Bier trinken. Sie könnte ihnen eine Nachricht schicken und sie hierher einladen – wenn der Verkehr so bleibt, würden sie es rechtzeitig schaffen. Es wäre nett, Tom dabeizuhaben.

Doch als sie auf den riesigen Parkplatz fährt, dreht sich Amber zu ihr und legt die weißglühende Hand auf ihren Arm. »Tausend Dank, dass du mit mir hergefahren bist«, sagt sie und heftet ihre grünen Katzenaugen auf Greta. »Das ist total nett von dir.«

Bevor Greta antworten kann, ist die Hand verschwunden, löst sich die Hitze langsam von ihrer Haut, und dann steigt Amber mit wippendem Pferdeschwanz aus und sieht sich nach dem Shuttlebus um, der sie zum Eingang bringt.

Sie gehen die Hauptstraße entlang, vor ihnen taucht das Dornröschenschloss auf. Amber zielt mit dem Handy auf Gebäude und Figuren. Vor einem Bonbonladen fragt sie einen Mann, der als Aladdin verkleidet ist, ob sie sich mit ihm fotografieren lassen kann – und überrascht Greta, als sie sie mit ins Bild zieht. Da stehen sie nun zu dritt, die Gesichter eng beieinander, Amber mit dem Handy, ihre andere Hand umklammert Gretas.

»Ich fand *Aladdin* immer toll«, sagt sie, als sie weitergehen. »Es war mein Lieblingsfilm.« Sie schaut von dem Foto zu Greta. »Ich habe zu Hause auf einem Teppich gesessen und getan, als könnte ich damit wegfliegen. Eigentlich ein bisschen arm.«

Greta lächelt. »Mein Bruder und ich haben früher immer *Aristocats* gespielt.«

Amber kneift die Augen zu. »Ich wusste gar nicht, dass du einen Bruder hast.«

»Er ist Journalist. Wohnt zurzeit im Nahen Osten.«

»Ist ja cool. Sollen wir uns was Süßes kaufen?«

Sie nimmt die größte Schachtel Toffee und dazu eine Schneekugel mit einer Miniversion des Dornröschenschlosses. Sie schüttelt sie heftig und sieht zu, wie der Glitter herunterschwebt, die letzten Flocken durch die Kugel treiben, und dann schlendert sie weiter und lässt Greta mit ihrer Kreditkarte bezahlen, die hoffentlich noch einen Tag ausreicht. Federica wird die Spesen irgendwann erstatten, hat ihr aber vorerst nur ein Bündel zerknitterter Geldscheine in die Hand gedrückt und eine Überweisung versprochen. *Das ist es wert*, mahnt sich Greta, obwohl ihr bei der Vorstellung, ihre Eltern um ein Darlehen zu bitten, trotz der Hochleistungsklimaanlage im Laden der Schweiß ausbricht.

»Lass uns Karussell fahren«, sagt Amber, als Greta aus dem Laden kommt. Die Sonne steigt stetig höher, die Hitze ist trocken und aggressiv.

Greta stimmt vorsichtig zu, und sie wandern durch den

Park, wobei Amber in der Toffeeschachtel wühlt. »Die schmecken ja alle gleich«, verkündet sie nach dem vierten mit mahlendem Kiefer und reicht Greta die Schachtel. »Warum machen die das so?«

Greta entspannt sich, als sie an den Hinweisschildern für das Spukhaus und die Big Thunder Mountain Railroad vorbeigehen, weil Amber lieber ins Schloss und das zahmere Fantasyland möchte. Dennoch ist Greta überrascht, als Amber lachend auf ein altmodisches Dumbo-Karussell deutet und »das da« sagt. Es ist ein Kinderkarussell, die Elefanten bewegen sich langsam zu schläfriger Leierkastenmusik auf und nieder, doch Amber macht ein Foto nach dem anderen und zieht Greta mit sich in die Warteschlange.

»Wie süß«, sagt sie. »Als ich Kind war, hatten sie das immer in den Werbeanzeigen für Disneyland.«

Das bezweifelt Greta nicht. Amber besitzt ein geradezu fotografisches Gedächtnis und kann blitzschnell winzige, irrelevante Einzelheiten abrufen. Sie denkt an die zusammengekniffenen Augen: *Ich wusste gar nicht, dass du einen Bruder hast.* Sie fragt sich, was Amber sonst noch in ihrer Greta-Akte gespeichert hat und was Sebastian, der Kriegsgebiete in aller Welt bereist, davon halten würde, dass seine Schwester versucht, mit einem Besuch in Disneyland das Vertrauen eines mörderischen Teenagers zu gewinnen.

Das Karussell hält an, und sie steigen in die Öffnung im Rücken eines Elefanten. Vor ihnen sitzt eine Mutter mit einem unruhigen Kleinkind. Amber schaut wieder aufs Handy, und Greta wirft einen Blick auf das Display. Twitter, 1350 Benachrichtigungen. Sie riskiert einen Blick, während Amber mit dem Daumen scrollt.

ganz schön sexy für ne irre bitch

Hey, Amber, hab dich bei Good Morning America gesehen. Bist echt tapfer.

sehe @amber_banner im fernsehen. ist das zu fassen? die bitch ist ein kranker freak

Hey, Amber, folgst du mir zurück? hdl

Amber Banner wild entschlossen auf dem Cover von *Hollywood Reporter*. Mädel mag völlig irre sein, hat aber Stil

Greta ist mittlerweile immun dagegen – sie hat die Kommentare unter zahllosen Artikeln gelesen, hat ganze Kolumnen über Amber auf ihrem TweetDeck, wo sie deren Alias und Klarnamen folgt. Sie hat erlebt, wie sich die öffentliche Meinung während des Prozesses gedreht hat; wie Amber von einer Eisprinzessin und sadistischen Mörderin zu einer tapferen, tragischen Figur wurde. Von dem Mädchen, das vor dem Gerichtsgebäude lachte, in dem sie sich für ein furchtbares Verbrechen verantworten musste, hin zu dem Mädchen, das auf der Anklagebank saß und weinte, als alles endlich bekanntwurde. Das Mädchen, das verstohlen lächelnd als freier Mensch auf den Stufen ebendieses Gerichtsgebäudes stand. Und die Welt schaute zu, war gefesselt von jedem schmutzigen Detail. Greta erinnert sich an einen

Artikel, der am 34. Prozesstag bei MailOnline erschien, dem Tag, an dem sich alles für Amber zu verändern begann. Der Bericht wurde von einem Ganzkörperfoto begleitet, auf dem Amber den Gerichtssaal verließ. In einem Kasten war zu lesen, wie man »ihren Look kreieren« konnte, samt Einkaufslinks. Am selben Tag hatte ein feministischer Blog, den Greta liebte, einen Text mit dem Titel »Amber Banner muss nicht für euch weinen, um ihre Unschuld zu beweisen: Das Ende von Bitch Face und die Gefahren medienbegleiteter Prozesse« veröffentlicht. Greta hat alles gelesen, jede Kolumne, jeden Leitartikel, jeden Kommentar, jeden Tweet. Nichts kann sie noch überraschen.

Sie beobachtet Amber, während sie die Benachrichtigungen durchgeht. Eine leichte Reaktion hier und da, eine Augenbraue oder ein Mundwinkel zuckt. Sie fragt sich, ob Amber die auch alle speichert – ob die sanfteren Worte in die Tiefe sinken, während die schärferen an die Oberfläche drängen. Man sieht es ihr nicht an – aber Greta will nicht glauben, dass es nur die glatte Seite gibt, die sie der Außenwelt präsentiert. Wenn das stimmte, hätten sie keine Story. Ihr fällt ein, was Tom am Strand gesagt hat. *Aber manchmal gibt es keine Story hinter der Story. Manche Leute sind einfach böse. Schluss, aus.*

Das Karussell fährt los, ihr Elefant neigt sich sanft nach unten, bevor er wieder nach oben steigt. Amber lacht ihr seltsam flaches Lachen. Sie macht Fotos von der Menschenmenge, vom Himmel über ihnen, von ihnen beiden, Wange an Wange. Nach einigen Umdrehungen wird ihr langweilig, sie legt das Handy auf den Schoß und schaut hinaus, wobei ihre Hand mit den neuen violetten Kunstnägeln den grauen Rand der Gondel umklammert. Sie riecht nach Parfüm und Selbstbräuner und etwas Metallischem.

Auch Greta schaut auf den Park hinunter, auf die unzähligen Buggies und Luftballons mit Mäuseohren. Drehorgelmusik dringt zu ihnen herauf, vermischt mit Gelächter und jammernden Kinderstimmen; es riecht nach verbranntem Zucker und Sonnenmilch. Sie denkt wieder an den Tivoli mit seinen Bronzetönen, dem Rot und Blau, der scharfen Luft und dem mechanischen Tuckern der Karussells. Und an ihren Bruder in seinem Buggy, die dicke Faust im Schlaf an die Wange gedrückt. Jetzt ist er groß und drahtig und sehr weit weg.

»Du bist schwer zu durchschauen«, sagt Amber beiläufig. »Ich weiß nie genau, was du denkst.«

»Das hat man mir schon öfter gesagt.«

Amber schaut sie an. »Es gefällt mir.«

Ein Mann hebt seine kleine Tochter auf die Schultern, damit sie Cinderella sehen kann, die gerade vorbeigeht. Ob die Leute hier Amber auch erkennen, wenn sie nicht von einer Kamera begleitet wird? Ihr fällt ein, wie sich der alte Mann an ihr und Luca vorbeigedrängt und Amber fast den Finger ins Gesicht gebohrt hat. *Teufelskind. Teufel. Verschwinde.*

Das Karussell wird langsamer, die Musik verstummt. Sie sinken in ihrer Gondel herunter, und ein Mitarbeiter löst die Sicherheitsstange.

»Lass uns was trinken«, schlägt Amber vor.

Sie sitzen vor einem der Restaurants am See, vor ihnen zwei beschlagene Biergläser und ein Plastikkörbchen mit

Pommes. Greta spürt ihre Wange, die Haut ist heiß und angespannt. Sonnenbrand, nachdem sie tagelang so vorsichtig war. Sie rückt weiter in den Schatten und sieht auf die Uhr.

»Morgen um die Zeit sind wir in London.«

Amber nimmt sich eine Handvoll Pommes, zieht sie durch die Ketchup-Lache auf dem Wachspapier. »Ja, sieht so aus.«

»Hast du Freunde da?«

Sie zuckt mit den Schultern. »Klar. Leute … ich weiß nicht. Ich kenne halt ein paar Leute.«

»Wohnen die meisten deiner Freundinnen noch zu Hause?«

»Nein. Die meisten sind an der Uni. Jenna ist noch daheim – kein Wunder.«

Greta trinkt einen Schluck Bier, es perlt über ihre Zunge. »Willst du studieren?«

»Keine Ahnung.« Ambers Handy summt, die nächste Benachrichtigung. Sie schaut aufs Display, rutscht auf ihrem Stuhl herum und fixiert Greta. »Und was machst *du*, wenn das hier vorbei ist?«

Greta schaut auf den See. »Ich bin mir noch nicht sicher. Wir werden noch eine Weile brauchen, um das Projekt abzuschließen.«

»Was ist aus den anderen Kindern geworden?«

Sie schaut Amber an. »Welchen anderen Kindern?«

»Die aus *Meine Eltern sind Mörder*. Was ist aus denen geworden, nachdem der Film herausgekommen war?«

Greta denkt an Otis, Danny und Hayley. Hayley hatte sie ständig angerufen, mindestens einmal pro Woche, ihre

Stimme hatte gedämpft und schüchtern geklungen. Die Jungs schrieben manchmal SMS, jedenfalls am Anfang.

»Sie wohnen wohl noch in Texas. Versuchen, ein ganz normales Leben zu führen. Sie sind glücklich.«

»Sie sind berühmt.« Amber dreht das Bierglas auf dem Papieruntersetzer. »Meinst du, die werden noch auf der Straße erkannt?«

»Ich weiß nicht. Kann sein. Aber …« Sie verstummt und nimmt noch einen Schluck Bier, um den Satz zurückzudrängen.

Amber zieht eine Augenbraue hoch. »Ja, ich weiß. Es ist anders, oder? *Die* haben nichts Schlimmes getan. *Die* haben niemanden umgebracht.«

»Das wollte ich nicht sagen.« Und ob.

»Schon gut, Greta.« Amber lehnt sich auf ihrem Stuhl zurück und dreht das Gesicht zur Sonne. »Ich kann auf mich aufpassen«, sagt sie mit geschlossenen Augen.

Greta beobachtet den großen Dampfer auf dem See, zwei schlaksige Jugendliche winken wild vom Deck herüber. Sie denkt wieder an Otis und Danny, die Miller-Brüder, an den ersten Tag am Set und an ihr Misstrauen. An die kleine Hayley mit dem kleinen, weichen Mund und den nassgelutschten, gezwirbelten Haarsträhnen. Ihre zappelnden Füße steckten in abgewetzten weißen Sandalen. Ihre feuchte Hand tastete immer nach Danny – und dann, eine Woche später, nach Greta.

»Du magst also Tom?«, fragt Amber. Eine einzelne Wolkensträhne schiebt sich harmlos vor die Sonne.

»Was?«

Amber dreht den Kopf träge nach links und öffnet

lächelnd die Augen. »Ach, komm schon. Du stehst auf ihn.«

Greta kann die Gedanken an die Miller-Kinder nicht abschütteln.

»Keine Sorge«, sagt Amber. »Er mag dich auch. Ich merke so was.«

2016

NACHDEM SIE zum zweiten Mal Sex gehabt hatten, schlief er ein. Amber setzte sich vorsichtig auf und betrachtete ihn. Er hatte den Arm über die Augen geworfen (wenn er schlief, bedeckte er oft das Gesicht), doch sie konnte den Schwung seines Kiefers mit den dunklen Bartstoppeln verfolgen und die schwachen Falten, die von Mundwinkeln und Nase ausgingen. Sie lösten ein seltsames, schwindelerregendes Gefühl in ihrem Bauch aus. Er wurde älter. War ein Mann. Er war *heiß*.

Sie wusste nicht, wie alt er genau war. Sie hatte ihn ein paarmal gefragt, doch er war der Antwort immer ausgewichen. Er hatte *Alter ist nur eine Zahl, Baby* oder *Du bist so jung, wie du dich fühlst, Peachy* gesagt, mit einer süßlichen, leicht perversen Onkelstimme, und sie dann geküsst, um die Fragen zu stoppen. Nicht, dass es ihr etwas ausgemacht hätte. Er war mindestens dreißig, vielleicht auch an die vierzig, aber das störte sie nicht. Es war ein bisschen seltsam, dass er womöglich älter war als ihr Dad, aber Miles sah besonders jung aus. Als sie geboren wurde, war er nur vier Jahre älter gewesen als sie jetzt. Wenn Amber nachts wach lag, stellte sie sich manchmal vor, in vier Jahren ein Baby zu haben. Der Gedanke war zu seltsam. Sie konnte sich nicht vorstellen, wie Miles das geschafft hatte – und auch noch allein. Das war ihr unbegreiflich. Er hatte sein ganzes Leben aufgegeben, um sich um sie zu kümmern, und sie hatte eine glückliche, unbeschwerte Kindheit genossen. Doch nun, da sie alt genug war, um zu verstehen, was einem die Welt zu bieten hatte – was ihr Vater aufgegeben hatte –, fühlte sie sich schuldig. Darum lächelte sie auch und sagte ja zu seinen langweiligen Ideen, kann nie zu spät nach Hause, ließ sich nie anmerken, wenn sie betrunken war. Darum versuchte sie, ihm das Leben leichtzumachen.

Immerhin hatte er jetzt das, worauf er immer gewartet hatte: Sadie. Amber konnte sich unmöglich zwischen die beiden drängen.

Außerdem hatte sie jetzt Leo.

Sie hatte ihn ein paar Wochen zuvor in einem Club in der Nachbarstadt kennengelernt, wo sich niemand um Ausweise scherte, solange man nackte Haut zeigte und früh genug da war. Das billige Schild draußen kündigte »The Box« an, doch der Laden war weithin nur als Pox bekannt. Die Teppiche klebten, die Wände waren mit Spanplatten verkleidet, über der Tanzfläche gab es eine Galerie, so dass man immer Gefahr lief, eine Flasche von oben auf den Kopf zu bekommen. Aber es war billig, die Musik war okay, und man traf meist ein paar ältere Typen. An diesem Abend war es allerdings ziemlich leer gewesen. Das war nicht weiter schlimm, da sie mit Mica und Jenna gekommen war. Sie hatten auf dem Hinweg eine Flasche Wein getrunken und dann noch ein paar Kurze an der Theke, und dann hatten sie getanzt und an der Stange in der Mitte der Tanzfläche herumgealbert.

Irgendwann hatte Amber bemerkt, dass er sie in den verspiegelten Wänden beobachtete. Er saß allein mit einer

Flasche Bier am Tisch, schlichtes blaues Hemd, offener Kragen. Er sah zu ihr hinüber, und sie lächelte, als Jenna betrunken gegen sie taumelte.

Später trat er hinter sie und legte ihr die Hand auf den Rücken. Er war größer, als er am Tisch gewirkt hatte, sein Körper lang und schlank. »Kann ich dir einen ausgeben?«

Sie stand mit dem Wodka Cola, den er ihr bestellt hatte, an der Theke, ließ ihn seine Nummer in ihr Handy tippen und auf »Anruf« drücken.

»Gehen wir mal aus?«, fragte er, und ihr Lächeln verhieß ein Vielleicht. Am Ende des Abends stellte er sich für sie an der Garderobe an, und sie ließ sich von ihm küssen, während Mica und Jenna hinter ihnen auf einem Sofa kicherten. Dann verschwand er in der Menge, und sie hörte erst eine Woche später von ihm, als er sie aus heiterem Himmel anrief und zum Essen einlud.

Natürlich hatte sie schon Dates gehabt – obwohl sie nicht wusste, ob Kino am Samstagnachmittag mit Micas Cousin wirklich zählte. Natürlich war sie auch schon mal *weiter gegangen*, obwohl es etwas anderes war, sich auf einer Party ins Badezimmer zu quetschen oder ein stilles Fleckchen im Park zu suchen, während die Freundinnen in der Nähe kicherten. Sie hatte befürchtet, es könnte sie überfordern, weil er nicht so leicht zu beherrschen war wie gleichaltrige Jungs. Es machte ihr ein bisschen Angst, war aber reizvoll.

Er war nicht gerade der perfekte Freund. Oft hörte er nicht zu, war mit den Gedanken woanders – bis sie sich auszog. Dann waren seine Augen auf sie geheftet, sein kühler blauer Blick ganz unnachgiebig. Er vergaß ihre Nachrichten oder machte sich nicht die Mühe, sie zu beantworten, er verdrehte die Augen, wenn sie Facebook oder Snapchat oder Instagram erwähnte. Er verdrehte überhaupt ziemlich oft die Augen, wenn sie etwas sagte – einmal hatte er ihr sogar den Finger auf die Lippen gedrückt, worauf sie schockiert verstummte. Aber sie mochte ihn. Er schien selten zu schlafen, und obwohl er keine SMS beantwortete, rief er gerne an und flüsterte mit ihr, obwohl es nur bei ihr zu Hause Menschen gab, die sie belauschen konnten. Sie schaute gerne zu, wie er sich bewegte – er ging geschmeidig von einem Zimmer ins nächste, die Schritte gleichmäßig und leicht, er fuhr unerwartet zärtlich mit den Fingern über ihre Haut. Er aß langsam, hob Fleischstückchen elegant mit den Essstäbchen auf und beförderte sie in seinen Mund mit den schmalen Lippen. Das Beste aber war, dass er eine eigene Wohnung hatte – klein und seelenlos, aber ein Ort, an dem Amber wieder das Sagen hatte.

Er drehte sich neben ihr auf die Seite, die Decke rutschte von seinem blassen, schlanken Oberkörper. Sie schob vorsichtig die Hand unter ihr Kissen und holte das Handy heraus. Eine Nachricht von Billie: *Wie geht's? Hast du das neue Top an? Ich hab einen ganzen Becher Ben&Jerry's gegessen und alle drei* Toy-Story*-Filme geschaut.*☺ Amber verzog das Gesicht. Wie öde. Aber Billie war ganz niedlich und ein guter Lehrling. Amber gefiel es, wie sie an ihren Lippen hing, ohne sich jedoch vor ihr zu fürchten, so wie Jenna. Klar, Jenna versuchte, es so gut wie möglich zu verbergen, aber die Angst war immer da, unter der Oberfläche. Es war nicht mehr wie früher. Vor allem jetzt, da sich ihre anderen Freunde auch von ihr zu distanzieren schienen.

Wer kann es ihnen verdenken?, dachte sie verbittert. *Deine*

Mutter sieht Dinge, die nicht da sind, und du bist vielleicht verflucht. Die ideale Freundin.

Eine Nachricht von Jenna, als hätte Amber sie heraufbeschworen. *Willst du dieses Wochenende mein schwarzes Kleid geliehen haben? XXXX*

Vielleicht hatte es Vorteile, wenn man ein bisschen furchteinflößend wirkte. Auf jeden Fall war es besser als das Mitleid, mit dem Mica und Alisdair ihr neuerdings begegneten.

Sie hatte auch eine Nachricht von Miles, der wissen wollte, wann sie nach Hause käme. Er fragte nur noch selten nach, seit Sadie zurück war – nicht weil es ihn nicht interessierte, das hoffte sie jedenfalls. Amber wusste nur zu gut, dass sie das fünfte Rad am Wagen war, dass sie der großen romantischen Wiedervereinigung im Weg stand, doch Miles hatte sich sehr bemüht, sie zu beruhigen. Sonntagsmorgens gingen sie wie immer heiße Schokolade trinken und einen Muffin essen. Er hob ihr bestimmte Teile der Zeitung auf. Er bat sie, das Gemüse zu schneiden, weil sie es besser konnte als er. Lauter Rituale und Traditionen, die sich im Laufe der Jahre herausgebildet hatten, die sie zu dem gemacht hatten, was sie waren – eine Familie. Und doch achtete er darauf, für Sadie Platz zu lassen, damit etwas zwischen ihnen wachsen konnte, das nur ihnen gehörte. Er schlug vor, dass sie und Amber eine geheimnisvolle Zutat einkauften, die fürs Abendessen fehlte. Er organisierte seine Arbeit so, dass Sadie Amber bringen und abholen musste. Er hatte sich sehr bemüht, damit sich alle zu Hause fühlten, damit jeder einen Platz und eine Aufgabe hatte.

Nein, er wollte sie nicht loswerden, er war nur weniger besorgt als früher. Während Sadies Abwesenheit war die Vorstellung, Amber zu verlieren, das Allerschlimmste für Miles gewesen – was man ihm nicht verdenken konnte. Immerhin war seine Frau mitten in der Nacht verschwunden, ohne eine Nachricht zu hinterlassen. Aber Sadie war zurückgekehrt, und Miles konnte wieder rund um die Uhr optimistisch sein und an das halbvolle Glas glauben, statt in Panik zu verfallen, wann immer sich eine mögliche Krise abzeichnete. Und obwohl Amber nicht davon überzeugt war, dass Sadie diesmal bleiben würde, wollte sie ihm die Sicherheit nicht rauben.

Sie tippte eine rasche Antwort – *Vor Mitternacht, versprochen* ☺ – und fragte sich, ob sie mit dem offenen Verstoß gegen die Elf-Uhr-Regel durchkäme. Es hing wohl davon ab, ob Sadie ihn zu einer Flasche Wein überredet hatte oder nicht.

Leo rührte sich neben ihr, wachte auf, und sie rutschte im Bett herunter und drehte sich auf die Seite, so dass sie einander anschauten. Seine Augen öffneten sich flatternd, und sie lächelte ihn schläfrig an.

»Wie spät ist es?«, fragte er. Sein heißer Atem auf ihrem Gesicht machte sie ungeheuer an.

»Neun. Muss gleich los.«

Er zog sie zu sich heran. »Kommt nicht in Frage.«

»Doch.« Sie kuschelte sich an ihn, wohl wissend, dass sie in einer Sekunde aufstehen würde. Sie würde Leo sagen, sie sei noch mit einer Freundin verabredet, und dann nach Hause fahren, um Miles eine Freude zu machen.

Er fuhr mit der Hand über ihre Seite, von der Schulter

bis zum Knie und wieder nach oben, drückte sein Gesicht an das ihre.

»Du bist unglaublich«, flüsterte er, die Worte warm an ihrem Hals. »Etwas Besonderes.«

Er tat ihr beinahe leid.

1990

IM FLUR ging das Licht aus, Schritte schlichen an der Tür vorbei. Sadie drückte das Kissen an die Brust. Die Eltern von Helen und Marie gingen endlich ins Bett. Justine ergriff ihre Hand, der Schlafsack dämpfte ihre Worte.

»Gleich ist es so weit.« Ihr Atem war warm und süß in der Dunkelheit. »Bereit?«

»Ja«, sagte Sadie. Sie hatte keine Angst vor der Dunkelheit. Sie wusste, er würde sie hier nicht besuchen, nicht, wenn sie alle zusammen waren. Der Große Mann hatte seine besonderen Mädchen, und die Zeit, die er mit ihnen verbrachte, war auch besonders, die wurde nicht geteilt. Er kam zu ihnen, wenn sie allein waren. Das wussten sie und Justine sehr genau. Es war nicht ihre Schuld, wenn die anderen noch nicht für ihn bereit waren.

Sie tastete unter dem Kissen nach ihrer Taschenlampe.

»Und wenn sie uns erwischen?«, flüsterte Helen.

Marie war schon auf und packte sorgfältig ihren Rucksack. »Wir werden nicht erwischt, solange du leise bist, Dummi. Hör auf, so laut zu atmen.«

»Ich kann doch nichts für meinen Atem, Marie. Warum musst du so gemein sein?«

»Halt den Mund.« Justine zog ein Sweatshirt über den Kopf. »Leute, das hier ist wichtig. Wir müssen es richtig machen.«

»Wenn wir erwischt werden, bekommen wir furchtbaren Ärger.« Doch auch Helen war schon aus dem Bett und stopfte die Pyjamahose in dicke Socken.

»Wir werden nicht erwischt«, sagte Sadie. Das wusste sie genau. Er würde sie beschützen.

Sie öffneten die Tür, hockten sich dichtgedrängt daneben und horchten. Die Matratze knarrte, dann herrschte Stille. Marie bohrte einen Finger in Helens Rippen. »Du machst es ja noch immer«, zischte sie, doch Sadie konnte Helen nicht atmen hören. Sie hörte nur das Hämmern ihres eigenen Pulses.

Es schien ewig zu dauern, bis der Vater zu schnarchen begann. Marie stand auf. »Dann mal los.« Sie führte die anderen in den Flur und die Treppe hinunter, zeigte auf die Stufen, die knarrten, und Helen stolperte fast, als sie ihnen ausweichen wollte. Sadie spürte, wie Gelächter in ihr aufstieg. Oder auch der Drang zu schreien oder zu singen, durch die Tür zu laufen und unter dem schwarzen Nachthimmel zu tanzen. Sie machten es tatsächlich. Sie gingen in den Wald, um ihn zu suchen.

Die Straßen sahen im Dunkeln anders aus. Die Häuser schliefen, die Autos parkten stumm in den Einfahrten. Sie schlichen am Grundstück entlang zu dem Weg, der durch die Felder zum Fluss und in den Wald hinunterführte. Sobald sie im Schatten der Bäume waren, schalteten sie die Taschenlampen ein. Sadie konnte wieder durchatmen.

»Sag uns noch mal, was wir zu tun haben, Justine.« Helen eilte neben ihnen her. Sie trug ihre Schulschuhe, aus denen flauschige Socken quollen, und das Sweatshirt ihres Vaters hing ihr bis zu den Knien. Sie sah wie ein Kind aus, und

Sadie schämte sich für sie. »Meint ihr, es klappt wirklich?« Sie klang atemlos, und Sadie konnte nicht beurteilen, ob es an der Aufregung, der Angst oder ihrem Asthma lag.

»Natürlich klappt es«, sagte Marie und lächelte Justine an. »Der Junge, der neben Justines Oma wohnt, hat uns davon erzählt.«

Sadie kannte den Jungen. Rotblonde Haare und Sommersprossen, Jogginghose und schmutziges T-Shirt. Manchmal beobachtete er sie vom Fenster aus, wenn sie zu Justine kamen. Sie hasste das Haus, die staubigen, vergilbten Gardinen und den Geruch von Kohl, der herausdrang, wann immer Justines Oma die Tür aufmachte. Helen hatte mal erzählt, Justine habe früher dort gewohnt, als ihre Mutter im Gefängnis war, aber sie brachte oft Dinge durcheinander, und man durfte ihr nicht alles glauben.

»Und dann sehen wir ihn? Den Großen Mann?« Helen stolperte über einen Stein, streckte die klamme Hand aus und umfasste damit Sadies Arm. Die Bäume zitterten im Wind.

»Ich habe gehört, er hat ein Mädchen in Manchester geholt«, sagte Justine. »Sie ist eines Nachts aus ihrem Bett verschwunden.«

»Meinst du, er zeigt sie uns?«, wollte Helen wissen. »Wie den Kindern in der Zeitschrift?«

Justine schüttelte den Kopf. »So besonders sind wir noch nicht. Wir müssen uns erst bewähren.«

Sie hatten die Lichtung erreicht, auf der sie Dinge für ihn hinterließen und Briefe an ihn verbrannten. Sadie erinnerte sich an den letzten, den sie geschrieben hatte: Ich möchte etwas Besonderes sein. Sie wusste noch, wie sie Justine angeschaut hatte, als die Flamme zubiss, das Papier schwarz färbte. Verlass mich nie. Wie sie hochgeschaut und Justine sie beobachtet hatte, während das flackernde orangefarbene Licht in ihren Augen funkelte. Sie hatte den brennenden Brief losgelassen, er war vor ihren Füßen zu Boden geflattert. Justine hatte Sadie unverwandt angeschaut, als sie den Fuß gehoben hatte und daraufgetreten war.

Am Himmel standen keine Sterne, die Dunkelheit im Wald war beinahe absolut. Die Strahlen ihrer Taschenlampen tanzten über die Bäume, ihr Atem hing in der Luft.

»Hier.« Justine beschrieb mit der Schuhspitze einen Kreis auf dem Boden. »Wer hat es?«

Marie kniete sich hin, öffnete ihren Rücksack und holte ein Sweatshirt heraus. »Leuchte hier rüber, du Dussel.« Marie schlug einen Ärmel zurück und dann den anderen, und da lag es, das Messer, das sie aus der Küche gestohlen hatte, während ihr Vater im Wohnzimmer das Video für sie einlegte. Sadie verspürte zum ersten Mal echte Angst. Und als Helen die Hand in ihre schob, zuckte sie zusammen.

»Tut es weh?«, fragte Helen.

»Klar«, meinte Justine achselzuckend. »Aber wir müssen ihm etwas geben, wenn wir etwas von ihm haben wollen.« Sie nahm das Messer an sich. »Wer fängt an?«

Niemand sagte etwas. Es war sowieso egal. Justine richtete die Augen auf Sadie.

Sie streckte die Hand aus. Schloss die Augen, als die Klinge hineinbiss, als ihr der Wind ins Ohr flüsterte.

2018

DAS LICHT in der Kabine ist abgedunkelt, die Rollos sind geschlossen. Greta driftet durch unruhige Träume, hört die gedämpften Geräusche um sie herum (das leise Klingeln des Servierwagens, das Flüstern der Crew im Servicebereich), die auch der Schlaf nicht ganz verdrängen können. Sie hat ein schlechtes Gewissen, weil Tom und Luca Economy fliegen. Beide haben geschlafen, als sie eine Stunde nach dem Abflug bei ihnen vorbeigeschaut hat. Tom hatte den Kopf an die Wand gelehnt und eine zusammengerollte Jacke zwischen Schulter und Wange geklemmt; Luca war in seinem Sitz heruntergerutscht, hatte die mageren Beine unter dem Vordersitz ausgestreckt, eine Schlafbrille auf dem Gesicht. Ihre eigene fühlt sich kratzig und übertrieben dramatisch an: ein Requisit. Sie erinnert sich an die Mail, die Federica ihr vor einigen Tagen geschickt hat: *Ohropax, Liebes. Habe ich auf Reisen immer dabei.* Sie bezweifelt allerdings, dass sie ihr helfen würden.

Sie sind auf halbem Weg über dem Atlantik, als Amber sich neben ihr regt. Greta schiebt die Schlafbrille hoch, blinzelt und sieht Ambers Gesicht ganz dicht vor ihrem. Sie hat die Augen geöffnet. Sie schauen einander eine Weile an, während die Lüftung über ihnen unablässig surrt. Dann dreht sich Amber um und zieht sich die Decke über die Schulter. Greta nimmt ihre Maske ganz ab, dreht sich auf den Rücken und schaut nach oben zu den Gepäckfächern.

Es ist anders als mit den Millers. Damals war sie nur die Assistentin, hat die Kinder zu den Besprechungen gebracht und vorgegebene Fragen gestellt, nachdem sich gezeigt hatte, dass sie ihr vertrauten. Diesmal ist sie von Anfang an involviert – sie hat die ganzen Vorbereitungen mitgemacht, die Präsentationen und Meetings und ersten Interviews. Sie war dabei, als Federica sich mit Amber in einer Weinbar in Soho getroffen hatte, und auch, als sie strahlend in die Wohnung gekommen war, in jeder Hand eine Flasche Champagner.

Sie ist perfekt, hatte sie zu Greta gesagt. *Das wird das nächste große Ding.* Greta hatte gehört, wie Federica Produzenten und Investoren und einmal sogar einer Gruppe wildfremder Leute im Pub die Geschichte von Sadie und Amber Banner erzählt hatte.

Allerdings ist Greta auch diejenige, die nun die Teile zusammenfügen muss. Sie hat in Polizeiakten, Grundbüchern und Wählerverzeichnissen recherchiert, hat Fremde in sozialen Medien gestalkt, um nebensächliche Details herauszufinden, die Federica irgendwann als unwichtig abtun wird. Greta hat monatelang einen Geist gejagt, aber nicht etwa den Großen Mann, sondern eine Mutter, die ständig auf der Flucht war.

Sie schaut wieder auf Ambers Hinterkopf mit den gebleichten Strähnen. Sie versucht, sie sich als Neugeborenes vorzustellen. Versucht, sich vorzustellen, was Sadie Banner gesehen hat, als sie das kleine Gesicht im Körbchen betrachtete. Sie denkt an die Audiodatei, die Federica gestern Abend auf die Arbeitsplattform hochgeladen hat, die Aufzeichnung eines Telefongesprächs. Es gab keinen Hinweis, ob die Frau wusste, dass man sie aufnahm, oder wo Federica sie aufgetan hatte und ob ihre Aussagen überprüft worden waren. Seit die Presse Wind davon bekommen hat, dass die berühmte Federica Sosa einen Film über den Fall Banner dreht, sind alle möglichen Leute aus der Versenkung aufgetaucht und haben ihre Geschichten angeboten. Leute, die behaupteten, Sadie Banner sei vom Teufel besessen, Leute, die angeblich mit ihr im Sandkasten gespielt hatten. Leute, die behaupteten, Amber Banner sei nicht, was sie vorgab, dass die echte Amber Banner als Kind gestorben oder weggezaubert worden sei. Dass die ganze Geschichte um den Großen Mann nur Tarnung sei und sie die Wahrheit wüssten.

Diese Frau jedoch klang nervös, als hätte sie ihre Geschichte nicht freiwillig preisgegeben – als hätte Federica sie bei einem ihrer fieberhaften Rechercheanfälle aufgespürt.

»Sie haben 2005 in Wombleton gelebt«, sagt Federica. Es ist keine Frage, sondern eine Feststellung.

»Ja.«

»Neben Ihnen hat sechs Monate lang eine Frau gewohnt, die vorher als Sadie Banner bekannt war.«

»Nein – na ja, ich habe das nicht gewusst. Als ich ihr hallo sagen wollte, hat sie sich als Jane vorgestellt.«

Federica schweigt. Die Frau ist zu nervös, um die Stille zu ertragen.

»Aber ich habe mir das Bild angeschaut, dass Sie mir geschickt haben, und die Zeitungen und so, und sie war es. Sadie.«

»Haben Sie sich oft mit ihr unterhalten?«

»Nein. Sie war ruhig, blieb für sich. War nachts zu komischen Zeiten auf. Hat meist tagsüber geschlafen.«

»Warum, wo hat sie denn gearbeitet?«

»Gelegenheitsjobs. Eine Zeitlang hat sie in einem Pub geputzt, ist dann nicht mehr aufgetaucht. Hat wohl auch gekellnert, in einem Café in Pickering. Sie hat mir erzählt, früher hätte sie Nachtschicht in einer Fabrik gehabt, darum wäre ihr Schlafrhythmus so durcheinander.«

»Haben Sie oft miteinander geredet?«

»Nein. Nach dem ersten Mal hab ich sie kaum gesehen.«

»Fanden Sie das nicht seltsam?«

»Nein, sie war eine angenehme Nachbarin. Keine Schwierigkeiten, höflich, wenn ich sie mal auf der Straße traf.«

»Es gab also keine Probleme?«

»Na ja …«

Greta erinnert sich vor allem an dieses Zögern. Als sie die Aufzeichnung auf dem Weg zum Flughafen gehört hatte, hatte sich ihr Puls beschleunigt. Da steckte die Story, in diesem langgezogenen Satz, diesem Zweifel. Und Federica war der Hai, der den Käfig umkreiste und auf seine Chance wartete. Ihre Blutgier hatte Greta angesteckt, und sie hatte das Handy lauter gestellt. Auch jetzt ist sie versucht, das Gespräch noch einmal anzuhören, obwohl sie sich an jedes Wort erinnert.

»Ein paarmal …«

»Ja?«

»Meine Kinder haben gesagt, ein Typ würde sie beobachten. Ihr Freund. Er stand hinten im Garten, wenn sie draußen spielten und so. Hat sie irgendwie verstört.«

»Haben Sie ihn auch gesehen?«

»Einmal. Es war abends, ich bin noch mit dem Hund gegangen. Da machte jemand die Vorhänge im Schlafzimmer zu.«

»Das klingt nicht besonders denkwürdig.«

Da ist es wieder, das Zögern, die Frau atmet langsam und schwer. Aber sie hat die Geschichte in Gang gesetzt. Das Blut zieht eine Spur durchs Wasser.

»Nun, es war spät. Ich war müde, und der Hund – ein kleiner Mischling, furchtbare Nervensäge – stand mitten auf dem Gehweg und rührte sich nicht von der Stelle. So war er eben, der gehorchte nie aufs Wort. Er ging, wenn er wollte, und blieb sitzen, wenn er nicht weiterwollte, so eine Scheiße eben. Also zerre ich an der Leine, weil ich mir den Arsch abfriere, und er sitzt einfach da und schaut zum Haus. Janes Haus. Also sehe ich auch hoch, und da steht er am Fenster.«

»Wie würden Sie ihn beschreiben?«

Eine längere Pause; Greta dreht sich auf die Seite und überlegt. Kein Zögern. Die Frau sucht nach einer Antwort, die ihr zu entgleiten droht.

»Er war kräftig«, sagt sie schließlich unsicher. »Die Straßenlaterne stand genau vor dem Haus, daher konnte ich nicht viel sehen, nicht sein Gesicht oder so. Ich hab nur gesehen, wie die Vorhänge zugezogen wurden.«

»Haben Sie ihn danach noch mal gesehen?«

»Nein.« Die Frau wird jetzt ungeduldig, will mit der Geschichte heraus. »Schauen Sie, es ist so, als ich wieder vor meinem Haus stehe, drehe ich mich um, obwohl der Hund mich inzwischen hinter sich herzerrt, der wollte unbedingt wieder rein. Ich drehe mich um und sehe …«

Federica schweigt. Entweder schwindet ihr Interesse, oder sie will der Frau Raum geben, um das zu sagen, was sie sagen will; etwas, das sie unter Druck vielleicht verschwiegen hätte.

»Ich sehe, dass die Fenster so sind wie vorher. Die Vorhänge sind nicht zu. Ich sehe das Licht im Schlafzimmer. Ich hatte einen im Kahn, das gebe ich zu, aber ich kann mich dran erinnern. Es war so komisch, dass ich es nicht vergessen hab.«

»Okay.« Federicas Stimme ist sorgfältig moduliert, selbst Greta kann nicht beurteilen, ob sie die Frau ernst nimmt. »Und was ist dann passiert?«

»Am nächsten Tag haben die Kinder wieder gesehen, wie er sie beobachtet hat. Es war heiß, und sie haben mit dem Gartenschlauch gespielt und dem kleinen Planschbecken, das wir von ihrer Cousine haben, und dabei hat er sie beobachtet.«

»Haben Sie ihn auch gesehen?«

»Also … nein. Aber Gemma, meine Jüngste, war ganz durcheinander, sie wollte das ganze Wochenende nicht mehr raus. Also bin ich hingegangen. Ich habe Jane gesagt, dass ihr Freund seine Augen da lassen soll, wo sie hingehören.«

»Wie hat sie reagiert?«

»Sie hat nicht viel gesagt, aber das tat sie nie. Es täte ihr leid, es würde nicht mehr vorkommen, das war alles. Dann bin ich nach Hause gegangen.«

»Und, ist es wieder vorgekommen?«

»Nein. Am nächsten Tag war sie weg. Kein Umzugswagen, nichts. Wir haben es erst gemerkt, als mein Kumpel, der bei einem Makler in Pickering arbeitet, es mir erzählt hat. Da hatten sie schon einen neuen Mieter, die Sache war erledigt. Die nächsten Mieter waren richtige Aschlöcher, das kann ich Ihnen sagen. Musik rund um die Uhr, haben sich ständig angeschrien. Da wusste ich Jane im Nachhinein zu schätzen.«

»Hatten Sie seither Kontakt zu ihr?«

Die Frau verneint. Greta fügt das neue Detail in ihr Bild von Sadie Banner ein. Wieder hat sie ein Feld im Raster ausgefüllt. Ist der Lösung einen Schritt näher gekommen.

Sie dreht sich auf die andere Seite, mit dem Rücken zu Amber, und schläft endlich ein. Doch ihr Schlaf ist unruhig, durchdrungen vom Weinen eines Kindes, das einfach nicht verstummen will.

2016

AM MONTAG war Sadie wieder allein. Es war nicht die Art von Alleinsein, die sie kannte, doch sie fühlte sich immerhin nicht mehr wie ein Eindringling oder Goldlöckchen, das auf die Rückkehr der Bären wartet. Die Stille war wohltuend. Das Wochenende hatte sie erschöpft: der endlose Kater vom Samstag und ein Mittagessen mit Miles' Eltern am Sonntag. Miles hatte sich in der Küche um den Braten gekümmert und jede Kartoffel einzeln mit Gänseschmalz bestrichen, während Sadie einen Gin Tonic nach dem anderen mixte und die Platzdeckchen gerade rückte. Und mittendrin Amber, die mit ihrem Großvater scherzte und Miles' Mutter erlaubte, ihr die Haare aus dem Gesicht zu streichen, ihr Kinn besitzergreifend zwischen beringte Finger zu nehmen und genau zu inspizieren. Amber hielt das Gespräch in Gang und ertrug mühelos das Schweigen, das sich zwischendurch ausbreitete.

Sechs Besuche bis jetzt, und Sadie fragte sich, ob sie allmählich mit diesem Familienritual vertraut wurde. Miles hatte sich in der ersten Nacht an sie geklammert und mit seinen Tränen ihr schäbiges T-Shirt durchnässt. Amber hatte verschlafen mit offenem Mund auf der Treppe gestanden, als würde Miles ihr den Weihnachtsmann präsentieren. Und doch hatte Sadie von Anfang an gewusst, dass Frances und John Banner am schwersten zu überzeugen wären. So war es schon immer gewesen.

Als Frances nach ihrer Rückkehr das erste Mal bei ihnen gewesen war, hatte sie Sadie eine Stunde lang nicht angesehen, und Sadie wäre am liebsten im Boden versunken oder mit der Wand verschmolzen. Sie hatte gewusst, dass sie etwas sagen musste, aber wie überhaupt anfangen? Also hatten sie steif geschwiegen, und Johns falsche Fröhlichkeit hatte Miles' Geplauder einen munteren Unterton verliehen. Amber hatte sich auf ihrem Stuhl zurückgelehnt und alle mit diesem ihr eigenen Lächeln betrachtet. Es genossen.

Allmählich gewöhnten sie sich wieder aneinander. Es gab immer noch peinliche Augenblicke – John, der nach dem dritten Gin Tonic den Kuchen anschnitt, den Sadie gebacken hatte (aus Ambers Cupcakes war nichts geworden), und fragte: »Hast du viel gebacken, Sadie? Da, wo du warst, meine ich?« Letztlich war es das gleiche Unbehagen wie damals, als sie sich gerade kannten und Miles' Eltern gestehen mussten, dass Sadie schwanger war.

Gestern war Amber in die Küche gekommen, nachdem die Großeltern heimgefahren waren. Sadie räumte gerade die Spülmaschine ein. Neben ihr auf der Arbeitsplatte stand ein beschlagenes Ginglas. Sie hatte sich unsicher aufgerichtet, als Amber zu ihr trat, das Geschirrtuch nahm, das Sadie sich über die Schulter geworfen hatte, und anfing, die Gläser vom Abtropfbrett zu trocknen.

»Das musst du nicht machen«, hatte Sadie überrascht gesagt, doch Amber hatte nur mit den Schultern gezuckt.

»Ich möchte aber.« Sie hatte das Radio lauter gestellt – gerade liefen die Four Tops –, und beide hatten zusammen die Küche aufgeräumt.

Sie dachte daran, wie Frances und Amber nach dem Essen in der hellen Mittagssonne gesessen hatten, die durch die Terrassentür ins Wohnzimmer schien. Drei Frauen allein im Zimmer, eine Großmutter und eine Mutter und eine Tochter. Das klang trügerisch einfach.

Das Handy summte, ihr Herz machte einen schmerzhaften Sprung. Eine Nachricht von Leanna: *Wie wär's mit Mittagessen am Mittwoch?* Sie antwortete rasch und schaltete das Handy aus.

Sie konnte die Erinnerung an Ambers Nähe nicht abschütteln. Wie sie das Geschirrtuch von Sadies Schulter genommen hatte. Es war heiß gewesen in der Küche, auf der Arbeitsplatte hatte der Schmortopf mit den Lammknochen gestanden, an denen die letzten Fleischfasern trockneten, die Luft von einem öligen Geruch erfüllt. Sadie konnte das Bild von Justine nicht abschütteln, die sich im Wald zu ihr gebeugt hatte, ihr Atem widerlich süß, die Lippen mit Zucker verklebt. *Er kann dich zu etwas Besonderem machen, wenn du ihn darum bittest.* Justine, die mit der Fußspitze einen Kreis in der Erde beschrieb. Justine, die auf der Bordsteinkante gesessen hatte, während sich eine Katze um ihre Beine wand. Justine, die ein Küchenmesser so in Sadies Handfläche drückte, dass ihr Blut über die Finger lief und langsam auf den Boden tropfte.

Nebenan knarrte ein Dielenbrett. Ambers Zimmer, dabei war sie doch seit Stunden in der Schule.

Sadie richtete sich auf und holte tief Luft. Amber war nicht Justine oder Sadie. Sie war keine von ihnen; sie war in Sicherheit, alles andere war undenkbar. Es konnte nicht alles umsonst gewesen sein – Sadie hatte die Schatten von ihrer Tochter weggelockt, sie beschützt. Und doch spürte sie, dass etwas nicht stimmte.

Wieder ein Knarren, diesmal näher an der Wand, und sie dachte eine Sekunde lang, sie hätte die ersten Töne eines Lachens gehört, das sie für immer hinter sich gelassen hatte. Sie hörte, wie das Geräusch zu einer fernen Sirene wurde, deren Klang sie in zitternden Wellen erreichte.

Sie versuchte, sich wieder der alltäglichen und doch gewaltigen Aufgabe der Jobsuche zu widmen. Wie so oft kam es ihr seltsam vor, Dinge zu tun, die andere Leute auch taten. Auf leuchtend bunten Internetseiten nach Jobs zu suchen, statt herumzufragen, schwarze Bretter in den Fenstern heruntergekommener Läden zu studieren oder Anzeigen in billigen Werbeblättern. Sie hatte geputzt, gekocht, verpackt, laminiert und gezählt. Immer wieder hatte sie geglaubt, sie hätte einen Platz gefunden, an dem sie die Schatten an sich binden konnte, und sich immer aufs Neue geirrt.

Sie wusste noch, wie sie das erste Jahr in dem Cottage bei Mileshead verbracht hatte. Ein Putzjob in einer Fabrik, Nachtschicht, wenn alle anderen weg waren. Nur sie und ihr Mopp und ein gelegentliches Kichern aus dunklen Ecken. Leise Schritte, die ihr folgten. Dann hatte die Fabrik geschlossen, und die Agentur hatte Sadie in eine Schule geschickt. Sie erinnerte sich an die tiefe, hohle Angst, als man es ihr gesagt hatte, wie sie gestottert und sich verhaspelt hatte, als sie nach einer Ausrede suchte, weshalb sie nicht in der Nähe von Kindern arbeiten konnte.

Keine Sorge, hatte die Frau gesagt, die sie offenbar loswerden wollte. *Es ist nach Schulschluss, die Kinder sind längst weg, wenn Sie kommen.* Was auch stimmte, zuerst jedenfalls. Sie hatte sich langsam entspannt, hatte sich sogar gefragt, ob sie die Schatten des Großen Mannes für immer verlassen hätten. Eines Abends aber hatte sie den klapprigen alten Staubsauger eingestöpselt, sich umgedreht und gesehen, wie die Tür des Klassenzimmers aufging. Ein kleines Mädchen und seine Mutter suchten nach dem verlorenen Lieblingsteddy. Und als das Kind auf das Stofftier zustürmte, hatte Sadie einen Moment lang ein anderes kleines Mädchen mit toten Augen und einem blutbefleckten Kleid gesehen.

An diesem Abend hatte sie ihre Sachen gepackt und die Stadt verlassen, ohne ihr letztes Gehalt abzuholen.

Ja, es kam ihr seltsam vor, wieder einen Job zu suchen. In den Monaten – den Jahren – vor ihrer Rückkehr hatte sie allein auf Skye gelebt und möglichst nur Onlinekontakt zu anderen Menschen gepflegt. Sie hatte gebrauchte Möbel ersteigert, in ihrer Garage geschmirgelt und lackiert und auf denselben Internetseiten weiterverkauft. Sie hatte alles online bestellt und die Sachen in der Dämmerung an einer Packstation abgeholt. Sie hatte sich versteckt und so dafür gesorgt, dass er irgendwann das Interesse an ihr verlor.

Nun aber hatte sie wieder andere Menschen in ihr Leben gelassen.

Sie öffnete den Browser, doch er lud nicht die Startseite, sondern Miles' beruflichen E-Mail-Account. Im Hintergrund war die Website der Universität zu sehen.

Sie zögerte. Es war verlockend, sie wusste so wenig über Miles' Arbeit. Beim Essen sprach er manchmal von seinen Seminaren, erzählte lustige Geschichten über Studenten, die verkatert bei ihm erschienen und ebenso phantasievolle wie unglaubwürdige Entschuldigungen auftischten, weshalb sie ihre Hausarbeiten nicht pünktlich abgeben konnten. Aber das hier waren E-Mails von Kollegen, einige freundlich, andere kühl, und sie war der Eindringling. *Es ist nicht dein Leben.*

Mittendrin bemerkte Sadie eine Mail von einem anonymen Account: SomeoneSpecial@gmail.com. Kein Betreff. Plötzlich wurde ihr Mund trocken, ihr Herz hämmerte in der Brust. Sie klickte darauf.

Halb vier im Bell-Pub, dann sage ich nichts, stand dort zu lesen. Und daneben ein zwinkernder Smiley.

In der Mittagspause saßen Amber, Jenna und Billie auf der Mauer vor dem Naturwissenschaftsgebäude und teilten sich den schicken Obstsalat, den Leanna eingepackt hatte. Amber hatte Mica während der letzten Stunde eine Nachricht geschickt, die eingegangen, aber noch nicht gelesen worden war. Billie trommelte mit den Fersen unablässig gegen die Mauer, und Amber war angespannt. Ihr kam es vor, als zöge jemand in ihrem Inneren eine Schraube an.

»Jake hat gestern auf WhatsApp nach dir gefragt, Amber«, sagte Jenna beiläufig und wühlte in der Tupperdose nach einer Erdbeere. »Du hast ihn nach deinem Geburtstag ganz schön abserviert, was?«

Amber schaute zu Billie, deren Wangen sich rosa gefärbt hatten. Ihre Füße trommelten noch stärker gegen die Mauer.

»Er steht total auf Bill«, sagte sie mit einem Blick auf Jenna. »Hast du denn gar keine Ahnung von Jungs?«

Billie lächelte, aber die Schraube in Ambers Inneren wurde immer fester angezogen, und ihr wurde ganz heiß. Manchmal kam es ihr vor, als steckte tief in ihr ein anderes Ich, das eines Tages, wenn sie nicht achtgab, einfach hervorbrechen würde.

Es war ein Gefühl, das wohl nur Sadie verstehen konnte, und genau das machte ihr Angst.

Nach der Schule ging Amber zu Leo. Er öffnete ihr in Pyjamahose und nacktem Oberkörper die Tür, zog sie an sich und küsste sie. Die Tür fiel hinter ihr zu.

Als er sie losließ, folgte sie ihm in die Küche, wo es verbrannt roch, obwohl alles sauber und das Geschirr weggeräumt war. Er schien nie zu essen oder Unordnung zu hinterlassen. Es war, als würde allein ihre Gegenwart die Dinge in Bewegung setzen. Sie schaute zu, wie sich seine Rückenmuskeln spannten, als er den Wasserkocher füllte und Becher aus dem Schrank nahm.

»Wie war dein Tag?«, fragte er.

Sie hatte ihm erzählt, sie studiere an Miles' Universität, aber verschwiegen, dass ihr Vater dort arbeitete. Angeblich pendelte sie und wohnte zu Hause, um ihre kranke Mutter zu pflegen, was der Wahrheit durchaus nahekam.

»Nicht übel.« Sie zog die Jacke aus. Sie hatte die Uniform tief unten in der Tasche verstaut und sich auf der Schultoilette umgezogen.

»Was hast du diese Woche gelernt?« Er lehnte sich an die Arbeitsplatte und schaute zu, wie sie ihre Jacke über den Stuhl hängte. Seine intensive Aufmerksamkeit erregte sie.

Die Rolle war beinahe zu leicht, um Spaß zu machen. Ihr

Vater erzählte seit einer Ewigkeit von seinen Vorlesungen, und sie war sich ziemlich sicher, dass sie jede Prüfung bestehen konnte. »Es ging um die Rehabilitierung von Straftätern«, sagte sie leichthin und lehnte sich auch an die Arbeitsplatte. »Wie Menschen wieder ein nützlicher Teil der Gesellschaft werden können.«

Seine Augen zwinkerten, wenn er lächelte. Amber versuchte, nicht zu lange hinzusehen, weil ihr dann von innen ganz warm wurde. »So ein kluges Mädchen«, sagte er und streckte den Arm aus. »Komm her.«

Sie ließ sich von seinen Armen umschließen. Von ihm entführen.

Danach lagen sie schweigend auf dem Sofa, und er drehte unablässig eine ihrer Haarsträhnen um den Finger. Ein feuchter Fleck war auf dem frischen Putz zu sehen, ein alter Rohrbruch, den man zu schnell übertüncht hatte. Dann und wann zog ein Geruch durch die Wohnung, der an Teich und Moder erinnerte. »Gefällt es dir hier?«, fragte er.

»In der Stadt?« Sie zuckte mit den Schultern. Ihre Haut klebte an seiner, und das Leder fühlte sich unangenehm an ihrem Rücken an. »Es ist langweilig. Nicht viel zu tun, oder?«

»Wo haben deine Eltern früher gewohnt?«

»In Reading.«

»Haben sie sich dort kennengelernt?«

»Ja, an der Uni. Sollen wir fernsehen?«

Er streckte sich und griff nach der Fernbedienung, richtete sie aber nicht auf den Fernseher. Seine andere Hand drehte endlos dieselbe Haarsträhne. Ambers Kopfhaut spannte sich. »Reading. Wie hat es sie denn hierher verschlagen?«

»Keine Ahnung.« Sie nahm ihm die Fernbedienung aus der Hand und schaltete den Fernseher ein. Eine Frau in einem grellen rosafarbenen Kostüm führte ein Paar durch eine Küche mit schreiend bunter Tapete. »Wo bist du denn aufgewachsen?«

»Hier und da.«

Sie verdrehte die Augen. »Und dann findest du es hier nicht langweilig?«

Er zwinkerte sie an, hatte die Lippen aber fest zusammengepresst. »Ich sorge schon für meine Unterhaltung.«

Ihr Magen schlug Purzelbäume, doch er griff an ihr vorbei und nahm ein abgestandenes Glas Wasser vom Couchtisch. Er trank hörbar, bevor er ihr das Glas anbot. Amber schüttelte den Kopf. Das Paar im Fernseher äußerte höfliche Zweifel an den neuen Schränken.

»Wie geht es deiner Mum?«, erkundigte sich Leo und trank noch einen Schluck, wobei ihm Wasser aus dem Mundwinkel rann. Er wischte es nicht weg.

Amber rutschte herum, das Ledersofa saugte an ihrem nackten Bein. »Gut. Verhältnismäßig gut, meine ich.«

Er hielt jetzt eine ganze Handvoll Haare fest, ließ sie durch die Finger rutschen und umklammerte sie wieder. »Was hat sie doch gleich?«

Die Frau im rosafarbenen Kostüm führte ein sommersprossiges Kind in sein neues Zimmer. »Sie hat Wahnvorstellungen. Sie ist nicht ganz richtig im Kopf.« Amber drückte vielsagend einen Finger an die Schläfe, was hoffentlich reichte. Sie war nicht sonderlich scharf auf das Gespräch, zumal sie seine Augen auf sich spürte. *Bloß kein Mitleid*, wollte sie sagen, weil der Gedanke sie abstieß.

Sie wechselte das Thema. »Was hast du am Wochenende vor?« Prompt veränderte sich sein Gesichtsausdruck. Eine Tür war zugefallen.

»Bin vermutlich unterwegs.«

»Oh.« Sie setzte sich hin, fühlte sich plötzlich kalt und entblößt. Sie wollte, dass er sie wieder berührte, doch das tat er nicht; er schaute weiter zum Fernseher, wo die Kamera durch die renovierte Wohnung schwenkte, bevor der Abspann startete. Sie wollte ihn an sich ziehen und konnte es nicht; ihre Hände fühlten sich plötzlich schwer und unbeholfen an. »Ich habe auch einiges zu tun«, sagte sie stattdessen. »Viel Arbeit, und ich muss mich mit ein paar Leuten treffen.«

»Mmm.« Er drehte sich zu ihr und gab ihr einen raschen Kuss, der sich nicht aufrichtig anfühlte. »Du solltest jetzt wahrscheinlich besser gehen. Ich muss los, bin heute Abend verabredet.«

»Okay, klar.« Amber stand rasch auf und nahm ihre Jeans vom Boden. »Ich bin eh schon spät dran.«

Er sah zu, wie sie sich anzog, und sie fühlte sich heiß und zittrig. Sie hatte etwas Falsches gesagt, etwas falsch gemacht. Heute Morgen in der Dusche hatte sie sich zu schnell rasiert – vielleicht waren ihr dabei ein paar Haare entgangen. Oder hatte sie ein seltsames Geräusch gemacht? War sie verschwitzt hier angekommen? Vermutlich war es Mitleid, das turnte die Leute ab. Sie ging in die Küche, um ihre Sachen zu holen, und er folgte ihr, als wollte er sich vergewissern, dass sie wirklich die Wohnung verließ. Etwas in ihr kribbelte, ein leises Flattern der Panik. Sie musste das Richtige sagen, sich richtig benehmen, wieder in die Spur kommen – aber wie?

»Dann mach's gut«, sagte sie an der Tür. Sie wollte ihn fragen, wann sie sich wiedersähen, aber das wäre so was von verzweifelt, und *so tief* würde sie dann doch nicht sinken.

»Bis dann.« Er küsste sie noch einmal, diesmal etwas länger, was schon besser war, wenn auch nicht das, was sie wollte, nicht hungrig oder hart oder sehnsüchtig. »Ich rufe dich an.«

Dann fiel die Tür zu. Amber hängte sich die Tasche um und zog die Jacke enger – die Sonne stand tief und blass am Himmel, der Wind tobte ungehindert durch die Straßen.

Unterwegs redete sie sich ein, dass es ihr egal war, dass ihr nicht nach Weinen zumute war. Schließlich hatte sie seit Jahren nicht geweint.

2018

DIE MASCHINE geht in den Sinkflug, draußen herrscht einförmiges Grau. Tische werden eingeklappt, Sitze hochgestellt. Greta fühlt sich krank, Haut und Mund sind trocken, ihr Kopf angespannt vom Schlafmangel. Sie hat wieder flüchtig von Texas und den Miller-Kindern geträumt und danach drei Stunden lang unter der Decke die dämlichsten Filme geschaut, die sie finden konnte. Amber hatte erst die Augen geöffnet, als das Frühstück serviert wurde. Sie war, noch während sie ihr eigenes aß, über Gretas verschmähtes Croissant hergefallen und hatte sich die gebratenen Eier, die wie Hirnmasse aussahen, zwischen Schlucken von Orangensaft in den Mund geschaufelt.

»Echtes Besteck«, hatte sie ehrfürchtig mit vollem Mund gesagt, als die Gabel wieder zum Teller zurückkehrte. »Echte Teller. So ist das also, wenn man reich ist, was?«

Jetzt scheint sie wieder zu schlafen, hat sich unter der Decke verkrochen, das Gesicht gegen einen Flügel der Kopfstütze gedrückt. *So viel zum Thema Schlaflosigkeit*, denkt Greta, obwohl Ambers Schlafhaltung ungewöhnlich still, beinahe starr wirkt. Sie überlegt, ob Amber die ganze Zeit wach gelegen und die Augen zugekniffen hat, und kann einen Schauder nicht unterdrücken. Sie sehnt den Augenblick herbei, in dem sie die Kabine mit der gekühlten Luft und dem einheitlich roten Innenleben verlassen kann.

Das Flugzeug sinkt immer tiefer, im Servicebereich klirren Gläser. Gretas letzter Film verschwindet vom Bildschirm, der nun eine Karte ihrer Flugstrecke zeigt. Sie schaut aus dem Fenster. Unter ihnen erstreckt sich ein Patchworkmuster aus Braun und Grün, dann und wann unterbrochen vom einsamen blauen Pool eines herrschaftlichen Anwesens. Dann fliegen sie über dichtbebaute Städte mit ihrem Zickzackmuster endloser Reihenhäuser.

Greta schaut Amber an, als ihnen der Erdboden entgegenrauscht. Gleich wird sie das Mädchen an Federica übergeben. Es fällt ihr schwer.

Federica steht neben einer Gruppe von Familien mit eifrigen Mienen und Willkommensschildern. Sie trägt ihre Sonnenbrille und hat einen Kaffee in der Hand. Sie hat Zeit gefunden, zum Friseur zu gehen, während ihr Team unterwegs war. Die Haare reichen nur noch bis zu den Schultern; graue Strähnen schlängeln sich durch die krausen Locken. Trotz der Wärme hat sie einen Männermantel an und eine Hand in der Tasche. An den Füßen trägt sie hässliche schwarze Gummiclogs, die Beine stecken in einer leinenen Kampfhose. Sie lächelt leicht, um zu signalisieren, dass sie die beiden gesehen hat. Ihr Mund ist ein dünner roter Streifen, der schon auf den Deckel des Kaffeebechers abgefärbt hat.

»Amber«, sagt sie, tritt in einer Dior-Wolke auf sie zu und küsst das Mädchen auf die Wange. Tom und Luca verstauen das ganze Gepäck auf zwei Wagen. Federica wird kurz verlegen und wedelt mit den Händen, als wollte sie sich auch nützlich machen. Doch sie fängt sich schnell und hakt Amber unter. »Der Wagen wartet schon.«

Sie führt sie weg, wobei sie Greta kurz über die Schulter

zunickt. Neben ihnen steht eine Familie. Die Mutter stößt den Vater an und deutet unauffällig auf Ambers Rücken. Das älteste Kind, ein heranwachsender Junge, dreht sich um, das Handy bereit zum Foto. »War sie das? O mein Gott, ich muss ein Bild von ihr haben!« Seine Schwester, die etwas jünger ist, wirkt enttäuscht. »Sie ist so klein. Überhaupt nicht unheimlich.«

»Komm schon«, sagt Tom zu ihr. »Bevor alle sie erkennen.«

»Bevor die Meute über sie herfällt«, sagt Luca und holt eine Zigarette aus der Jackentasche, während er zu den Automatiktüren geht.

Draußen hat Federica Amber die Hand auf die Schulter gelegt und redet lebhaft auf sie ein.

»Ein Traumpaar, wenn du mich fragst«, sagt Tom.

»Ich mache mir Sorgen um sie.« Greta ist müde, die Worte rutschen ihr heraus. »Sie ist noch so jung«, fügt sie hinzu und wird rot. »Ich glaube, sie weiß nicht, worauf sie sich eingelassen hat.«

Tom wird langsamer und betrachtet sie freundlich. »Sie hat dich nachhaltig beeindruckt, was?«

Luca legt den Arm um Greta und fährt ihr durch die Haare. »Die gute alte Greta, das menschliche Herz unserer kleinen Schmierenkomödie.« Er lässt sie los und zündet sich die Zigarette an. »Sie weiß genau, was sie tut, mach dir da mal keinen Kopf. Die Kleine ist clever.«

Dann gehen sie zum Wagen, der mit laufendem Motor am Bordstein wartet.

Um zehn Uhr abends klopft es an Gretas Tür. Das Hotel ist dämmrig und klaustrophobisch, die wenigen Milchglasfenster sind klein und rund und hoch in die Wände eingelassen. Der Teppich mit den Kreismustern macht sie seekrank. Sie liegt auf dem Bett und wünscht sich, sie hätte darauf bestanden, zu Hause bei Hetty und Lisette zu übernachten statt in diesem Hotel, wo man von fern das dumpfe Donnern der M25 hört. Federica hat gesagt, es sei einfacher, Greta könne so Zeit und Kosten sparen. Außerdem sei es besser, wenn das Team während des Drehs zusammenbliebe (offenbar würde es das Team völlig aus dem Tritt bringen, wenn Greta mit der U-Bahn zur Arbeit fahren müsste). Sie hat versprochen, Greta für Lisettes Geburtstagsessen freizugeben.

Greta hievt sich vom Bett hoch, ihre nackten Füße bewegen sich nur unwillig über den statisch aufgeladenen Teppich. Sie öffnet die Tür, und sie schauen einander im grünlichen Flurlicht an. Federica hat die Sonnenbrille nach hinten geschoben, ihre Augen sind müde und ungeschminkt. Dafür hat sie den roten Lippenstift nachgezogen.

Sie setzen sich aufs Bett (Stühle gibt es keine) und trinken Dosenbier, das Federica mitgebracht hat (eine Minibar gibt es auch nicht).

»Du hast Sonne abbekommen.«

Greta tastet nach ihrer Schulter, wo die Haut rissig geworden ist. »Hat sie sich eingelebt?«

»Klar«, sagt Federica lachend und nimmt einen großen Schluck Bier, entblößt dabei ihren kräftigen Hals. »Ein Prinzesschen, was?«

Greta lächelt und sagt nichts.

»Danke, dass du eingesprungen bist.« Federica betrachtet die Dose in ihrem Schoß, ihre verkrampften Finger mit den Ringen. »Ich weiß es wirklich zu schätzen.«

»Kein Problem«, sagt Greta und hasst sich dafür. »Wie ist es hier gelaufen?« Sie spürt leise Panik, als ihr klarwird, wie vertraulich es klingt, und fügt hinzu: »Wird noch viel über das Urteil berichtet?«

Federica nickt. »Klar, die Boulevardblätter bringen fast jeden Tag eine Story über sie. Viele Bilder aus den Staaten. Du bist auch auf einigen zu sehen.«

Greta bekommt Angst und versucht, sie mit einem Schluck warmen Biers hinunterzuspülen.

»Die Berichterstattung ist insgesamt sehr positiv. Die Leute scheinen es für richtig zu halten, dass sie freigekommen ist. Wenn man den Kommentaren glaubt, finden selbst die Zyniker Gefallen an ihr.« Sie hebt die Dose an den Mund und überlegt es sich dann anders. »Schließlich ist es auch eine tolle Story.«

»Du hast weitergegraben.«

»Ja. Es gibt noch einige Geschichten. Wenn wir uns an den Orten umsehen, an denen Sadie Banner gewohnt hat, könnten wir viele … Beweise finden. Es ist eine ganz neue Dimension.« Wieder das flache, breite Lächeln.

»Glaubst du jetzt auch dran?« Greta nimmt einen zu großen Schluck, so dass ihr Bier übers Kinn läuft. »An den Großen Mann und all das Zeug?«

Federica starrt sie an. »Natürlich nicht. Ich finde es nur interessant, dass sich die Leute nun, da alles öffentlich geworden ist, plötzlich ›erinnern‹. Eine Art Massenhypnose. Wir könnten eine ganze Episode darüber bringen.«

»Na schön. Ich kann noch ein paar Aussagen von Leuten aus Wombleton besorgen.«

»Ja, und auch von Skye. Und anderswo. Es muss Leute geben, die sich an Dinge erinnern.«

»Und Amber?«

»Bei ihr müssen wir auch tiefer bohren. Da ist noch mehr, du kannst praktisch die ganze Zeit ihr Gehirn arbeiten hören.« Federica trinkt zwei große Schlucke Bier und wischt sich den Mund mit dem Handrücken ab. »Wir knacken sie. Ich weiß, du schaffst das. Sieh zu, dass wir mehr als die vorgefertigten Phrasen bekommen, die sie uns ständig serviert. Ihr Anwalt hat sie gut abgerichtet, das muss ich ihm lassen.« Sie öffnet noch ein Bier, das Bett knarrt, als sie sich bewegt. »Ich bekomme sie dazu, es zu sagen. Ich bekomme sie dazu, uns zu sagen, was damals wirklich passiert ist. Je mehr wir über Sadie reden, wo sie gelebt hat und welche komischen Dinge die Leute angeblich in ihrer Nähe gesehen oder gehört haben, desto eher packt sie aus.«

Greta nimmt sich noch ein Bier, obwohl es in ihrem Magen brodelt. Sie nimmt einen großen Schluck und wendet sich dann ab.

Federica scheint es nicht zu stören, dass sie schweigt. »Na schön. Hol deinen Laptop raus. Ich will mir mal die Aufnahmen aus L. A. ansehen.«

Aus dem Tagebuch von Leanna Evans
[Auszug B]

Wir trafen uns bei einem Italiener zum Mittagessen. Es war noch früh, und als ich hinkam, war das Restaurant leer bis auf zwei Angestellte, die Gläser polierten und Frischhaltefolie von den Kuchenplatten auf der Theke entfernten.

Obwohl keine anderen Gäste da waren, suchte ich mir einen Platz ohne Aussicht, weit hinten im Restaurant, wo man ein bisschen Privatsphäre hatte. Ich dachte, das würde dir gefallen. Ich bestellte Mineralwasser mit Eis und Zitrone, und als du abgehetzt fünf Minuten zu spät hereinkamst, sagte ich dir, es sei ein Gin Tonic. Doch ich konnte dich nicht in Versuchung führen; als die Kellnerin auftauchte, hast du eine Cola light bestellt.

Ich fragte dich, wie deine Woche gewesen sei. Du sahst nicht gut aus: dunkle Schatten unter den Augen, ein leichter Schweißfilm auf der Haut. Deine Blicke zuckten unruhig durch den Raum, zwischendurch hast du auf dein Handy geschaut. Bei Tageslicht wirkte dein Gesicht hager, weit hagerer als im schmeichelhafteren Licht meiner Küche. Du sahst viel älter aus als sechsunddreißig oder siebenunddreißig.

Du wirktest ein bisschen steif, während wir den üblichen Smalltalk machten, dein Lächeln war angespannt, deine Antworten klangen vage und unverbindlich. Ich spielte mit der Speisekarte, die aus einem einzelnen Blatt bestand. Meine Hände fühlten sich unbeholfen an, als wüsste ich nicht, wie ich sie gebrauchen sollte. Ich erzählte dir, was ich in der letzten Woche gemacht, wie ich das Badezimmer gründlich gereinigt und angefangen hatte, die Sachen des Vormieters vom Dachboden zu räumen.

Du schautest auf, als hätten meine Worte eine Saite angeschlagen. »Ja, das habe ich auch gemacht«, sagtest du. Dann hast du seltsam gelacht, daran erinnere ich mich genau. Irgendwie misstönend, wie wenn ein Glas in einem leisen Raum zerbricht oder eine falsche Note in einer Kantate erklingt. Und dann sagtest du: »Wir haben Fledermäuse.« Ich brauchte einen Moment, um zu begreifen, dass euer Dachboden gemeint war.

Ich trank einen Schluck und wünschte mir, ich hätte tatsächlich einen Gin Tonic bestellt. Es war komisch, dass du das gesagt hast, oder vielleicht war es auch nur die sorglose Art, in der Dinge aus deinem Mund entwichen, als hättest du gar nicht über sie nachgedacht oder keine bewussten Sätze aus ihnen geformt. Du wirktest so anders, und ich fragte mich, ob ich etwas falsch gemacht hatte.

Dann hast du wieder die Speisekarte studiert, und ich tat es dir nach. Es gab nur neun Gerichte: drei Vorspeisen, drei Hauptgerichte, drei Desserts. Umso mehr habe ich mich über deine Wahl des Restaurants gefreut, weil sie von Einfachheit zeugte, von Offenheit und Ehrlichkeit. Du bist nicht auf Nummer Sicher gegangen, hast dich nicht hinter ausgeklügelten Lieblingsgerichten versteckt. Ich respektierte dich dafür.

Nach kurzem Schweigen fragte ich dich, was du bestellen wolltest. Es ist komisch; früher machte mir Schweigen nichts aus. Heute kann ich es oft nicht ertragen. Ich war überrascht, meine eigene Stimme zu hören, noch bevor du die Chance hattest zu antworten; ich schwankte lautstark zwischen Arra-

biata und Pizzetta. Obwohl ich mich bemühte, war ich nervös, und du schienst das zu verstehen – du hast gelächelt, und ich wurde wieder ruhig.

Als die Kellnerin kam, bestellte ich entschlossen den Salat mit Mozzarella und Tomate und die Arrabiata. Das war mir wichtig, und ich war froh, das hast du vielleicht gemerkt. Ich war wieder beherrscht und voller Energie. Ehrlich gesagt, kam es mir vor, als würde ich Energie aus dir schöpfen, während du dahinwelktest. Du hast lange gebraucht, um zu bestellen, hast dich schließlich für Krabbencocktail und Puttanesca entschieden. Es passte nicht zusammen, und ich fühlte mich beinahe mütterlich, als müsste ich dich beraten.

Stattdessen versuchte ich, deine Aufmerksamkeit vom Boden abzulenken, den du immer wieder fixiert hast, als wären deine Augen zu schwer, um hochzuschauen. Ich erkundigte mich, wie dein Wochenende gewesen sei, was ihr drei so unternommen hättet. Ich war neugierig auf deine Beziehung zu Amber. Es kam mir vor, als wüsstet ihr nicht, wie ihr miteinander umgehen, ob ihr aufgeregt oder lässig oder vorsichtig sein solltet. All diese Gefühle las ich in euren Gesichtern, doch keines war von Dauer. Ihr drehtet euch schnell voneinander weg wie Fremde, die auf der Straße aneinander vorbeigehen. In eurem Haus gingen seltsame, falsche Dinge vor, die mich faszinierten.

Du hast wieder auf dein Handy geschaut, als hätte meine Frage dich daran erinnert. »Ach, nicht viel. Miles' Eltern waren zu Besuch.«

Ich weiß noch, dass ich die Hand ausgestreckt und sanft die deine berührt habe. Dass ich gefragt habe, ob alles in Ordnung sei.

Du hast den Kopf ein bisschen zu heftig geschüttelt, deine Haare flogen schwungvoll zur Seite. »Alles gut, alles gut. Und bei dir?«

Ich habe wohl gesagt, es ginge mir gut. Ich war abgelenkt, hatte Lippenbalsam aufgelegt, bevor wir uns trafen, und bemerkte nun den Abdruck an meinem Glas. Ich fuhr mit dem Daumen über den Rand, um die Spur zu tilgen, und du hast sofort das Interesse verloren. Unsere Bestellung kam, und du hast sie ausdruckslos betrachtet, während ich zu essen begann.

»Das sieht gut aus«, hast du ohne die geringste Begeisterung gesagt. Dann hast du die Gabel genommen und mit der Ecke eines schlaffen Salatblatts gespielt.

Ich habe meinen Bissen umständlich hinuntergeschluckt. Vielleicht hast du gemerkt, dass ich dabei innehielt. Ich war wütend, weil du mich ignoriert hast, am liebsten hätte ich dir die Gabel aus der Hand gerissen und die Schüssel vom Tisch gefegt. Ich musste mich zusammenreißen.

»Meins schmeckt sehr gut«, sagte ich schließlich, und dann hast auch du endlich die Gabel zum Mund geführt.

Wir aßen einige Minuten schweigend, und ich stellte fest, dass ich es ertragen konnte. Mehr noch, diesmal warst du diejenige, die das Schweigen brach.

»Wie geht es Billie? Alles gut in der Schule?«

Die Nachfrage freute mich. Ich belud meine Gabel mit Salat, wobei ich dafür sorgte, dass alle Bestandteile gleichermaßen vertreten waren. Ich wollte den Augenblick genießen. »Sie scheint sich gut zu machen. Es ist wohl die richtige Schule für sie.«

»Sie ist ein wirklich nettes Mädchen«, sagtest du, was mich überraschte.

»Vielen Dank.« Damit hatte ich nicht gerechnet. »Amber aber auch.«

Du hast gelacht, und ich spürte, wie die Angst in meinem Rücken kribbelte. Du hast mir gegenübergesessen und warst doch an einem anderen Ort.

Du hattest sie wieder hereingelassen, das konnte ich sehen.

»Sie lügt«, sagtest du schlicht. Du hast mich nicht angeschaut, hast stattdessen dein Messer hin und her gedreht und zugesehen, wie ein Lichtfleck über die Wand tanzte.

»Ich weiß«, flüsterte ich, und als du scharf aufblicktest, wurde mir klar, dass du durchaus zugehört hattest. Sie hatten dich doch noch nicht für sich gewonnen.

»Billie hat erwähnt, Amber hätte einen neuen Freund«, sagte ich, als mein Selbstvertrauen zurückkehrte. Ich stellte mich ein bisschen dumm, als wäre ich mir nicht sicher, ob ich davon erzählen sollte. Als ich die Angst in deinem Gesicht sah, überlief mich wohliger Schauer. »Einen Mann. Billie schien … ein bisschen nervös deswegen.«

Unsere Blicke begegneten sich, und ich fragte mich, was du in meinen Augen gesehen hast. Einen Menschen, der ebenso gehetzt war wie du selbst, einen Menschen, der verzweifelt genug war, um das zu tun, was du nicht konntest. Ich fragte mich, ob du in mir gesehen hast, was ich in dir sah. Es war wie ein zweiter Schatten, den man nur ab und zu bemerkt – du hattest eine bestimmte Art, den Kopf zu bewegen, wenn du nach Worten gesucht hast. Vielleicht konnte ich es erkennen, weil ich danach suchte, weil ich wusste, wonach ich suchen musste. Ich weiß, wo es sich versteckt.

Und dann hast du dir die Stirn gerieben, bist mit der Hand über dein Auge gefahren und über die Wange, und dann – als hättest du nichts Besseres zu tun – hast du noch einen Bissen gegessen. Du hast mich angesehen, und mich durchflutete neue Kraft, während ich freundlich lächelte. »Danke«, hast du gesagt. »Ich weiß zu schätzen, dass du es mir erzählt hast.«

Ich tat es ab, ganz die gute Freundin. »Töchter zu haben ist nicht leicht. Wie heißt es doch gleich in König Lear*?«*

»›Tiger, nicht Töchter‹«, hast du ohne die Spur eines Lächelns geantwortet. Wieder einmal hast du mich überrascht; ich hatte nicht erwartet, dass du das Zitat kennst.

Du hast genickt und bist wieder dahingewelkt, hast resigniert die Gabel weggelegt. »Ich war genauso.« Das war der richtige Augenblick, um nachzubohren.

»Tatsächlich?«

»Ja. Ein Albtraum für meine Eltern. Bin immer lange weggeblieben, spätabends sturzbetrunken nach Hause gekommen. Ich vermute, ich bekomme nur, was ich verdient habe.«

Ich trank mein Wasser und aß meine Nudeln und dachte bei mir: ja, aber noch nicht.

2018

Dienstag, 22. Mai 2018, 23.31 Uhr
Von: Federica Sosa > An: Greta Mueller
Versteh mich bitte nicht falsch, aber du hast auf mich eben einen komischen Eindruck gemacht. Ich mache mir Sorgen, dass du nicht hundertprozentig von dem überzeugt bist, was wir hier machen.

Dienstag, 22. Mai 2018, 23.35 Uhr
Von: Greta Mueller > An: Federica Sosa
Es tut mir leid, wenn es so auf dich gewirkt hat. Ich bin einfach nur müde. Es war eine lange Woche.

Dienstag, 22. Mai 2018, 23.36 Uhr
Von: Federica Sosa > An: Greta Mueller
Das ist mir bewusst, und ich weiß es sehr zu schätzen, dass du eingesprungen bist, aber du musst auch verstehen, dass ich dir hier eine sehr große Chance gebe. Ein bisschen mehr Begeisterung wäre schön.

Dienstag, 22. Mai 2018, 23.38 Uhr
Von: Greta Mueller > An: Federica Sosa
Federica, ich bin von dem Projekt begeistert und auch wirklich dankbar, dass ich dabei sein darf. Aber es ist schwer, sich dafür zu begeistern, dass man eine Achtzehnjährige hintergeht, wer immer

sie sein mag. Du hast vorhin einige Dinge gesagt, bei denen ich mich unbehaglich gefühlt habe.

Dienstag, 22. Mai 2018, 23.39 Uhr
Von: Federica Sosa > An: Greta Mueller
Verdammt nochmal, nicht schon wieder! Du weißt, was sie getan hat. Sie braucht wohl kaum eine neue Mutterfigur, und du bist schon mal gar nicht geeignet, die Rolle zu übernehmen. Es tut mir leid, wenn dir bei dieser Chance »unbehaglich« zumute ist!!!

Dienstag, 22. Mai 2018, 23.41 Uhr
Von: Greta Mueller > An: Federica Sosa
Ich versuche nicht, sie zu bemuttern. Ich versuche nur, ethisch und fair mit ihr umzugehen. Wir haben einen Vertrag, und sie vertraut uns.

Dienstag, 22. Mai 2018, 23.43 Uhr
Von: Greta Mueller > An: Federica Sosa
Es ist spät, und das hört sich jetzt alles irgendwie falsch an. Ich brauche wirklich Schlaf. Es tut mir leid, wenn ich dich heute Abend gekränkt haben sollte – glaub mir, das war nicht meine Absicht, und ich bin dir für diese Chance wirklich dankbar.

Dienstag, 22. Mai 2018, 23.47 Uhr
Von: Greta Mueller > An: Federica Sosa
Hast du gerade bei mir angeklopft? Ich bin wach, aber wohl nicht schnell genug aufgestanden.

Dienstag, 22. Mai 2018, 01.59 Uhr

Von: Federica Sosa > An: Greta Mueller

Tut mir leid, Schatz. Bin eingedöst, war vollkommen fertig.

Sorry, falls ich vorhin unhöflich war. Ich weiß nur, dass du talentiert bist, G, und ich möchte, dass das eine ganz große Sache für dich wird.

Wir sehen uns beim Frühstück.

PS: Ich hab nicht geklopft, muss ein mitternächtlicher Verehrer gewesen sein. ;)

2016

NACH DEM Mittagessen gingen Leanna und Sadie zusammen durch die Stadt. Leanna war bemüht, mit Sadie Schritt zu halten, die noch nie langsam hatte gehen können, und sie plauderten über das Wetter und ihre Mädchen. Sadie musste dauernd an die Mail denken, die sie in Miles' Postfach entdeckt hatte. *Dann sage ich nichts.*

Am Ende der High Street trennten sich ihre Wege. Leanna umarmte Sadie zum Abschied, wobei sich ihr scharfer Zitrusduft und ihr dunkles Haar seidig an Sadies Wange schmiegten.

»Danke für das Mittagessen«, sagte Sadie, denn Leanna hatte darauf bestanden, sie einzuladen. Sadies Nudeln waren zu salzig und ölig gewesen und lagen ihr jetzt schwer im Magen.

»Immer gern.« Leanna trat einen Schritt zurück und blinzelte in der schwachen Nachmittagssonne. »Pass auf dich auf.« Sie drehte sich um, schaute im Gehen noch einmal zurück und winkte, wobei zwei schmale, silberne Armbänder an ihrem Handgelenk klirrten.

Sadie dachte wieder an die E-Mail, betrachtete sie aus jedem Blickwinkel. Möglicherweise hatte er eine Affäre, das könnte sie ihm nicht verdenken. Dann wäre »SomeoneSpecial« wohl eine Kollegin oder Studentin. Vermutlich hatte Miles in den vergangenen sechzehn Jahren mit irgendjemandem Sex gehabt, selbst wenn er geradezu krankhaft treu war. Sie erinnerte sich, wie sie vor seiner Tür aufgetaucht war und in seinem Gesicht noch etwas anderes als Überraschung gelesen hatte – Erleichterung, ein *Wusste ich es doch.* Er hatte an sie geglaubt und war dafür belohnt worden.

Dennoch war es nicht ganz auszuschließen, dass es jemanden gab. Einen Flirt oder eine Freundschaft oder auch mehr. Es wäre verständlich. Normal – falls man irgendetwas, das zwischen ihm und Sadie geschehen war, als normal bezeichnen konnte. Er hatte Bedürfnisse wie jeder andere, obwohl es nach ihrer Rückkehr Monate gedauert hatte, bis er sie richtig berühren konnte – selbst jetzt noch war er zögerlich und aufreizend sanft, als hätte sie unter einer auszehrenden Krankheit oder schweren Verletzung gelitten. Womöglich hatte er sich in der Zwischenzeit an jemand anderen gewöhnt, wusste nicht mehr, wie er mit ihr umgehen sollte, wie sie berührt werden wollte. Der Gedanke, er könnte mit einer anderen Frau zusammen sein, machte sie eifersüchtig, war aber nicht das Schlimmste.

Denn es gab noch den zweiten Teil der Mail: *Dann sage ich nichts.* Das war eine Drohung, was auf eine Studentin hindeutete. Sie erreichte den Bahnhof und ging die Stufen zum Bahnsteig hinauf. Dabei hörte sie die ganze Zeit ein Murmeln, von einem dunklen Ort tief in ihr.

Er hat ein Geheimnis, murmelte die Stimme. *Und jemand weiß davon.*

»SomeoneSpecial«, wer immer das sein mochte, wusste Bescheid. Jemand, der etwas Besonderes war. Wie sehr der Begriff sie erschreckt hatte, als sie ihn in seinem Postfach gesehen hatte. Die Person trug den Namen geradezu stolz. Zum Glück wusste Miles nicht, was er bedeutete. *Oder doch?*, fragte jener Teil von ihr, den sie so oft unterdrückte. Nun hatten sie beide ein Geheimnis.

Sadie fand einen Platz entgegen der Fahrtrichtung und sah zu, wie die Stadt davonglitt. Sie dachte wieder an Leannas Warnung. Amber und ihr *neuer Freund*. Sie stellte sich vor, wie ein Mann aus den Schatten trat und die Hand ihrer Tochter ergriff. Sie konnte sich vorstellen, wie er ihr ins Ohr flüsterte, ihr mit dem Finger über ihre Wange strich. Sie konnte sich vorstellen, wie er ihr versprach, sie könne etwas Besonderes sein.

Das musste nicht passiert sein. Sie hatte ihn von ihrer Tochter weggelockt, hatte sie beschützt.

Natürlich gab es noch andere Gefahren. Nicht alles, was einen verletzen konnte, lebte im Schatten – das wusste Sadie. Aber wäre es wirklich so schlimm, wenn Amber verletzt würde, wenn ein verantwortungsloser älterer Mann ihr das Herz bräche? Möglicherweise war es eine Art Initiationsritus. Als sie Miles begegnet war, hatte sie keine Freundinnen gehabt, mit denen sie sich austauschen konnte. Das einzige andere Mädchen in ihrem Leben war klein gewesen und hatte in der Dunkelheit geflüstert, trug ein blutiges Kleid und verströmte einen Verwesungsgeruch, der von dem schrecklichen dunklen Krater an ihrem Hinterkopf ausging. Miles hatte die Schatten vertrieben – vielleicht würden Liebe oder Lust auch Amber beschützen und verhindern, dass sie das Flüstern der Schatten vernahm.

Amber war anders als sie, nicht so zerbrechlich und mit einem stärkeren Selbsterhaltungstrieb. Wer behauptete denn, dass ein Mann sie überhaupt verletzen konnte? Vielleicht stand dieser Mann, wer immer er sein mochte, einfach nur auf sie, und Amber ließ es zu. Vielleicht kicherte sie mit Billie über den armen ahnungslosen Typen, der sie mit Geschenken überhäufte und ihr sein Herz zu Füßen legte. Das konnte doch sein, oder? Sadie würde mit Miles sprechen, er kannte Amber am besten. Er würde wissen, was zu tun war. So wie immer.

Sie lehnte die Stirn an die kühle Fensterscheibe und stellte sich vor, wie Miles diese Fahrt unternahm und dabei an ganz alltägliche Dinge wie einen unpassenden Freund seiner Tochter dachte.

Nun hatte auch sie eine alltägliche Sorge: die unbekannte Person, die Miles E-Mails schickte. Jemand *Besonderes.* Sie sprach das Wort aus, prüfte jede Silbe, formte die vertrauten Laute. Sie versetzten ihr einen neuerlichen Stich der Angst.

Wenn Sadie an die Mail dachte – *dann sage ich nichts* –, sah sie das immer gleiche Bild: das Baby im Körbchen neben ihrem Bett. *Der Große Mann holt Töchter. Aber manchmal braucht er Hilfe.*

Nein. Sie schloss die Augen und schob alles weg. *Amber ist meine Tochter, und sie ist in Sicherheit. Ich kann Miles vertrauen.*

Aber mit dem Vertrauen war es schon so eine Sache. Um zu vertrauen, musste man Dinge vergessen, die Vergangenheit umschreiben. Das wusste sie nur zu gut.

Und die Träume ließen sie nicht los. Eine kleine warme Handfläche in ihrer. Ein Flattern in einem allmählich anschwellenden Bauch. Der Weg in den Wald, Vogelstimmen.

Nachts wachte sie schwitzend auf, ihr Körper stieß die Gedanken wie Schlacke durch alle Poren aus.

Jetzt schwitzte sie auch.

Sie machte die Augen auf und sah die Felder vorbeisausen. Ein paar Sitze vor ihr erhob sich jemand und öffnete das Fenster, ließ den Luftzug herein. Sadie betrachtete ihr geisterhaftes Gesicht in der Scheibe. Manchmal war es seltsam, daran erinnert zu werden, dass sie eine erwachsene Frau war. Sie hatte in letzter Zeit so oft an Amber gedacht, an sich selbst in Ambers Alter. In ihrem Kopf hatte sich die Kluft zwischen ihnen geschlossen, und so verstörte es sie, jetzt ihr eigenes und nicht Ambers Spiegelbild zu sehen.

Der Zug fuhr in einen Tunnel, das Glas färbte sich schwarz.

Ein blasses Gesicht neben ihrem. Der Mund zu einem Schrei verzerrt.

Dann wieder Tageslicht, das Fenster, das ihr am nächsten war, knallte zu. Sadie wich von der Scheibe zurück, wandte sich zum Nachbarsitz. Leer. Sie drückte die Hand auf die Brust und fragte sich, ob das Gefühl dort drinnen Angst oder Enttäuschung war.

Der Zug wurde langsamer, sie hatte ihre Haltestelle fast erreicht. Sie durfte nicht in Panik geraten. Das zumindest hatte sie gelernt.

Als sie sich der Universität näherte, erinnerte sich Sadie an den Beginn ihres Studiums – das überwältigende Gefühl, die Farm verlassen zu haben, Stadtluft zu atmen und mit jedem reden zu können. Es hatte ein oder zwei Tage angehalten, bevor die Furcht sich wieder breitmachte, bevor sie jeden Morgen die Vorhänge geschlossen ließ. Nach zwei Wochen im Wohnheim spielte sie mit dem Gedanken, das Studium aufzugeben. Sie hatte ihr Zuhause, nicht aber die Vergangenheit hinter sich gelassen. Sie war dieselbe geblieben, was immer sie ihren neuen Mitbewohnern auch erzählen mochte. Und selbst damals hatte sie Albträume, in dem schmalen Bett mit dem Matratzenbezug aus Plastik und der Bettwäsche, die nach zu Hause roch. In dem Zimmer mit der hässlichen Neonröhre, die jede Ecke mit geradezu forensischer Intensität ausleuchtete. Sie wartete einfach nur. Wartete darauf, dass sich das Gesicht aus den Schatten löste und über die Wände zu ihr kroch, wartete auf die Finger des kleinen Mädchens, die sich mit ihren verschränkten.

Sie beschloss rasch, dass sie keine Freunde finden würde. Sie konnte niemandem vertrauen, und vor allem durfte sie niemanden brauchen.

Aber Miles hatte sich etwas anderes in den Kopf gesetzt.

Er behauptete immer, er habe sie schon bei der Erstsemestermesse gesehen, eine Woche bevor sie sich richtig kennenlernten. Sie sei ihm aufgefallen, weil sie als einzige Studienanfängerin nur körperlich auf der Messe anwesend gewesen sei. Während alle anderen zwischen den Ständen umherschlenderten, ihre Haare zurechtzupften und die Kommilitonen taxierten, war Sadie an ihm vorbeigestapft, in den Händen Einkaufstüten mit der wöchentlichen Essensration.

Der Moment war zu einer gemeinsamen Legende geworden. Sadie erinnerte sich daran, als hätte sie ihn wirklich so erlebt, sah sich an jenem Nachmittag, beladen mit Plastikkäse und einem halben Brotlaib, fünf Päckchen Instantnudeln und dem Energydrink von der Hausmarke. Miles hatte die Geschichte so oft erzählt, dass sie wahr geworden war.

Kennengelernt hatten sie sich erst im Sandwichladen auf dem Campus, einem heruntergekommenen Raum mit weißer Theke, in dem halbleere Mayonnaisetütchen auf den Tischen eintrockneten. Sadie hatte zwischen zwei Vorlesungen in der Schlange gestanden, der neue Aktenordner bohrte sich in ihre Hüfte, und dann hatte ihr jemand auf die Schulter getippt. Sie hatte sich herumgedreht, und da war er.

»Hi.«

»Ähm … hi.« Sie hatte sich wieder zur Theke gedreht, es waren nur noch wenige Leute vor ihr. An einem Gespräch war sie nicht interessiert.

Doch er ließ sich nicht beirren. »Ich bin Miles.«

»Sadie«, sagte sie aus angeborener Höflichkeit, bewegte aber kaum den Kopf. Sie nahm den Ordner aus dem Beutel und drückte ihn an die Brust.

»Nett, dich kennenzulernen, Sadie«, sagte er, und obwohl ein Lächeln in seiner Stimme mitschwang, schwieg er danach.

Wenn Miles die Geschichte erzählte, erwähnte er gern, dass er seine Nummer auf eine Serviette hatte schreiben und in ihren Beutel stecken wollen. Sadie spielte die Tatsache herunter, dass es für sie eher Anmache als romantische Begegnung gewesen war. Sie erwähnte nicht, dass sie nach der Vorlesung nach Hause gegangen war und sich nachträglich empört hatte, weil der Junge mit den langen Haaren es gewagt hatte, sie anzuquatschen.

Dann aber teilte ihnen der Tutor Sprechstundentermine hintereinander zu, und so trafen sie an einem sonnigen Tag in einem stickigen Flur wieder aufeinander. Irgendwie überredete Miles sie zu einem Drink, und von da an war er ihr einziger Besucher. Sie war endlich frei.

Vorerst.

Nun hatte eine andere Frau *ihn* (vielleicht) zu einem Drink überredet. Eine andere kannte seine Geheimnisse. Sadie stand vor dem Pub und dachte nach. Hatte sie überhaupt das Recht, ihm nachzuspionieren?

Anfangs stellte er keine Fragen. Er schien zu ahnen, dass sie ihr früheres Leben hinter sich lassen wollte – die Farm, den Ort, in dem sie aufgewachsen war, die Dinge, die dort geschehen waren. Stattdessen bot er ihr Fakten: wie schnell ein Stern, wie tief der Ozean war. Lauter Wunder, über die er selbst staunte. Sie begann, ihm zu vertrauen, sich in seiner Wärme ein wenig zu entfalten. Allmählich ließ sie sich von ihm aus der Reserve locken, ging mit ihm in Clubs, unternahm Kneipentouren und Ausflüge. Miles zeigte ihr, dass sie die drei Jahre an der Uni nicht nur ertragen musste, sondern genießen und als das betrachten konnte, was sie waren: die Chance für einen echten Neuanfang, dass sie hier sein konnte, wer immer sie sein wollte.

Sadie bekam Angst vor sich selbst. Sie war beim ersten Anzeichen, etwas könnte nicht stimmen, in einen Zug gesprungen – war das nicht genau der Fehler, den sie an allen entscheidenden Punkten ihres Lebens gemacht hatte? (Oder war es, meldete sich eine leise, heimtückische Stimme in ihrem Kopf, das Einzige, das sie jemals richtig gemacht hatte?)

Was hoffte sie, hier zu finden, in einem anonymen Pub auf dem Campus, wo keine Schatten in Sicht waren? Sie und Miles hatten Geheimnisse voreinander, das war wohl unvermeidlich. Vielleicht sollte sie auch dieses besser ungestört lassen und abwarten, bis sich die Schichten ihres Lebens darübergelegt hatten und es in der Tiefe versunken war. Er hatte ihr nie Fragen gestellt. Das durfte sie nicht vergessen.

Sadie drehte sich um und ging weg, bevor sie es sich anders überlegen konnte. Sie überquerte den Campus, wütend auf sich und geradezu schwindlig vor lauter Erinnerungen. Zu zweit in dem schmalen Bett, Kleider und Lippen klebrig vom Cider, der Geruch seiner Haut auf ihrem Laken. Aus der Vorlesung zu kommen und ihn draußen vor der Tür warten zu sehen, einen Fuß gegen die Mauer gestemmt, die Hände tief in den Taschen.

Als sie hinter einer Gruppe Studentinnen herging, rechnete sie fast damit, sie zu erkennen – bevor ihr einfiel, dass fast zwanzig Jahre vergangen waren und ihre eigene Tochter den Mädchen vom Alter her viel näher war als sie selbst.

Amber. Der Gedanke durchzuckte sie, als hätte man einen freiliegenden Nerv getroffen, und alles stürzte wieder auf sie ein. *Dann sage ich nichts.* Was hatte er getan?

»Wer ist dran? Der dämliche Dave?«, fragte eine Studentin, und der Rauch einer Selbstgedrehten wehte zu Sadie herüber.

»Gott sei Dank, nein«, sagte eine andere, drehte sich um und grinste ihre Freundin an. »Jetzt kommt der magische Miles.«

»Yesss!« Die Raucherin stieß die Faust in die Luft. »Ich stehe total auf die Banner-Vorlesungen.«

Sadies Herz zog sich zusammen. Miles' Studentinnen. Groß und schlank, mit bemalten Jeans und Ballerinas, die langen Haare wild und verschlungen. Junge Frauen, die eine Mail mit einem augenzwinkernden Smiley beenden würden.

Ehe sie sich versah, folgte sie ihnen in einen frisch renovierten Hörsaal, in dem es noch nach Plastik und Farbe roch. Er war größer als der, an den sie sich erinnerte, die Sitzreihen ergossen sich endlos nach unten. Die Bühne schien weit entfernt, und die Reihen waren so voll, dass sie stellvertretend für Miles nervös wurde. Machte er das wirklich jeden Tag?

Sadie konnte ihre Neugier nicht bezähmen und setzte sich auf einen Eckplatz weit hinten, versteckt hinter einer Gruppe lachender Jungen. Sie beobachtete, wie alle sich einen Platz suchten, Collegeblöcke aus Taschen holten, Laptops aufklappten, auf Smartphones herumspielten. Die letzte Vorlesung des Tages, niemand unterdrückte mehr sein Gähnen.

Und dann kam Miles herein – von hinten, was sie überraschte. Sie hatte erwartet, er würde die Bühne von vorn wie ein Rockstar betreten. Er sprang die Stufen hinunter, lief schwungvoll nach unten, ging quer über die Bühne an sein Vortragspult, einen Stapel Papier unter dem Arm, seine Tasche schlug gegen die Hüfte. Alle beobachteten ihn. Die Gespräche gingen weiter, doch die Studenten folgten ihm mit den Augen, als er die Tasche abnahm und seine Sachen zurechtrückte. Alle Münder verzogen sich zu jenem Lächeln, das Miles stets hervorzurufen schien. Sadies Mund blieb trocken und starr.

Als Miles die Hand hob, wurde es still im Saal, und er stand da, etwa einen Meter vom Pult entfernt, und lächelte in die Runde. »Daran kann ich mich nie sattsehen«, sagte er, und die Mikrophone am Bühnenrand verstärkten seine Stimme, ließen sie fremd erscheinen. »Na schön. Euer erstes Studienjahr ist fast zu Ende, der erste Schritt zu einer langen Karriere in der Soziologie, nicht wahr?«

Es waren nicht nur die Mikrophone, erkannte sie dann. Dort oben auf der Bühne wirkte er künstlich, gezwungen. Dies war der Miles, der einem Mädchen im Sandwichladen auf die Schulter tippte, der ein Gespräch begann, indem er einfach seinen Namen nannte. Sie erkannte ihn und auch wieder nicht und ließ den Blick unwillkürlich bis zur Rückwand der Bühne schweifen, wo die Scheinwerfer einen langen, dünnen Schatten erzeugten.

»Also los«, sagte Miles, machte einen Schritt vom Pult weg und grinste ins Publikum. »Sprechen wir über Abweichungen. Ich weiß, ihr seid da ganz scharf darauf.«

Höfliches Gelächter, und in diesem Augenblick spürte sie ihn. Den Atem im Nacken, langsam und gleichmäßig. Kalt. Doch sie drehte sich nicht um.

Sie wartete. Sie hatte immer gewartet.

Als die Stimme erklang, war sie geradezu schmerzhaft vertraut, und Sadies Augen füllten sich mit Tränen. Weich und glatt, jedes Wort streichelte die Haare auf ihrer Haut, bis sie sich sträubten.

Ich kann dich zu etwas Besonderem machen, sagte sie. *Wenn du mich darum bittest.*

2018

FEDERICA RUFT um sieben Uhr morgens an. Das Telefon klirrt auf der Glasplatte des Nachttischs, gleichzeitig geht der Wecker. Greta meldet sich, setzt sich aufrecht hin und zieht das Top über die weichen Rollen an ihrem Bauch. Zu viele Donuts zum Frühstück, zu viel Bier im Hotelzimmer, keine Zeit für Bewegung. Federica hält sich nicht mit einer Begrüßung auf, sondern liefert die wesentlichen Informationen und legt auf. Greta muss die Neuigkeiten verarbeiten, während sie nach dem Wecker tastet.

Miles Banner ist bereit, mit ihnen zu sprechen.

Zwei Stunden später stehen sie vor seiner Wohnung im dritten Stock eines heruntergekommenen Hochhauses, das in einem trostlosen Viertel in Battersea steht. Federica, Greta und Tom drängen sich samt Ausrüstung im schmalen Hausflur, während Amber ein Interview für eine Sonntagsbeilage gibt, bei dem ihre Kameras nicht zugelassen sind. Im Aufzug schaut Federica stirnrunzelnd in ihre Notizen, die Haare wie üblich mit der Sonnenbrille nach hinten geschoben.

»Das wird eine harte Nuss«, sagt sie zum dritten oder vierten Mal an diesem Morgen. »Ihr habt ihn vor Gericht gesehen. Er ist ein gebrochener Mann.«

Tom lacht schockiert. »Wundert dich das?«

»Es wundert mich nicht, aber es nützt uns auch nichts. Er muss in unserem Beisein zusammenbrechen, damit wir etwas Echtes bekommen. Es hat keinen Sinn, wenn er uns nichts liefern kann. Ich sag's euch, ich hab ihn im Zeugenstand gesehen. Er war leer. Stumpf. Das kommt im Film nicht anständig rüber.« Sie zuckt mit den Schultern. »Vielleicht wird es trotzdem interessant.«

»Weiß Amber, dass er es sich anders überlegt hat?«, will Greta wissen.

Noch ein Achselzucken. »Womöglich hat er es ihr gesagt. Oder sie hat ihn überhaupt erst dazu überredet, keine Ahnung.«

»Ich habe nicht das Gefühl, dass sie viel miteinander reden.«

Federica schaut sie rasch von der Seite an. »Hast du das von ihr?«

»Nicht direkt.«

»Vielleicht lohnt es sich, sie vor laufender Kamera danach zu fragen. Könnte ein Zugang sein. Sie war Papas Liebling, oder? Kann ja nicht anders sein. Da könnten wir gefühlsmäßig ansetzen.«

Tom wendet sich mit erhobenen Augenbrauen ab und schaut auf sein Handy. Federica macht unbeirrt weiter. »Ich glaube, ich habe sie so weit, dass wir in der Schule filmen können. Das erledigen wir dann in einem, wenn wir mit der Lehrerin sprechen. Das ist am Donnerstag, oder?«

»Ja. Wir treffen uns nach Schulschluss mit ihr.«

»Super. Mir gefällt die Vorstellung von leeren Klassenzimmern, leeren Fluren, Amber geht dort umher und erinnert sich an früher. An das Leben davor, du weißt schon.

Wenn wir warten, bis es dunkel ist, wird sich das gut machen.«

»Dann brauchen wir aber bessere Beleuchtung«, sagt Tom.

»Wir besorgen, was nötig ist. Wir sagen Amber, es seien Nachtaufnahmen, sie könne den Nachmittag freihaben. Wir müssen sie bei Laune halten.«

»Okay.« Greta notiert es. »Ich spreche mit der Schule, von wegen Zugang und Kosten und so.«

Tom sieht sie an. »Ist am Donnerstag nicht das Geburtstagsessen deiner Mitbewohnerin?«

»Oh. Stimmt.« Sie schaut zu Federica.

Der Aufzug hält geräuschvoll an, die Türen gehen auf. »Mir nach«, sagt Federica, tritt in den Flur und lässt Tom und Greta die Taschen schleppen.

»Du nimmst dir den Abend frei«, flüstert Tom ihr zu. »Lass dich nicht von ihr weichklopfen.«

Sie lächelt ihn an. »Jawohl, Sir.«

Federica klopft an eine Tür.

»Mir graut echt davor«, sagt Tom leise, und Greta nickt. Sie freut sich auch nicht auf das, was sie erwartet.

Als Miles Banner die Tür öffnet, lässt er sich von Federica auf beide Wangen küssen und tritt beiseite, um sie einzulassen. Der Mann, den sie aus dem Zeugenstand und den Zeitungen kennt, lächelt höflich und bedankt sich für den Besuch. Bietet Greta an, ihr eine Tasche abzunehmen.

»Danke, es geht schon.«

Er schließt die Wohnungstür und bleibt davor stehen, als hoffte er, sie würden wie von Zauberhand verschwinden, sobald er sich umdreht.

Die Wohnung ist dunkel und schäbig, die Fenster liegen im Schatten des Nachbarhauses, es riecht nach Stärke – gekochte Nudeln und gebügelte Hemden. Der Flur führt zum Badezimmer, dessen gemusterte Milchglastür offen steht; drinnen ist alles kompakt und saubergeschrubbt.

Im Wohnzimmer sind die Jalousien halb heruntergelassen, zwei unterschiedliche Sofas stehen im rechten Winkel vor den beiden schmalen Fenstern. Auf einem sitzt Miles, und Federica lässt sich neben ihm niedersinken, wobei ihre Knie aneinanderstoßen. Tom stellt die Kamera auf und überprüft das Licht, während Greta sich am Laptop zu schaffen macht. Ihr Magen schlägt Purzelbäume. Miles sieht anders aus als erwartet, wie eingelaufen. Ohne die Kamerablitze der Paparazzi wirkt seine Haut gelblich, seine Augen sehen klein und wässrig aus.

»Vielen Dank, dass Sie uns empfangen«, sagt Federica und dreht den großen Ring mit dem braunen Stein, den sie am Zeigefinger trägt. »Ich weiß, die Entscheidung ist Ihnen nicht leichtgefallen.«

Miles lächelt schwach und nickt. »Tut mir leid, dass ich mich nicht früher dazu durchringen konnte. Es war schwierig. Die ganze Presse …« Er verstummt, schaut zu Greta und Tom. »Möchten Sie einen Kaffee?«

»Das passt schon, Miles, danke«, sagt Federica. »Einverstanden, wenn wir loslegen? Wie schon am Telefon erwähnt, wollen wir eine möglichst natürliche Atmosphäre erzeugen, also machen Sie sich keine Gedanken wegen der Kamera. Sie können hineinschauen oder auch nicht. Entspannen Sie sich einfach. Sie bekommen die Gelegenheit, Ihre Version der Geschichte zu erzählen, sie neben die von Amber zu stellen.«

Miles leckt sich über die Lippen, seine Augen schießen durchs Zimmer, als suchte er einen natürlichen Ankerpunkt. Er wirkt nervös, das wird Federica gefallen. Sie mag diese Einstiegssequenzen mit ihren langen Pausen, wenn sich die Person im Zentrum des Interviews nicht sicher ist, ob die Kameras schon laufen oder nicht. Sie schneidet so etwas selten heraus. *Meine Eltern sind Mörder* war voll von solchen Elementen. Viele Onlinekommentatoren schwärmen von der Stelle, an der Danny über den Tag spricht, an dem die Polizei das Haus durchsuchte, an dem die Bagger kamen und den Rasen umgruben, auf dem seine Schaukel gestanden hatte. Er hält mitten im Satz inne und schaut auf seinen Schoß. Hinter der Kamera hört man Greta fragen: »Danny, brauchst du eine Pause?« Er schaut hoch, an der Kamera vorbei zu ihr und nickt, während ihm die ersten Tränen lautlos über die Wangen rollen. Sie schwärmen auch von der Szene mit der Nachbarin, einer grauhaarigen alten Frau, die während des Interviews auf ihrer Veranda sitzt und zum Haus hinüberschaut. Dieselbe Nachbarin, die beobachtet hat, wie die Polizisten den ersten abgetrennten Körperteil aus der Erde holten. Die auf Federicas Frage: »Haben Sie je vermutet, die Millers könnten anders sein? Dass dort etwas Schreckliches geschehen sein könnte?« einfach nur antwortete: »Nein. Es waren ganz normale Leute.« Sie hatte zwei oder drei Sekunden in die Kamera geschaut, bevor ihr eingefallener Mund sich zu einem Lächeln verzog.

Greta glaubt nicht, dass sie mit Miles irgendwelche Überraschungen erleben werden. Sie war dabei, als er vor Gericht ausgesagt hatte, die Stimme leise und beherrscht, die

Hände vor sich gefaltet. Greta hätte ihn nicht als stumpf beschrieben, aber er wirkte leer, da hatte Federica recht. Ausgelaugt. Sie hatte gesehen, wie er das Gerichtsgebäude verlassen hatte und eine Frau in einem Dufflecoat sich durch die Menge der Fotografen gedrängt und einen Kaffeebecher aus Pappe nach ihm geworfen hatte. Die Flüssigkeit beschrieb einen Bogen und klatschte auf den Gehweg. Seine Miene veränderte sich nicht, er schaute unentwegt geradeaus. Aber jetzt wirkt er nicht beherrscht, im Gegenteil. Seine Augen zucken umher, und er befeuchtet wiederholt seine Lippen.

»Fangen wir ganz von vorn an«, sagt Federica. »Erzählen Sie uns doch einfach, wie Amber als Kind war.«

Miles schaut auf seine Hände. »Sie war … klug. Still, als sie noch sehr klein war. Wir haben natürlich viel Zeit miteinander verbracht.«

»Ja, das muss schwer für Sie gewesen sein.«

»Es war eine … turbulente Zeit. Für uns beide. Aber Amber ist sehr widerstandsfähig.«

Federica runzelt die Stirn. »Tatsächlich?«

Miles hustet. »Sie hatte eine schwierige Kindheit, ich musste arbeiten und sie allein versorgen. Das wissen Sie ja. Aber sie kam in der Schule gut zurecht und fand schnell Freundinnen. Ich dachte, es wäre noch mal gutgegangen.«

Die Worte hängen in der Luft. Miles rutscht auf dem Sofa herum, schaut zur Kamera und dann wieder weg.

»Und Sadie?«, fragt Federica, als ihr die dramatische Pause lang genug erscheint. Sie erwähnt den Namen seiner Frau so beiläufig, dass es Greta wie ein Schlag in den Magen trifft. »Vielleicht könnten Sie uns sagen, wie es war, sie wieder zu Hause zu haben. Ihre Rückkehr muss ein ziemlicher Schock gewesen sein, nicht wahr?«

Miles sieht sie blinzelnd an. »Natürlich. Natürlich war es das.«

Greta versucht, sich vorzustellen, wie Sadie Banner spätabends am Haus hinaufschaut. Die Hand noch zögerlich erhoben, um anzuklopfen. Sie fragt sich, ob sie in ihr Leben zurückkehren soll oder nicht. Ob es sicher ist.

Hör auf, sagt sie sich. *Amber war nie in Gefahr. Jedenfalls nicht so, wie Sadie dachte.*

Dennoch überläuft sie ein Schauer, als sie sich Sadie auf der Schwelle vorstellt. Miles hält ihr die Tür auf, heißt sie und alles, was sie in sein Heim bringt, willkommen.

»Ich war glücklich«, sagt Miles mehr zu sich als zu Federica. Dann schließt er die Augen. »Es war wie in einem Traum.«

»Das kann ich mir denken«, sagt Federica sanft. »Aber es war sicher auch eine Umstellung, oder?«

»Wir kamen klar. Wir waren wieder eine Familie.«

Greta sieht, wie Federica die Lippen schürzt. Sie bekommt nicht von ihm, was sie haben will. Sie wird tatsächlich versuchen, ihn zu brechen, obwohl das längst passiert ist.

»Hat sie Ihnen viel über die Zeit erzählt, in der sie weg war?«

Miles zuckt zusammen. »Natürlich habe ich sie danach gefragt. Manchmal … wenn sie getrunken hatte, erwähnte sie einen Ort oder einen Job. Meist hat sie mich aber gebeten, nicht darüber zu sprechen.«

»Und damit haben Sie sich abgefunden? Waren Sie nicht neugierig? Immerhin war sie fast sechzehn Jahre weg gewesen.«

Miles schaut langsam vom Boden hoch. »Manchmal«, sagt er mit roten Augen, »lernt man, dankbar für das zu sein, was man hat. Man lernt, nicht in der Vergangenheit zu wühlen.«

Wieder erschauert Greta. Zu ihrer Überraschung wendet sich Federica diesmal als Erste ab. Sie ist wohl selbst überrascht, denn die nächste Frage klingt schärfer, ihre Wangen röten sich.

»Sie wollten doch sicher wissen, weshalb Sadie Ihre kleine Tochter für verflucht hielt.«

Wieder leckt sich Miles über die Lippen. »Ich habe sie danach gefragt. Sie sagte, sie hätte sich geirrt.«

»Sie hatte die Schatten also hinter sich gelassen?«

Er räuspert sich. Erst einmal und dann noch einmal. »Das habe ich damals jedenfalls geglaubt. Jetzt … im Rückblick … fällt es mir schwer.«

Federica wartet. Das Schweigen dauert an. Greta kauert neben dem Laptop und spürt, wie ihre Füße einschlafen, bewegt sich aber nicht. Wenn sie das tut, macht sie sich bemerkbar, erinnert Miles daran, dass sie auch noch da sind, dass die Kamera läuft, dass er nicht reden muss – und dann wird Federica toben. Tom verhält sich ebenfalls still – Greta dreht langsam den Kopf und schaut ihn an. Er beobachtet Miles auf dem Monitor, sein Gesicht ist ganz starr, nur ein Mundwinkel zuckt. Er schaut Miles an, als müsste er sich mühsam beherrschen, um ihn nicht zu schlagen, und das macht Greta Angst.

Die verheißungsvolle Stille erstarrt allmählich. Die Luft in der Wohnung ist dünn, Greta spürt einen Luftzug von einem der undichten Fenster. Draußen ertönt eine Sirene.

»Erzählen Sie mir etwas über den Prozess«, sagt Federica schließlich. »Erzählen Sie mir, was Sie von dem Urteil halten. Sie haben vor Gericht für Amber ausgesagt.«

Miles starrt sie an. »Natürlich. Sie ist doch mein Kind.«

»Aber sie hat es getan«, erinnert ihn Federica. »Gewiss versteht niemand besser als Sie, was das bedeutet.«

Miles betrachtet wieder seine Hände. »Niemand von uns war unschuldig. Falls ich in den vergangenen Monaten eines begriffen habe, dann das.«

Greta spürt, dass Federica sich langweilt, ihre Frustration lässt die Anspannung wachsen. Sie weiß, was als Nächstes kommt, dass Federica nicht widerstehen kann. Sie verlagert ihr Gewicht, schaut konzentriert auf den Bildschirm.

»Geben Sie sich selbst die Schuld daran, dass Sie alles verloren haben?«

»Federica –« Das Wort rutscht heraus, bevor Greta sich bremsen kann, ihre Stimme klingt heiser von den Klimaanlagen und dem Schlafmangel. Weder Federica noch Miles beachten sie.

»Sie haben Ihre Frau verloren«, fährt Federica fort und versucht nicht mehr, das Lächeln in ihren Mundwinkeln zu verbergen. »Und letztlich auch Amber, nicht wahr?«

Am Ende hat Greta sich doch getäuscht. Miles beginnt zu weinen.

2016

DIE SONNE war hinter Miles ins Fenster gewandert und brannte ihm heftig auf Hinterkopf und Nacken. Sein Hemd klebte feucht am Leder des Sessels. Es war sein letztes Seminar des Tages – Kriminologie, drittes Studienjahr –, und er hatte allmählich genug. Schlaksige Gliedmaßen, stumpfe, unelegante Argumente, ein lärmendes, verwickeltes Knäuel junger Menschen, das wie ein Kopfschmerz von allen Seiten auf ihn eindrang – all das war ihm plötzlich zu viel.

»Was für ein simplizistischer Ansatz«, verkündete Declan, die Arme verschränkt, das sommersprossige Gesicht rot angelaufen. »Sorry, Deepti, nichts für ungut, aber das ist lächerlich. Ja, es gibt verminderte Schuldfähigkeit, aber es gibt auch so etwas, das nennt sich Missbrauch des Systems.«

Deepti, gewöhnlich eine von Miles' Lieblingsstudentinnen, beugte sich vor, holte tief Luft für die Erwiderung, und Miles ertappte sich dabei, wie er den Sessel zurückschob und in die Hände klatschte.

»Wisst ihr was«, er griff nach der Kappe seines Füllers. Es war eine Geste, die alle kannten; Taschen wurden vom Boden aufgehoben und Unterlagen eingesammelt, noch bevor er den Satz beendet hatte. »Wir belassen es für heute dabei. Geht raus, genießt die Sonne.«

Sie erhoben sich schlurfend, reckten sich, gähnten. Declan

kochte vor Wut. Sie gingen einzeln oder paarweise zur Tür, verabschiedeten sich, wünschten ihm einen schönen Abend – das taten nur die Studierenden aus dem dritten Jahr, weil sich die Kluft zwischen ihm und ihnen allmählich schloss. Er winkte sie hinaus und fragte sich, wann er endlich nach Hause könnte.

Emily war die Letzte, sie fummelte noch an ihrer Tasche herum und tat, als würde sie etwas auf dem Handy lesen. Als sie allein im Raum waren, blieb sie am Pult stehen.

»Danke für die tolle Vorlesung. Das ist eine meiner Lieblingsveranstaltungen.«

»Das freut mich.« Er verschränkte die Arme schützend vor dem Körper.

Sie drehte sich halb herum, doch ihre Füße rührten sich nicht von der Stelle, und sie fuhr mit den Fingern über die Tischplatte. »Ich habe allerdings Schwierigkeiten mit der Hausarbeit. Könnte ich vielleicht nachmittags mal vorbeikommen und Ihnen zeigen, wie weit ich bin?«

Er versuchte, ruhig zu antworten. »Natürlich. Meine Sprechstundenzeiten stehen an der Tür.«

Sie lächelte liebenswürdig. »Danke, Miles. Einen schönen Abend.« Die Tür fiel leise hinter ihr zu, wobei ein willkommener Lufthauch vom Flur hereinwehte.

Es war nicht das erste Mal, dass ihm das mit einer Studentin passierte, obwohl Emily besonders hartnäckig war. Er geriet auch nicht zum ersten Mal in Versuchung. Und es war ihm nicht immer so leichtgefallen zu widerstehen wie heute. Aber er *hatte* immer widerstanden, und so würde es auch bleiben. Er liebte Sadie und glaubte an sein Ehegelöbnis, so, wie er es all die Jahre getan hatte. Er hatte gewusst, dass sie zurückkommen würde und er auf sie warten musste. Das hatte er sich jeden Tag gesagt.

Aber dann und wann war er in Versuchung geraten.

Nun musste er sich auf seine Familie konzentrieren. Er dachte an den vergangenen Abend, wie Amber auf ihrem Bett gelegen und einen Film auf dem Laptop geschaut hatte, während Sadie und er sich unten etwas anderes ansahen. Wie gut es getan hatte, Sadies Füße in den Socken neben sich zu spüren, vor ihnen die fast leeren Weingläser. Allerdings war sie still und zerstreut gewesen. Er hatte unwillkürlich an den schrecklichen Morgen denken müssen, an dem die kleine Amber weinend im Bett gelegen und seine Frau an die Zimmerecke gestarrt hatte, auf etwas, das nur sie selbst sehen konnte. Und so hatte er den Wein ausgetrunken und das Glas weggestellt, ihre Füße auf den Schoß gezogen und angefangen, sie zu massieren. Fest entschlossen, Sadie diesmal bei sich zu behalten.

»Wie war das Mittagessen mit Leanna?«, hatte er gefragt, und das hatte gereicht. Sie hatte ihn angesehen und einen Schluck getrunken.

»Ich mache mir Sorgen um Amber.« Sie hatte von Leanna und Billie und dem geheimnisvollen älteren Mann erzählt, mit dem seine Tochter angeblich befreundet war. Das konnte nicht sein, hatte Miles gedacht, das hätte er doch gemerkt. So etwas würde Amber ihm nie vorenthalten.

Er drehte sich zum Computer und weckte ihn aus dem Ruhemodus. Schweiß rann ihm über den Rücken, während er darauf wartete, dass der Monitor zum Leben erwachte. Irgendwo im Flur brummte ein Staubsauger, die Putzkolonne bewegte sich durch die leeren Büros. Im Gebäude hing eine schwere Stille, als wäre jemand mit ihm im Zimmer, der den Atem anhielt.

Dann begriff Miles, dass er selbst den Atem anhielt und die Faust fest um die Maus geschlossen hatte. Er zwang sich auszuatmen, während der Bildschirm lud.

Wie erwartet hatte er eine neue Mail.

Die Nachricht klang noch bedrohlicher als die letzte.

Na komm. Du willst es doch. Ich kenne deine Geheimnisse. Zwing mich nicht, sie zu verraten.

Ihn überlief ein kalter Schauder, der Schweiß war vergessen. Er dachte sofort an Sadie, so wie immer. Sie war zurückgekommen. Er hatte gehofft und es sich gewünscht – und sie war zurückgekommen.

Um welchen Preis?, fragte eine bohrende Stimme, und er starrte wieder auf die E-Mail. *Du willst es doch.*

Er zwang sich, die Mail zu löschen, ohne zu antworten. Wollte sich beschwichtigen, genau wie beim letzten Mal. Die Person – wer immer sie sein mochte – konnte nichts wissen. Das war unmöglich.

Darum würde er auch nicht hingehen. Er würde nichts sagen, und die Person würde nichts zu sagen haben, denn es gab keine Beweise. Das wusste er genau.

Oder vielleicht doch?

Der Computer kündigte die nächste Mail an. Miles klickte das Postfach weg, ohne hinzusehen.

Zeit, nach Hause zu gehen.

Aus dem Tagebuch von Leanna Evans
[Auszug C]

Ich verbrachte die Tage, an denen wir uns nicht trafen, damit, die Dinge zu tun, von denen ich dir erzählt hatte. Ich räumte die Habseligkeiten des Vormieters vom Dachboden – verstaubte Kartons mit irgendwelchem Krimskrams, nichts Wertvolles. Ich stellte mir vor, wie du das Gleiche machtest. Ich fragte mich, ob du noch vor dunklen Ecken zurückschreckst oder ob du schon wieder die ersten Schritte in die Schatten gemacht hast. Ich habe mir nie erlaubt, mich vor ihnen zu fürchten. Ich sang, während ich eine Wand freiräumte und dann die nächste, und als ich fertig war, betrachtete ich den offenen Raum und freute mich darüber.

Wie so oft, war es eine einsame Arbeit. Dann suchte ich mir andere Dinge, mit denen ich mich beschäftigen konnte – ich versiegelte die Fugen in der Dusche und machte mich mit einer Zahnbürste an der Dunstabzugshaube in der Küche zu schaffen. Lauter knifflige Aufgaben, um die Zeit totzuschlagen, bei denen ich mich lethargisch und abgestumpft fühlte. Gewöhnlich verlieh mir so etwas Energie, und da erkannte ich, dass dies nicht der richtige Ort für mich war. Ich suchte mir keinen Job. Denn ich wusste da schon, dass ich keinen brauchen würde.

Einen ganzen Tag lang fuhr ich ziellos umher, aus der Stadt hinaus und durch die Felder, ließ die Straße hinter mir, nur um zu sehen, wie es sich anfühlte. Kurz vor Schulschluss konnte ich mich dazu durchringen, heimzufahren, und so wartete ich auf dem Parkplatz auf Billie. Vielleicht ist es albern, dass ich mich wegen fünfzehn Minuten Fußweg sorge, aber ich kann nicht anders. Das verstehst du sicher. Ich ertappe mich oft dabei, dass ich mir kleine Entschuldigungen ausdenke, um sie abzuholen, Gründe, aus denen ich zufällig in der Gegend bin.

Und ich hatte Glück, denn sie brachte Amber mit. Ich beobachtete, wie die beiden über den Schulhof schlenderten, die Köpfe über Ambers Handy zusammengesteckt. Als sie näher kamen, hupte ich, worauf beide hochblickten und lächelten.

»Können wir Amber mitnehmen?«, fragte Billie, und ich nickte. Meine Angst war verflogen.

Na ja, nicht ganz. Ganz verschwindet sie nie, oder?

Ich hörte zu, wie sie miteinander redeten, und staunte, dass sie sich so viel zu erzählen hatten, obwohl sie den ganzen Tag miteinander verbracht hatten. Billie war schon immer eine Plaudertasche, aber Amber war nicht wie die anderen Mädchen, mit denen sie früher zu tun hatte, die sich schnell langweilten und Billie ins Wort fielen und nichts mehr mit ihr zu tun haben wollten. Amber hörte sorgfältig zu und gab wohlüberlegte Antworten. Sie war wirklich anders als erwartet.

Vielleicht erlaubte ich Billie deswegen, an dem Samstag auf die Party zu gehen. Ihre Fröhlichkeit war ansteckend, beide strahlten mich vom Rücksitz an, als ich ja sagte. Ich fühlte mich leicht, und meine düstere Stimmung war verflogen.

Auf der Party wären Jungs, es würde Alkohol getrunken, und doch erlaubte ich ihr hinzugehen. Denn ich war mir sicher, dass Billie nichts zustoßen würde, wenn sie mit Amber zusammen war. Ich wusste, es war Zeit, sie ein bisschen loszulassen, mich wieder auf mich zu besinnen und auf die Dinge, nach denen ich hier suchte.

Und ich hoffte, dich wiederzusehen, Sadie. Ich hoffte, ich könnte dir endlich helfen.

2016

AM FREITAG machte Amber blau und besuchte Leo. Sie hatte schon befürchtet, ihn nie wiederzusehen. Sie hatte ihm eine SMS geschickt, die er nicht beantwortet hatte, und dann noch eine (obwohl sie sich dafür gehasst hatte), und sie musste immer wieder an den Tag denken, an dem er sie so abrupt vor die Tür gesetzt hatte, wie seine Augen über ihren Körper gewandert waren und er sich dann abgewandt hatte.

Aber jetzt war alles gut, er hatte angerufen. Er hatte angerufen und war aufmerksam gewesen, hatte den Arm um sie gelegt, während sie sich einen Film anschauten, hatte mit dem Finger über die nackte Haut an ihrer Schulter gestreichelt. Er hatte sie an sich gezogen und ihr ins Ohr geflüstert, dass sie schön sei, dass er sie vermisst habe. Normalerweise schreckte es sie ab, wenn jemand ihr so nahekam, sie so offen begehrte, doch bei ihm war es anders. Besonders. Sie beugte sich vor und atmete seinen Geruch ein, Erde und Rauch. Der feuchte Fleck an der Wand hinter ihnen wurde größer.

Der Film war zu Ende, der Abspann lief erst eine Sekunde, als er auf die Fernbedienung drückte und die Buchstaben auf dem Bildschirm einfroren.

»Ich muss gleich los«, sagte er und küsste sie keusch auf die Schläfe.

Amber war enttäuscht, aber es hatte auch sein Gutes – so wäre sie rechtzeitig zum Abendessen zu Hause und müsste keine Ausrede für Miles erfinden. Wahrscheinlich wäre es ihm ohnehin egal. Er war jetzt so damit beschäftigt, Sadie zu beobachten, dass er es womöglich nicht bemerken würde. Leo ging ins Badezimmer, dann prasselte das Wasser in die Wanne. Er schloss die Tür, und das Geräusch wurde leiser, als das Wasser über seine Haut strömte.

Amber stand auf und schlenderte durchs Zimmer, war schon wieder hungrig nach ihm. Er hatte etwas an sich, etwas Unerreichbares, das ihr Angst einflößte und ihn zugleich begehrenswert erscheinen ließ. Sie war sich selbst fremd, spürte ein Loch, das sich in ihrer Brust auftat.

Sie ertappte sich dabei, dass sie an Sadie dachte. Eines Abends war sie spät in Ambers Zimmer gekommen, ihr Atem warm vom Wein, die Lippen dunkel verfärbt. Miles war schon ins Bett gegangen. Sie hatte sich ans Fußende gesetzt und Amber gebeten, vorsichtig zu sein. Billie hatte Leanna offenbar von Leo erzählt – das war nicht weiter überraschend. Überraschend war nur, dass Sadie versuchte, mit ihr über Bienchen und Blümchen zu reden. Falls es wirklich darum gegangen war, sicher war Amber sich da nicht. Sie war zu verlegen gewesen, zu unvorbereitet, und hatte versucht, das Gespräch so schnell wie möglich zu beenden. Nun fiel ihr alles wieder ein. *Du musst dich vor ihm in Acht nehmen.*

Sadie hatte recht. Also schaute sie sich um.

Viel gab es in der kargen Wohnung mit dem gelblichen Holzdekor und dem knisternden Teppich nicht zu entdecken. Auf dem Nachttisch stand eine einsame Tasse, die keinen verräterischen Lippenstiftabdruck aufwies. In der Schublade darunter lag eine Taschenbuchausgabe von *Carrie*, das Cover zerschrammt, die Seiten stark vergilbt.

Amber strich mit der Hand über das Bettlaken und trat an den Schreibtisch. An einer Ecke blätterte die Beschichtung ab und gab den Blick auf die billige Spanplatte darunter frei. In der Mitte stand Leos Laptop. Er war passwortgeschützt. Sie war ziemlich geschickt mit so etwas, hatte das Passwort beim Tippen aber nicht erkennen können. Daneben lagen zwei Taschenbücher: *Das Mädchen* von Stephen King und ein ramponierter Reiseführer der Gegend (Amber konnte sich nicht vorstellen, wie man so viele Seiten damit füllen konnte).

Sie öffnete die oberste Schublade – ein einsamer Notizblock, einige angekaute Kugelschreiber rollten darin herum. Sie öffnete die beiden anderen Schubladen. Sie waren leer und rochen nach Bleistift und Staub.

Dann hockte sie sich hin und öffnete die unterste Schublade noch einmal, zog sie rasch auf und schob sie langsam zu. Ja, da rutschte etwas herum, kein Zweifel, auch wenn auf den ersten Blick nichts zu erkennen war.

Amber richtete sich auf und horchte. Das Wasser lief noch, Leo summte vor sich hin. Sie zog die Schublade ganz auf und tastete mit den Fingern am Holz entlang, bis sie den losen Einlegeboden fassen konnte. Sie drückte ihn hoch. Ein digitales Diktiergerät kam zum Vorschein. Miles benutzte so eins gelegentlich, um Vorlesungen aufzuzeichnen oder Gedanken festzuhalten. Ein bisschen affig – das ging schließlich auch mit dem Handy.

Amber nahm das Diktiergerät heraus. Sie hatte Gänsehaut auf den Armen. Darunter lag eine Aktenmappe im gleichen Beigeton wie die Schublade. Amber berührte sie, traute sich aber nicht, sie aufzuschlagen.

Stattdessen drückte sie die Playtaste am Gerät und drehte mit dem Daumen die Lautstärke herunter.

Leos Stimme klang weniger angenehm als sonst. Ein bisschen schriller, nicht der sorgsam aufgesetzte, gedehnte Tonfall.

»Mittwoch, der Fünfzehnte«, sagte er in erregtem Ton. Im Hintergrund war Verkehrslärm zu hören. »Miles von unbekannter Frau vor Bibliothek angesprochen. Geht nach kurzem Gespräch mit ihr in sein Büro.«

Amber umklammerte die Schreibtischkante. *Miles. Dad.* Warum sprach Leo über ihren Vater – *beobachtete* ihn? Die Aufnahme lief weiter, ein Auto hupte, doch der Atem blieb ihr in der Kehle stecken, und ihr Herz zog sich vor Panik zusammen.

Die Dusche rauschte nicht mehr.

Seit wann? Ein kalter Luftzug fuhr über ihren Nacken, und sie erstarrte. Sie musste sich umdrehen, war sich sicher, dass Leo in der Tür stand –

Dann hörte sie die Toilettenspülung und stieß heftig den Atem aus. Sie schaltete das Diktiergerät aus und schob es in die Schublade, dann setzte sie mit zitternden Fingern den falschen Boden wieder ein. Als die Badezimmertür aufging, glitt sie lautlos ins Wohnzimmer, wo der Abspann des Films immer noch auf dem Fernseher eingefroren war.

Sie schaltete zu einer Quizsendung und zwang ihr Herz, ruhiger zu schlagen. *Miles von unbekannter Frau vor Bibliothek angesprochen.*

Als Leo ins Wohnzimmer kam, die Haare nass, den Kragen des schwarzen Polohemdes hochgestellt, hatte Amber die Decke gefaltet und über die Sofalehne gelegt. Sie saß an der üblichen Stelle, entspannt, einen Fuß unter sich gezogen, während sie lässig mit ihren Haaren spielte.

»Mein Gott, das hat gutgetan«, sagte er lächelnd, und sie lächelte zurück, wobei ihr Herz in der Brust raste.

2018

GRETA SCHLIEF wieder einmal schlecht, träumte von einem Garten in Texas: Ein Kind wühlte in der Erde, Hände und Gesicht mit Dreck verschmiert. Ein Baby weinte. Ein tiefdunkler Wald. Amber, Ambers Gesicht in einem Autofenster, sie schaute sie an. Lächelte. Schrie. Die Kleider schwarz von Blut. Sie wachte auf – dachte sie jedenfalls –, weil sich eine kühle Hand um ihre Kehle legte, ein dunkler Schatten sich über sie beugte, doch dann kämpfte sie sich ganz ins Bewusstsein, und das Zimmer war leer, und ihr Handy vibrierte auf dem Nachttisch.

Die nächsten zehn Minuten verbrachte sie damit, an die Decke zu schauen und sich zu fragen, weshalb ihr Herz so raste.

Sie hätten Amber heute Mittag bei einer Talkshow filmen sollen, doch man hatte sie in letzter Minute für eine Soap-Darstellerin fallenlassen, die von ihrem verheirateten Co-Star geschwängert worden war. Federica, die beim Frühstück im Hotel ungewöhnlich still gewirkt hatte, war in ihr Zimmer verschwunden, noch bevor die Teller abgeräumt waren. Kurz darauf hatte Greta eine Nachricht erhalten.

Musste los. Reden später. Kümmerst du dich um A.?

Eine Minute später in rascher Folge:

Bisschen Material wär gut. Zum Füllen.

Einfach plaudern?

Nimm Tom mit.

Drei Minuten später:

Sag ihm, er soll die DSLR nehmen. Unauffällig.

Amber, die gar nicht darauf geachtet hatte, dass Federica verschwunden war oder Greta Grimassen in Richtung Handy schnitt, spießte ein Stückchen Dosenmandarine auf die Gabel und fragte: »Können wir shoppen gehen, wenn heute kein Interview ansteht?«

Greta konstatierte das *wir*. Nicht *ich*. Amber hatte es schon öfter verwendet, und das störte sie. Es war, als hätte sie tatsächlich die Elternrolle bei Amber übernommen. Sie schien nicht zu begreifen, dass sie (zumindest vor dem Gesetz) erwachsen war und jederzeit überallhin gehen konnte.

Doch statt abzulehnen, hatte Greta zugestimmt. Luca war schon verschwunden, vermutlich wollte er mit seiner schwangeren Frau in Cardiff skypen. Also kehrten sie, Tom und Amber in ihre Zimmer zurück, packten ihre Sachen und riefen ein Taxi.

Im grellen Licht des Westfield-Einkaufszentrums fühlt Greta sich entblößter denn je. Amber schlendert umher, plaudert ein bisschen, schaut mitunter auf ihr Handy, wirkt ähnlich entspannt wie in Disneyland, obwohl Tom ständig die Kamera auf sie gerichtet hat. Sie landen in einem Laden im ersten Stock, die lila beleuchteten Wände in einem grellen Kontrast zu den ganz in Weiß gehaltenen Kleiderständern, Schaufensterpuppen und dem Boden. »Mein Gott, diese Direktnachrichten«, sagt Amber lachend und schwenkt ihr Handy, damit Tom (und die Kamera) sie sehen können. »Glauben die Typen tatsächlich, ich würde mich mit einem Wildfremden treffen, der mir gruselige Nachrichten schickt? Ich meine hallo? Ich bin krankhaft misstrauisch, Leute.«

Sie bleibt vor einem Schmuckdisplay stehen, schwere Halsbänder schaukeln klirrend an den Haken.

»Tatsächlich?«, fragt Greta.

»Ist doch *offensichtlich.*« Amber schlendert gelangweilt zum nächsten Ständer. »Der Letzte, den ich wirklich gernhatte, war mehr an meinem Vater als an mir interessiert.« Sie schaut hoch. »Sollen wir gleich was essen? Ich bin am Verhungern.« Sie geht weiter, ohne auf eine Antwort zu warten.

»Wie hat sich das angefühlt? Mit Leo, meine ich?«, hakt Greta nach.

»Dass mein Freund meinen Eltern nachspioniert hat?« Amber hält sich vor dem Spiegel ein Oberteil an den Körper; seidige weiße Chiffonfetzen, die auf gewagte Weise an einem BH befestigt sind. »Na komm schon, Gee. Was ist denn das für eine Frage?« Sie schaut Greta seufzend an und hängt das Oberteil zurück auf die Stange. »Beschissen, wie sonst? Ich wusste, dass er mit mir spielt. Ich wusste nur nicht, warum.«

Sie sucht zwischen den Kleiderbügeln, geht zum nächsten Ständer. »Ich hab es mir im Kopf immer wieder angehört. ›Unbekannte Frau‹ – ich wollte wissen, wer sie ist, warum dieser Typ es wichtig genug fand, um es aufzunehmen. Ich *musste* es einfach wissen. Ich musste erfahren, was in der Mappe war. Klingt sicher dämlich. Warum habe ich sie damals nicht sofort mitgenommen?«

»Oder ihn danach gefragt.«

Amber wirbelt umher, wobei sie sich ein Kleid aus scharlachrotem Samt vorhält, bleibt dann aber abrupt stehen. Sie schaut Greta an, kneift die Augen zu und wendet sich enttäuscht ab. Es ist, als hätte Greta gegen ein stillschweigendes Abkommen verstoßen, von dem sie nicht einmal weiß, dass sie es getroffen hat.

»Was hätte ich denn machen sollen?«, fragt Amber, rollt das Kleid zusammen und wirft es auf den Haufen, der sich neben Toms Füßen türmt. »Was hätte ich zu ihm sagen sollen? ›Warum stalkst du meinen Vater?‹ Meinst du, er hätte mir eine ehrliche Antwort gegeben?«

Tom zuckt mit den Augenbrauen. Greta weiß, was er denkt: *Ja, genau das hättest du ihn fragen können.* Greta versucht, seine Aufmerksamkeit zu erregen, will den Witz mit ihm teilen. Vor allem aber will sie Ambers Aufmerksamkeit entfliehen, wenn auch nur für eine Sekunde.

Amber zuckt mit den Schultern und konzentriert sich wieder auf den Kleiderständer. »Ich musste clever vorgehen.« Sie nimmt ein verschlissen aussehendes T-Shirt und wirft es auf den Haufen. Dann schaut sie in die Kamera. »Klingt wohl nicht sehr überzeugend«, sagt sie, schaut von Tom zu Greta und dann achselzuckend zu dem Kleiderhaufen. »Die muss ich wohl mal bezahlen. Hey, sollen wir bei Nando's essen?«

Als sie in der Schlange vor der Kasse warten, nimmt Amber ein blaues Kleid von einer Stange. »Das würde dir toll stehen, Greta.« Sie tritt ganz dicht an Greta heran, um es ihr an den Körper zu halten. Ihre grüngefleckten Augen zucken rasch über Greta hinweg, suchen ihren Blick. Amber ist so nah, dass Greta die Zigarette in ihrem Atem riechen kann, dazu einen letzten Hauch Mandarine. Dann weicht Amber unvermittelt zurück, lässt das Kleid von ihrem Finger baumeln.

Zu ihrer eigenen Überraschung nimmt Greta es tatsächlich.

Sie sitzen in einer Ecknische. Greta knabbert nervös an einem Hähnchenflügel, während Amber sich über einen Maiskolben hermacht, dass ihr die Butter nur so übers Handgelenk läuft. Tom, der Vegetarier, bedient sich an Gretas Reis und trinkt sein zweites Bier. Er und Amber haben eine gemeinsame Leidenschaft für *Game of Thrones* entdeckt, und das Gespräch besteht aus gelegentlichen Zitaten, die sie einander kauend zuwerfen. Er hat die Kamera auf den Tisch gestellt und auf sie gerichtet.

»Jetzt erzähl schon, Amber.« Er trinkt sein Bier aus. »Was wirst du machen, wenn all das hier vorbei ist?«

Sie hört auf zu kauen und schaut ihn an; es ist derselbe Blick wie vorhin bei Greta, als hätte man sie verraten. Toms Gesicht ist entspannt, sein Interesse aufrichtig. Er betrachtet die leere Bierflasche in seiner Hand und stellt sie auf den Tisch.

»Keine Ahnung«, sagt Amber und legt den Rest des Maiskolbens zwischen die orange verfärbten Knochen auf ihrem Teller. »Ich habe noch nicht richtig darüber nachgedacht.«

»Aber du musst doch irgendeinen Plan haben. Was wolltest du denn als Kind werden?«

»Reich.« Amber schiebt den Fingernagel in eine Zahnlücke. »Sieht aus, als hätte ich das geschafft, was?«

Tom schüttelt den Kopf. »Du bist clever. Du weißt, das hier wird nicht anhalten. Die Leute vergessen dich, das Leben geht weiter. Und du musst auch weiterleben.« Er betrachtet die Knochen auf ihrem Teller. »Das hier füttert dich nicht ewig durch.«

Amber lacht. »Vielen Dank, Tom. Aber keine Sorge, wie du schon sagtest, ich bin clever. Hey, Gee – isst du die Pommes noch?«

Greta schüttelt den Kopf und schiebt ihr die Schale hin. »Wir sollten wohl allmählich aufbrechen.« Sie hofft, dass sie die beiden vorübergehend abgelenkt hat. Doch während Amber mit dem spitzen Fingernagel durch das salzige Fett auf dem Boden der Schale fährt, sagt Tom sanft: »Es wird für immer bei dir bleiben, weißt du? All das hier ist bald vorbei, aber was du getan hast, wirst du niemals los.«

Greta hebt ruckartig den Kopf, öffnet den Mund, als könnte sie Toms Worte stoppen, bevor sie Amber erreichen, doch es kommt kein Ton heraus.

Amber steht wortlos auf. Sie verlässt das Restaurant, ohne sich umzudrehen, und Tom und Greta schauen ihr nach.

1990

SIE TRAFEN sich nach der Schule, obwohl es fast Winter und die Luft schärfer geworden war. Das Tageslicht schwand schnell, wenn die Glocke nach der letzten Stunde läutete. Gleich neben der Schule war ein Spielplatz. Sadie lehnte mit Helen am Geländer und schaute den spielenden Kindern zu, die mit den Eltern auf die größeren Geschwister warteten. Sie fragte sich, ob eines der winzigen Mädchen später zu etwas Besonderem werden würde oder ob er eines von ihnen holen würde. Die Narbe auf ihrer Handfläche war fast verheilt und juckte, die Linie im Fleisch färbte sich allmählich weiß. Sie schaute auf Helens Hand, doch Helen trug Handschuhe. Dazu hatte sie einen Schal um den Hals gewickelt und eine Pudelmütze über die Ohren gezogen, um die zahlreichen Krankheiten, die sie im Winter erwischten, möglichst lange abzuwehren.

Bei Helen war es ohnehin nur ein Kratzer, dachte Sadie, was nicht sehr freundlich, aber zutreffend war, denn Helen hatte die Hand weggezogen, als Justine mit dem Messer hineinschnitt, und ihre Augen hatten sich mit Tränen gefüllt. Vielleicht reicht es nicht, um etwas Besonderes zu werden, hatte Sadie gedacht. Sie hatte ohnehin nie wirklich geglaubt, dass Helen ausgewählt würde.

Dann tauchte Marie aus dem Gebäude auf, blies eine neongelbe Kaugummiblase auf und ließ sie am Gaumen platzen, während sie zu ihnen herüberkam. Sie hatte den Walkman an der Schultasche befestigt und die Kopfhörer wie eine Kette umgehängt, obwohl Sadie wusste, dass sie in der Schule verboten waren. Marie hatte gewusst, dass sie etwas Besonderes war, noch bevor sie es vom Großen Mann erfahren hatten.

»Hey, ihr Loser«, sagte sie und lehnte sich neben Sadie ans Geländer.

»Hi«, sagte Sadie. Marie konnte sie nicht mehr einschüchtern.

Justine hingegen schon. Und obwohl sie warteten, bis die Straße verlassen war und die ersten Sterne am schmutzigen Himmel erschienen, tauchte Justine nicht auf.

In jener Nacht saß Sadie aufrecht im Bett und horchte, als das Haus um sie herum allmählich still wurde. Ihre Eltern schliefen längst, die Lichter in den Nachbarhäusern waren ausgegangen, nur gelegentlich zuckten Autoscheinwerfer über die Wände ihres Zimmers. Sie wusste, es war so weit. Sie durfte nicht zulassen, dass Justine die Einzige war.

Sie fuhr die Narbe auf der Handfläche wieder und wieder mit dem Finger nach, schloss dann die Augen und dachte an den Wald. Ich will besonders sein, dachte sie, wann immer sie die Narbe berührte.

Ein leises Murmeln im Zimmer, etwas kratzte in den Wänden.

Sie dachte daran, wie Justine das Messer in der Hand gehalten hatte, dachte an Helen, die sich hinhockte und Erde über ein Foto von sich selbst und Marie schob, es tiefer in den Boden drückte. Bitte lass mich besonders sein.

Die Federn ihrer Matratze quietschten, ein Luftzug strich ihr wie Atem über das Gesicht. Er war kühl und roch nach Bäumen und Erde und Asche.

Sadie öffnete die Augen.

2016

NACH ZWEI Tagen grauen Nieselregens kam die Sonne rechtzeitig für Jamies Poolparty wieder hervor. Sie bohrte sich durch die zerrissenen Wattewolken, und der Wind trieb die letzten Reste davon. Das Licht brach sich an Autos und tanzte durchs Fenster. Lachende Kinder fuhren auf Fahrrädern vorbei, und Teenager wagten sich ins Freie, milchblasse Haut entblößt.

Amber machte sich bei Billie zurecht. Eine Hälfte ihrer Haare war noch lockig, das Glätteisen rauchte an ihrem linken Ohr. Sie hatte gelernt, es perfekt zu timen: Sie ließ die Haare heiß werden, bis sie fast brannten, und zog dann das Eisen herunter, so wie ihre Großmutter früher Geschenkband mit der Schere gekräuselt hatte. Billie stand hinter ihr und warf einen Blick auf die beiden Handys, die auf dem Bett lagen.

»Leo ruft an«, sagte sie lächelnd.

Amber zuckte mit den Schultern. »Soll er ruhig noch mal anrufen.« Die Worte klangen hohl, und sie zwinkerte ihrer Freundin im Spiegel zu, obwohl ihr gar nicht danach war.

Billie lachte, schaute in den kleinen, verschmierten Spiegel in einem von Ambers Lidschattendöschen und drückte an einem Pickel am Kinn herum. Sie beobachtete, wie Amber die nächste Strähne ins Glätteisen klemmte. »Soll ich mir Locken machen?«, fragte sie unsicher. »Aber die gehen raus, wenn die Haare nass werden, oder?«

»Vermutlich«, sagte Amber und führte das Glätteisen zischend über die Haare. »Aber ich habe nicht vor, nass zu werden. Ich setze mich in die Sonne und peppe den Punsch von Jamies Mum ein bisschen auf.« *Und denke darüber nach, dass mein Dad gestalkt wird*, dachte sie. *Dass Leo herumschleicht und ihn beobachtet.* Nein, daran würde sie nicht denken, das hatte sie sich geschworen. Heute wollte sie Spaß haben, einfach vergessen, wie ihre Eltern und deren Fehler sich in ihr Leben und ihre Gedanken und ihre Gefühle gestohlen hatten. Ihr Vater wurde gestalkt? Sein Problem. Ihre Mutter drehte vollkommen am Rad? Schön. Sie hatte das alles so satt. Sie wollte sich einfach nur amüsieren und sechzehn sein, sich nicht um die beiden kümmern müssen.

Doch Leo rief ständig an, und irgendwann musste sie sich bei ihm melden. Er sollte nicht merken, dass sie Verdacht geschöpft hatte. Oder, schlimmer noch, sich von ihr trennen, bevor sie herausgefunden hatte, was er plante.

»Jetzt ruft Jenna an«, verkündete Billie.

»Dann geh doch ran«, sagte Amber verärgert, versuchte aber, es als Privileg zu tarnen: Du darfst meinen Anruf entgegennehmen. In meine Fußstapfen treten. Ausnahmsweise ich sein.

»Sag ihr, ich hab zu tun«, hauchte sie. Billie schaute sie mit großen Augen an und nickte. »Hey, Jen!« Sie sprang vom Bett und ging ans Fenster. Sie lief gern beim Telefonieren umher, genau wie Miles, wenn er ein unangenehmes berufliches Telefonat zu erledigen hatte.

»Oh, Amber ist … gerade beschäftigt …«, sagte Billie und wurde ganz rot – Lügen war nicht ihre Stärke. »Ja, sie macht sich bei mir fertig.«

Amber konnte sich genau vorstellen, wie Jenna aussah, während sie die Information verarbeitete.

»Ams, welche Schuhe ziehst du an?«, fragte Billie und stellte sich so nah neben sie, dass Amber die Babylotion riechen konnte, mit der Billie sich die Beine eingerieben hatte.

»Nur Flipflops.« Amber verschwieg, dass es die mit den Keilabsätzen waren, in denen ihre Beine lang und schlank aussahen. Sollte Jenna doch in ihren flachen Dingern kommen.

»Nur Flipflops«, sang Billie ins Telefon und hüpfte davon, um ihren Kleiderschrank zu inspizieren.

Amber kannte Diktiergeräte nur aus Filmen aus den Achtzigern, von Journalisten und ihrem Vater.

An Miles' Universität hatte es einen Skandal gegeben, als ein Dozent mit einer Studentin geschlafen hatte, genauer gesagt, mit zweien, darum hatte man ihn auch erwischt. Die beiden Frauen hatten voneinander erfahren und beschlossen, sich an ihm zu rächen, indem sie den Zeitungen von ihrem perversen Dozenten berichteten. Er habe ihnen gute Noten versprochen, während er seinen feuchten Mund an ihrem Hals vergrub und ihnen Versprechungen in die Haare flüsterte.

Amber hatte es damals lustig gefunden; auf den Zeitungsfotos sah der Dozent alt, verschwitzt und beschämt aus. Jetzt fragte sie sich unwillkürlich, ob ihr Vater den gleichen Fehler begangen hatte; ob die Frau eine Studentin war und Leo ein Journalist, der eine Story über ihn witterte.

Würde er so etwas tun? Sie liebte ihren Vater, obwohl sie ihn schon lange nicht mehr für perfekt hielt. Er war nur ein Mensch und in all den Jahren ohne Sadie zu kurz gekommen.

Herrgott nochmal, nicht weinen, Amber. Wie alt bist du denn, zehn? Sie zog das Glätteisen fester als nötig über die letzte Haarsträhne und genoss das Kribbeln in der Kopfhaut. Sie weinte nicht. Sie weinte nie. Es nützte nichts; Weinen war etwas für kleine, schwache Babys, und sie wollte nicht schwach sein.

»Bis dann«, sagte Billie und warf das Handy wieder aufs Bett. »Jenna glüht schon mal vor.«

»Cool.« Sie ließ die letzte Strähne los und schaltete das Glätteisen aus. Schluss. *Nicht mehr dran denken.* »Und deine Mum bringt uns hin?«

»Klar!« Billie holte ein rotweiß gestreiftes T-Shirt-Kleid aus dem Schrank. »Ist das in Ordnung?«

»Sieht nett aus.« Das stimmte sogar, dachte Amber ein bisschen mutlos. »Welche Farbe hat dein Bikini?«

Billie zog ihr Oberteil hoch. Marineblau mit einer weißen Schleife in der Mitte. Niedlich. Amber lächelte. »Perfekt.«

Sie drehte sich wieder um und betrachtete sich im Spiegel. Ein orangefarbenes Kleid mit Blumenmuster, hauteng, wie sie es mochte. Darunter ein schwarzer Bikini, knapp geschnitten, den sie Sadie geklaut hatte (wo immer sie gewesen sein mochte, irgendwann hatte sie einen Bikini gebraucht. Ganz so schlimm konnte es also nicht gewesen sein). Das Höschen war ein bisschen groß, aber sie konnte es an den Seiten fester binden. Als sie das Haus verlassen hatte, war sie mit ihrem Outfit sehr zufrieden gewesen, doch nun beschlichen sie Zweifel. Sie konnte nicht sagen, was sie daran störte, aber ihr ging ein Wort nicht aus dem Kopf, während sie sich betrachtete: *billig*. Es war ein Wort, das Sadie – oder Leanna, Leanna ganz sicher – benutzen würde. Amber selbst würde so etwas niemals sagen oder denken, doch es hatte sich in ihrem Kopf festgesetzt, und es passte. Billies Outfit sah aus wie aus dem Katalog, sorgfältig aufeinander abgestimmt. Amber hingegen kam sich plötzlich vor, als hätte sie Klamotten vom Wühltisch an.

»Du siehst so sexy aus«, sagte Billie sehnsüchtig. »Ich wünschte, ich sähe aus wie du.«

Daraufhin lächelte Amber sie im Spiegel an und trug noch eine Schicht Lipgloss auf. »Auf geht's.«

Jamie wohnte am anderen Ende der Stadt in einer breiten Sackgasse, wo die Häuser geschwungene Auffahrten und Säulen vor der Tür hatten. Die Autos funkelten, die Fenster glänzten, alle Mauern waren weiß. Die Verkehrsgeräusche ertranken in der hämmernden Tanzmusik, die aus dem Garten der Donnollys drang.

»Ruft mich an, wenn ihr nach Hause wollt«, sagte Leanna und schaute besorgt zum Haus hinüber, in dessen Fenstern sich die Sonne brach.

»Danke, Mum.« Billie küsste sie auf die Wange, ein kindlicher Schmatzer, bei dem Amber die Augen verdrehte. Doch sie hatte ein komisches Gefühl in der Brust, das sich fast wie Eifersucht anfühlte. Wenn alles anders gekommen wäre, hätte sie Sadie dann auch so zum Abschied geküsst?

Sie stieg aus und hoffte, dass sich das Gefühl bald legte. »Danke, Leanna.« Sie schlug die Tür zu und ließ ihre Haut von der Sonne wärmen. Der violette Nagellack, den sie am Morgen so sorgfältig auf die Zehennägel aufgetragen hatte, blätterte schon ab.

Leanna fuhr nicht sofort los. Der Wagen blieb im Leerlauf, sie schaute ihnen wohl nach, als sie um die Hausecke verschwanden. Amber drehte sich nicht um und hakte Billie unter, als sie durchs Gartentor traten.

Jamies Eltern waren nicht zu Hause. Was das anging, hatten sie Leanna belogen. Sie waren mit dem jüngeren Bruder bei Verwandten. Nach wenigen Stunden war das kleine Treffen, das man Jamie erlaubt hatte, wie erwartet aus dem Ruder gelaufen. Im Pool wurde gelacht, geplanscht und getrunken; Mädchen saßen auf den Schultern von Jungs, Jungs tauchten einander unter. Der Rand war voller Mädchen, deren Beine ins Wasser baumelten, bis ein Junge kam und sie schreiend und spritzend hereinzog. Muhammed aus dem Mathekurs hatte seine Anlage auf einem Picknicktisch aufgebaut, und die riesigen Lautsprecher vibrierten jedes Mal, wenn der Bass einsetzte, dass das Plastikgeschirr nur so klapperte. Die Leute tanzten auf dem Rasen, verschütteten ihre Drinks, man hatte Sofas und Stühle aus dem Haus geholt und im Garten platziert. Zwei Jungen trugen eine Schlacht mit Ketchup und Senf aus, bei der rote und gelbe Bögen durch die Luft schossen und auf die hellen Fliesen der Terrasse klatschten.

Der gewaltige Chromgrill der Donnollys wurde von zwei Jungen aus Ambers Klasse bedient, Kenny Wu und Justin Staniland, während Ona Fitzgerald und Casey Lafountain aus ihrem Englischkurs kritisch zuschauten und auf ihren Keilabsätzen umherwackelten.

»Hey, Leute«, sagte Kenny, als er sie bemerkte. Der Rauch vom Grill stieg spiralförmig vor seinem Gesicht auf und ließ die Sonnenbrille beschlagen. »Wollt ihr ein Würstchen?«

»Keiner will dein Würstchen«, sagte Justin und stieß ihn mit dem Ellbogen an.

»Weich und saftig«, sagte er und wackelte mit den Augenbrauen.

»Ich verzichte«, erwiderte Amber. »Die sehen ziemlich roh aus. Von rohem Schweinefleisch kann man Bandwurm kriegen, oder?«

Casey quiekte und ließ ihr halbgegessenes Würstchen fallen.

»Ich hätte lieber einen Burger«, sagte Billie hinter ihr. »Bekommt man von denen auch Würmer?«

»Nee.« Amber betrachtete die rauchenden schwarzen Überreste der Burgerpattys. »Die gehen schon in Ordnung.«

Justin klatschte eins davon auf ein wabbeliges Brötchen und reichte es Billie augenzwinkernd. *Er mag sie*, dachte Amber, doch Billie wurde nur rot und wandte sich ab. Amber fragte sich, ob sie nach Jake Ausschau hielt. Sie hatte ganz vergessen, sich zu erkundigen, ob er auf die Nachricht geantwortet hatte, zu der sie Billie überredet hatte. Es hätte sie überrascht. Vermutlich war Jake viel zu sehr damit beschäftigt, sich zu fragen, warum Amber nie auf die Nachrichten antwortete, die er *ihr* schickte.

»Und, was war bisher so los?«, fragte sie die Jungs und

versuchte, in den Regenbogengläsern von Kennys Sonnenbrille einen Blick auf ihre Haare zu erhaschen. »Igitt – wer ist das denn?«

Ein Mädchen taumelte hinter dem Schuppen hervor und erbrach sich gegen den Zaun.

»Ach, das ist Deena Jordans Cousine. Jemand hat ihr was in den Punsch getan.«

»Oooh.« Amber schaute sich im Garten um – da stand ja der Punsch, eine große Glasschale mit einer trüben rosa-orangefarbenen Flüssigkeit. »Komm schon, Bill.«

Sie gingen um den Pool herum, wobei sie den Grapschern und Spritzern bewusst auswichen. Billie biss in ihren Burger und verzog das Gesicht. »Der ist wirklich verbrannt.«

»No shit, Sherlock.«

»Hey, Leute!« Jenna tauchte aus der Menge auf. »Da seid ihr ja!« Und dann, im selben Atemzug: »O mein Gott, Billie, dein Kleid ist *hinreißend* – du siehst so süß aus!«

»Danke!« Billie wurde rot und zupfte wie ein Kind an dem Stoff. Amber wusste genau, dass es kein Kompliment war. Sie ignorierte Jenna und drängte sich durch die Menge zum Tisch. Aus der Nähe sah der Punsch noch dubioser aus. An der Oberfläche trieben einige Grashalme, aber sie schöpfte trotzdem zwei Plastikbecher voll. Einen davon drückte sie Billie in die Hand, die ihn argwöhnisch betrachtete und Becher und Burger vor sich ausgestreckt hielt, ohne etwas davon zum Mund zu führen. Amber trank einen großen Schluck. Trotz der Farbe schmeckte der Punsch eigentlich nur nach Wodka und Orangensaft. Sie trank noch einmal und schaute zu Jenna, der sie absichtlich nichts mitgebracht hatte. Sie war schon unsicher auf den Füßen und schaute sich mit glasigen Augen um.

»Das ist *so* cool«, sagte sie und schleuderte die Haare nach hinten. Amber lächelte. Sie fand es gar nicht cool – ganz im Gegenteil. Die Party war schmutzig und laut und kindisch. Was würde Leo davon halten? Dann fiel ihr ein, dass es ihr egal war, was Leo von irgendetwas hielt (*Belüg dich ruhig weiter!*, sagte eine kleine Stimme in ihrem Kopf). Sie trank seufzend den Punsch aus. Sie hatte es sich so perfekt ausgemalt: sich betrinken und albern sein und im Bikini alle Blicke auf sich ziehen. Eine Stimmung wie in einem coolen Musikvideo, Sonne und Glamour. Stattdessen gab es Ketchup auf den Fliesen und Gras im Punsch, rülpsende Jungs und unablässige Explosionen von gechlortem Wasser, wenn wieder jemand in den Pool geworfen wurde. Jamie war nirgendwo zu sehen – vermutlich war er mit Katie Barrow, seiner Beinahefreundin, nach oben verschwunden, was schade war, denn Amber hatte sich schon oft gefragt, wie es wäre, ihn zu küssen.

Sie füllte ihren Becher nach und fügte einen Extraschuss von etwas Klarem hinzu, das Kenny ihr anbot. Offenbar hatte er seinen Posten am Grill verlassen.

»Irres Kleid, Banner«, sagte er und glotzte sie an, was verriet, wie betrunken er war. Kenny war wie die meisten Jungs aus ihrem Jahrgang und behandelte Amber, als wäre sie die Sonne: Er hatte sie gern in seiner Nähe, wagte aber nicht, sie direkt anzusehen.

Er hatte wohl Angst, sich zu verbrennen.

»Danke, Kenny.«

Sie schaute wieder zu ihren Freundinnen. Billie beäugte

noch immer ängstlich ihren Drink, und Jenna legte ihr die Hand auf den Arm und redete beharrlich und schrill auf sie ein, bis Billie naserümpfend den Becher an den Mund setzte und alles hinunterkippte. Jenna stieß einen Triumphschrei aus und wandte sich ab, schon wieder gelangweilt.

Amber füllte einen Becher und ging zu ihnen zurück.

»Nachschub?« Sie reichte Billie den Drink, und diesmal schmollte Jenna.

»Wo ist meiner?«

Amber zuckte mit den Schultern. »Ich habe nur zwei Hände. Hol dir selbst einen.«

Jenna starrte sie mit harter Miene an, und Amber spürte, wie sich etwas in ihr rührte. Sie wusste nicht, ob es Angst oder Erregung war, hatte aber schon vor langer Zeit erkannt, wie ähnlich sich die Gefühle waren.

»Was ist los mit dir?«, fragte Jenna mit verzerrtem Gesicht, und das Kribbeln erstarb. So war es nicht geplant. Und es kamen immer noch Worte aus Jennas schlaffem, betrunkenem Mund. »Du bist seit Monaten eine richtige Bitch.«

Amber verzog keine Miene. »Das war ich schon immer, Jen. Fällt dir das jetzt erst auf?«

Jenna lachte so laut und schrill, dass sich die anderen umdrehten. Billie wich zurück.

»O Gott, ich hab dich so satt!«, sagte Jenna noch lauter, blies Amber ihren heißen Atem entgegen. »Pass lieber auf, Billie. Du magst jetzt ihr Liebling sein, aber sie wird dich durchkauen und ausspucken – ich gebe dir keine Woche.«

»Du bist betrunken«, sagte Billie leise. »Sag jetzt lieber nichts mehr.«

Plötzlich liebte Amber sie.

Doch Jenna lachte schon wieder. »Sie ist eine Bitch!«, kreischte sie. »Wirst schon sehen, sie ist eine irre, beschissene Bitch, genau wie ihre Mutter!«

Alle schauten jetzt zu ihnen hin, während die Musik weiterdröhnte und das Wasser gegen die Wände des Pools schwappte. Keiner sagte etwas. Amber erwachte wie aus einer Betäubung und begriff, dass sie nicht einfach dastehen konnte. Sie zerdrückte ihren Plastikbecher und warf ihn weg, dann stieß sie Jenna die Faust mitten ins Gesicht. Es tat nicht einmal weh, als ihre Knöchel auf Jennas Nasenbein trafen; auch später nicht, als ihre Hand rot und geschwollen war. Stattdessen durchströmte sie ein ganz neues Gefühl, als Jenna rückwärtstaumelte und ihr Blut auf die senfbespritzte Terrasse klatschte. Sie taumelte rückwärts und starrte Amber an, und keiner unternahm etwas.

So wie immer.

2018

GRETA SCHRECKT aus ihrer Lähmung auf und drängt sich durch die Menschenmenge, gerät in Panik (malt sich schon aus, was Federica sagen wird, wenn sie nicht mit ihrem Star im Schlepptau ins Hotel zurückkehren) – doch da sitzt Amber auf dem Rand eines überdimensionalen steinernen Blumenkübels, die Arme vor der Brust verschränkt, das Telefon in der Hand.

»Tut mir leid«, sagt Greta, als sie nah genug ist, und Amber steht auf und wirft die Haare nach hinten. Sie schaut zu Tom, der Greta gerade eingeholt hat, die Kamera um den Hals wie einer der Paparazzi, die sie bis jetzt zum Glück nicht entdeckt haben. Sie sagt einfach nur: »Lasst uns gehen.«

Erst als das Taxi vor dem Hotel hält, bemerkt Greta, dass sie die Tüte mit ihrem blauen Kleid bei Nando's unter dem Tisch vergessen hat.

Amber kommt nicht zum Essen herunter, und als Greta bei ihr anklopft, öffnet sie im Morgenmantel. Es riecht nach Fastfood, im Hintergrund dröhnt der Fernseher. Ihre Einkäufe sind auf dem Bett verstreut, auf dem Nachttisch steht ein riesiger Getränkebecher, daneben liegen verlassene Ketchup-Tütchen.

»Ist nicht böse gemeint«, sagt Amber. Ihre Haare lösen

sich langsam aus dem lockeren Knoten auf ihrem Kopf. »Aber ich möchte lieber allein sein.«

Also geht Greta ins Restaurant zurück. Es ist leer bis auf ein amerikanisches Paar in Shorts und T-Shirts, die mit dem Motiv des Buckingham-Palasts bedruckt sind. Sie schaut nach einem Platz, wo sie sich hinsetzen kann, ändert dann aber abrupt die Richtung und betritt die kleine, stickige Hotelbar. Wieder ein fensterloser Raum, mehrere Spotlights müssen ersetzt werden – doch das Dämmerlicht macht alles weicher und lässt die schäbige Tapete mit dem satinartigen Streifenmuster und die würfelförmigen, mit Kunstleder bezogenen Barhocker vorteilhafter aussehen.

Sie bestellt ein Glas Wein und sucht sich einen Platz in der Ecke; der Schein eines Fernsehers flackert über die glänzende Tischplatte. Der Wein schmeckt ein bisschen metallisch, ist aber immerhin kalt, und sie trinkt rasch, während die Reporter bei abgestelltem Ton die Schlagzeilen des Tages liefern. Sie versucht, nicht an Amber zu denken. Die Dreharbeiten sind bald vorbei, dann kann sie sich eine andere Arbeit suchen. Dann kann sie die Geschichten erzählen, die sie erzählen möchte, die es für sie lohnenswert machen, in dieser Branche zu arbeiten. Sie denkt an den Tag, an dem sie den Studienplatz am Goldsmiths bekommen und begriffen hatte, dass sie tatsächlich nach London ziehen würde. Damals wollte sie unbedingt schreiben. Sie hatte ihren Schulfreundinnen erzählt, sie würde Drehbücher verfassen, mit denen sie die Menschen und die Welt verändern würde. Sie hatte ihren damaligen Freund Marc angerufen, die Worte waren nur so aus ihr herausgesprudelt, sie hatte nicht gewusst, ob sie lachen oder weinen sollte. *Ich mache es*, hatte sie immer wieder gesagt. *Ich ziehe nach London.* Irgendwann merkte Greta, wie still er war, und da hatte sie begriffen, dass sie auch ihn zurücklassen würde. Dass sie nicht ein einziges Mal an ihn gedacht hatte, seit sie ihr Aufnahmeschreiben gelesen hatte. Letztes Jahr hatte er sie als Freundin auf Facebook hinzugefügt. Greta hatte sich Fotos von seiner Hochzeit und den beiden kleinen Söhnen angeschaut. Sie hatten ein paar Nachrichten ausgetauscht. *Es ist schön, von dir zu hören*, hatte er geschrieben. *Wie läuft es so?? Sieht aus, als hättest du's geschafft.*

Es ist nicht zu spät, sagt sich Greta. Erst neulich hatte Facebook ihr eine maßgeschneiderte Anzeige für ein Drehbuchseminar angezeigt, und sie war ganz begeistert gewesen. Vielleicht war es ein Zeichen. Vielleicht möchte sie am liebsten ihre eigenen Geschichten erzählen.

Noch aber stellt sie sich vor, wie Leute auf einer Party von dem Film schwärmen, wie sehr sie »die eine Stelle« loben, bei der Miles weint oder Amber ihr unheimliches Lachen ausstößt. Sie werden Greta fragen, wie es war, diese Menschen kennenzulernen, und sie wird sich an die schlaflosen Nächte erinnern, in denen das Weinen eines Kindes in ihren Ohren hallte, in denen sie einen Atemhauch im Nacken spürte, selbst wenn niemand da war. Und auf einmal hätte sie vielleicht nicht mehr das Bedürfnis weiterzuerzählen.

Sie trinkt den Wein aus und bestellt noch ein Glas. Ein Geschäftsmann mit Jackett über dem Arm setzt sich in die andere Ecke, Zeitung und Bierglas vor sich. Der Barkeeper poliert weiter seine Gläser. Greta trinkt und versucht nicht, an die Millers oder die Banners oder an Blut zu denken, das sich auf dem Waldboden ausbreitet.

»Willst du noch eins?« Sie schaut auf. Tom steht an der Theke und deutet auf ihr leeres Glas, als wären sie den ganzen Abend zusammen gewesen, als wäre dies ein ganz normaler Freitag im Pub. Aber sie will noch eins, also nickt sie.

»Du hast sie ganz schön runtergezogen«, sagt sie, als Tom ihr das Glas hinstellt.

Er zieht einen Hocker heran und setzt sich, stellt seinen Gin Tonic auf einen Untersetzer. »Ich weiß. Hätte ich nicht machen sollen. Tut mir leid.«

»Ich hätte sie selbst filmen können«, sagt Greta, und ihre Zunge funktioniert langsamer als sonst. »Du hättest gar nicht mitkommen müssen.« Sie trinkt aus dem frischen Glas und fügt mürrisch hinzu: »Ich weiß, dass du sie nicht leiden kannst.«

Tom denkt darüber nach, die Augen auf den Bildschirm über ihr gerichtet. »Tue ich auch nicht«, sagt er schließlich. »Warum sollte ich?«

»Sie ist doch noch ein Kind. Warum musstest du sie derart fertigmachen? Warum sieht niemand außer mir, dass sie schon fertig genug ist? Warum sieht niemand außer mir, wie sehr Amber sich selbst verabscheut?«

»Weil du es als Einzige sehen willst?« Seine Stimme klingt sanft, das ärgert sie nur noch mehr.

»Ja genau!« Greta stellt ihr Glas ab. »Alle anderen wollen sie als schlechten Menschen sehen, weil es besser in die Story passt.«

»Ich will sie nicht als schlechten Menschen sehen. Das heißt aber nicht, dass ich deshalb viel Gutes an ihr finden muss.«

»Ist dir eigentlich klar, wie furchtbar du über einen Teenager sprichst? Über jemanden, der so einen beschissenen Start im Leben hatte?« Das Fluchen tut gut. Sie fragt sich, warum sie es nicht öfter macht.

»Das ist es doch gerade, Greta. Sie hat ein Leben geführt, das wir nicht annähernd verstehen können. Sie hat etwas getan, das niemand von uns begreift. Aber du projizierst hier, du stellst dir vor, wie du dich an ihrer Stelle fühlen würdest. Doch sie ist nicht wie du.«

Greta antwortet nicht.

»Du hängst zu sehr an ihr, das sehe ich genau.«

Ein Kopfschmerz pulsiert in ihren Schläfen. »Ich will nicht darüber reden.«

Er lächelt traurig und nickt. »Worüber möchtest du denn reden?«

Sie trinkt noch einen Schluck Wein. Der Geschäftsmann leert sein Pint und erhebt sich.

»Reden wir doch mal über dich«, sagt sie zu Tom.

Er lacht. »Na schön. Was möchtest du wissen?«

»Du hast Federica bei den Dreharbeiten zu *Bleak House* kennengelernt, richtig?« Der Wein macht sie selbstsicher, die Worte gehen ihr mühelos über die Zunge.

»Stimmt. Aber ich kannte Millie vorher. Ich war Kameraassistent bei einer schrecklichen Reality-Serie über Studienanfänger, und sie hat dort für ein Buch recherchiert. Federica hatte ein paar Strippen für sie gezogen.« Er trinkt einen Schluck von seinem Gin, die Eiswürfel klirren. »Ich war so ziemlich der Einzige, der mit ihr geredet hat; die Crew war ein Haufen Arschlöcher. Als ich bei *Bleak House* landete, habe ich Federica gegenüber erwähnt, dass ich Millie kenne, und plötzlich war sie meine beste Freundin.«

Greta nickt. »Sie hat mal erzählt, dass Millie dich mag.«

»Weißt du, was da läuft?«

»Mit Millie? Nein. Diesmal scheint es ernst zu sein.«

»Da war diese Frau in Cannes …«

Greta nippt an ihrem Wein und ist überrascht, wie wenig noch im Glas ist. »Es sind wohl immer andere Frauen. Ich verstehe diese Beziehung nicht; Millie ist eigentlich nicht so.«

Sie hält inne, ihre Wangen werden heiß. Sie hat ein schlechtes Gewissen, weil sie so über Federica redet. Noch eine Überraschung.

»Hat sie sich wenigstens bedankt, dass du in L. A. alles geregelt hast?« Tom trinkt sein Glas aus.

»Ja. Irgendwie schon. Ich sollte mich wohl geschmeichelt fühlen, weil sie mir vertraut.«

»In diesem Fall gibt es eine sehr schmale Grenze zwischen ›Vertrauen‹ und ›Ausnutzen‹.«

Greta deutet auf sein leeres Glas, ohne auf die Bemerkung einzugehen. »Noch einen?« Sie steht auf, bevor Tom etwas sagen kann. Sie will nicht darüber nachdenken, dass Federica Sosa und Amber Banner sie beide auf ihre Weise ausnutzen.

An der Theke schaut sie aufs Handy – den ganzen Tag über keine Nachricht von Federica und auch nicht von Luca. Greta fragt sich, ob sie Amber eine SMS schicken soll, etwas Beiläufiges, Freundliches, das nicht sofort als *Ich will nur checken, ob du dich noch im Zimmer verkriechst* gedeutet werden kann. Stattdessen geht sie die neuen Mails durch.

Eine Kettenmail von ehemaligen Kommilitoninnen, die sich treffen wollen. Lisette erkundigt sich, was Hetty und Greta davon halten, den Internetprovider zu wechseln. Es ist fast schon bizarr – ihr eigenes Leben tritt in den Hintergrund, erscheint wie Fiktion, wirkt trivial. *Die Story ist alles*, pflegt Federica zu sagen, und genau davor fürchtet sich Greta.

Sie geht mit den Drinks zu Tom, der auch aufs Handy gesehen hat. »Nichts von Luca. Ich frage mich, wo er den ganzen Tag gesteckt hat.«

»Ich hoffe, Elke geht es gut. Das Kind müsste bald kommen, oder?«

»Nächsten Monat, glaube ich.« Er nimmt Greta das frische Glas ab. Greta schaut zum Fernseher hoch, wo die Nachrichten von der Wettervorhersage abgelöst werden.

»Was willst du danach machen?«, will er wissen. »Wenn das hier alles durch ist?«

»Ich würde gern eine Weile zu meinen Eltern fahren.« Greta trinkt, zögert die Worte hinaus. »Und dann möchte ich wieder schreiben.« Sie stellt ihr Glas ab. »Erst mal keine Dokus mehr.«

Er nickt. »Kann ich verstehen. Also zurück nach Amerika?«

»Vielleicht.« Sie versucht, sich selbst wieder in Dearborn zu sehen. Verheiratet, zwei kleine Söhne. »Ich würde auch gerne reisen. Was ist mit dir?«

»Ich überlege, eine Weile wegzugehen.« Er schaut in sein Glas. »Ich habe ein bisschen gespart. Ich meine, wir kommen natürlich an tolle Orte, aber ich möchte sie mir zur Abwechslung mal nicht durch eine Filmkamera ansehen.«

»Ja. Einfach nur *sehen*. Ich bin es so leid, nach dem richtigen Motiv zu suchen, nach der richtigen Story. Ich will einfach nur *sehen*. Die Dinge wertschätzen, ohne über die beste Kameraeinstellung nachzudenken.« Sie ist betrunkener, als sie dachte, und schämt sich, weil es alles so ernsthaft klingt.

Tom hebt lächelnd sein Glas. »Aufs Weggehen.« Sie schauen einander weiter an.

Gretas Handy vibriert auf der Tischplatte, von der sich der Lack schält. Federica.

Ihre Stimme klingt heiser, Verkehrslärm dröhnt durchs offene Autofenster, so dass Greta sie kaum hören kann (der Wein macht es nicht besser).

Und dann versteht sie.

»Sadie«, sagt Federica. »Sadie ist bereit, mit uns zu reden.«

Aus dem Tagebuch von Leanna Evans
[Auszug D]

Ich holte die Mädchen wie vereinbart um neun von der Party ab. Sie warteten schon am Straßenrand, obwohl die Party offensichtlich noch auf vollen Touren lief – die Musik hämmerte, Leute grölten aus den Fenstern, während sich ein Paar im Vorgarten küsste. Ich fragte mich, welche Eltern so etwas duldeten, und war froh, dass unsere Mädchen anders waren. Im Auto waren sie still. Billie fragte, ob wir Musik hören könnten, während Amber auf dem Rücksitz saß und ihre Hände betrachtete. Ich vermutete, dass sie keinen Spaß gehabt hatten, und war froh, dass ich zu Hause etwas Schönes vorbereitet hatte.

Als wir hereinkamen, zogen beide Schlafanzüge von Billie an, und dann setzten wir uns alle ins Wohnzimmer und überlegten, welchen Film wir uns ansehen wollten. Ich holte Decken aus dem Schrank – trotz Sonnenschein war der Abend kühl geworden, und es war gemütlich, hier drinnen zusammenzusitzen. Ich holte die Lasagne aus der Küche, dazu gab es knuspriges Brot. Wir aßen beim Fernsehen, die Decke über dem Schoß, und danach kochte ich heiße Schokolade, so wie ich es gemacht hatte, als Billie noch klein war. Mit Schlagsahne, die an den Gläsern herunterlief, und Marshmallows obendrauf.

Ich genoss den Abend, so wie alle Abende, an denen Amber bei uns war. Es war schön, wenn das Gelächter der Mädchen durchs Haus drang und ich noch jemanden hatte, für den ich kochen konnte. Billie kann sich wohl nicht daran erinnern, wie es war, bevor Ralph wegging, aber mir tut es gut, einen dritten Menschen am Tisch zu haben, es fühlt sich richtig an. Ich glaube, so hast du nie gedacht; mehr noch, ein Teil von dir sehnt sich – vielleicht ohne es zu merken – nach der Zeit zurück, in der du mit Miles allein warst.

Du. Ich muss ständig an dich denken; ich analysiere, wie du mich bei unserer letzten Begegnung angesehen, wie du mit mir gesprochen hast. Ich weiß, etwas hat sich verändert. Ich kann es kaum ertragen, nicht zu wissen, was es ist. Als der Abspann des Films lief, fragte mich, ob du in diesem Augenblick mit deinem Ehemann vor dem Fernseher sitzt oder irgendwo mit den Schatten allein bist.

Ich erinnerte mich an die sorgfältige Planung, die mich überhaupt so weit gebracht hat. Dass ich wahrhaft etwas Besonderes bin, weil ich dich und Amber gefunden habe. Ich habe mich bewährt, während du immer nur vor dem weggelaufen bist, was untrennbar zu dir gehört. Als ich unseren Mädchen einen Gutenachtkuss gab, sagte ich mir, es gäbe keinen Grund zur Sorge. Ich dachte an dich und dass du allein bist und wusste, die Zeit war fast gekommen. Ich hatte keine Angst, als ich das Licht ausschaltete.

2016

EIN MANN war vor dem Haus. Sadie wusste genau, dass sie sich das nicht einbildete. Sie hatte nachgesehen und sich vergewissert und überlegt und wusste es nun mit kalter Endgültigkeit: Er war da. Er beobachtete das Haus und verbarg sein Gesicht im Schatten.

Sie stand am Schlafzimmerfenster, halb hinter dem Vorhang verborgen, und schaute noch einmal hin. Sie wollte sich einreden, dass die Phantasie ihr einen Streich spielte, genau wie in Miles' Hörsaal, als die Angst seine Stimme heraufbeschworen hatte.

Immer noch da. Sie holte Luft und wickelte sich fester in die Strickjacke.

Am meisten fürchtete sie sich vor dem Verlangen, der *Hoffnung*, die unter der Angst lauerte. Sie dachte daran, wie sich sein eisiger Atem angefühlt hatte, wie er über ihre Haut gewandert war. Wäre es denn so falsch, wieder in die tröstlichen Schatten zurückzugleiten?

Sadie hatte die Gestalt zum ersten Mal bemerkt, als sie die Treppe hinuntergegangen war, den Wäschekorb unter dem Arm. Ambers Kleidung, die nach süßem Rauch roch, am Hals mit Make-up verschmiert. Sie war stehen geblieben, weil etwas am Fenster ihre Aufmerksamkeit erregt hatte: ein schimmernder Schmierfleck von Feuchtigkeitscreme, der getönten Tagescreme, die Amber benutzte und die auf dem Glas getrocknet und braun geworden war. Sie war stehen geblieben, um den Fleck mit dem Ärmel abzuwischen (hatte ihn dabei nur weiter verschmiert), und hatte *ihn* dort stehen sehen.

Früher war es anders gewesen, da hatte er nicht mit ihr gespielt. Sie hatte ihn vor so vielen Jahren zu sich eingeladen, und danach war ihre Welt die seine geworden, hatte er durch ihre Zimmer gehen und seine kühlen, ruhigen Worte in ihr Ohr gießen können. Er hatte sie schon öfter verlassen, seine Schatten mit sich genommen. Er war stets zurückgekehrt, war aber nie so aufreizend gewesen.

Natürlich – er wartete nicht mehr auf sie.

Denn jetzt gab es Amber.

Sadie trat vom Fenster zurück und drückte die Stirn an die Wand. Sie versuchte, die Erinnerung an den Tag zu verdrängen, an dem sie aus der winzigen Sozialwohnung in die milchgraue Morgendämmerung geschlüpft war und ihr Baby zurückgelassen hatte. Sie hatte sich rasch bewegt, die kleine Tasche, nach der sie wahllos gegriffen hatte, schlug gegen ihren Oberschenkel. Ihre schmerzenden Brüste waren voller Milch. Und immer, immer das Gefühl, jemand sei hinter ihr. Ein Atem in ihrem Nacken.

Als das kleine Mädchen sie mit seinen dunklen, starren Augen angesehen hatte, da hatte Sadie gewusst, dass sie nicht bleiben konnte. Sie war stundenlang gelaufen und schwitzend in den Bus gestiegen und hatte dann erst richtig nachdenken können.

Das kleine Mädchen hatte sie gewarnt. Das kleine Mädchen war zu ihr gekommen, allein. Ohne den Großen Mann.

Das war vorher noch nie passiert.

Sadie dachte wieder daran, spürte ihren eigenen Atem, der ihr von der Wand entgegenschlug. Ihr Herz hämmerte in der Brust. Sie hatte nicht zugelassen, dass er Amber holte. Doch würde sie diesmal etwas gegen ihn ausrichten können?

In der ersten Nacht – oder der dritten, wenn man die Stunden zählte, die sie mit geschlossenen Augen im Bus verbracht hatte, das Gesicht an eine zusammengerollte Jacke gedrückt – hatte sie im Gästezimmer von Freunden in Aberdeen geschlafen. Sie konnte ihnen vertrauen, das wusste sie. Sie kannten Miles nicht und würden nicht verraten, wo sie war. Sie hatten selbst ein Baby. Sadie erinnerte sich an das mitternächtliche Geschrei des Neugeborenen. Sie hatte ein schlechtes Gewissen gehabt, weil sie den Großen Mann mit einer anderen Tochter lockte, doch was blieb ihr übrig? Sie hatte erkannt, dass sie in solchen Situationen die Mutter sein konnte, die sie immer hatte sein wollen. Die Löwenmutter.

Sie hatte wirklich geglaubt, sie hätte Amber beschützt, indem sie wegging, indem sie die Schatten anlockte, die ihr langsam und zuckend überallhin folgten. So konnte ihre Tochter im Licht leben, bis sie alt genug war, um endgültig vor ihnen sicher zu sein.

Doch nun war Sadie zurückgekehrt und damit auch er. *Gib acht, was du dir wünschst.* Sie trat ans Fenster. Er schaute ihr aus der Dunkelheit entgegen. Dann wich er zurück und wurde von der Nacht verschluckt.

Als Amber und Billie morgens aufwachten, war Leanna wie üblich in der Küche. Sie stand am Herd und wartete mit dem Pfannkuchenteig. Amber war überhaupt nicht verkatert, als hätten Lasagne und Schlaf die Wirkung aufgehoben, und beim Geruch des ersten Pfannkuchens, der in der Pfanne braun wurde, lief ihr das Wasser im Mund zusammen. Sie setzte sich an ihren üblichen Platz und aß einige der halbierten Erdbeeren, die Leanna dort hingestellt hatte. Ihre Hand war angeschwollen und zwischen zwei Knöcheln aufgeplatzt. Sie erinnerte sich, wie Jenna mit blutigem Gesicht vor ihr gestanden, wie sie sich umgedreht hatte und weggelaufen war. Niemand hatte Anstalten gemacht, ihr nachzugehen. Amber hatte einen Schluck Punsch getrunken und Billie untergehakt.

Leanna summte beim Kochen vor sich hin, den Pfannenwender in der Hand, und drehte sich strahlend zu ihnen um. »Ich habe eine wunderbare Idee. Na los, Billie, setz dich.«

Billie rieb sich die Augen wie ein verschlafenes Kleinkind, ihre Haare standen auf einer Seite vom Kopf ab. »Was ist denn los?«

»Mir ist nach einem Abenteuer zumute. Sollen wir nach Schottland fahren? Ins Cottage?« Sie drehte den ersten Pfannkuchen um. »Amber, wenn du möchtest, kannst du gerne mitkommen.«

»Oh –« Amber sah sie verblüfft an und stellte überrascht fest, dass sie am liebsten ja gesagt hätte, auch wenn das Angebot nicht sonderlich verlockend klang.

»Ja! Ja!« Billie fand es wohl ziemlich verlockend. »Heute? Ammie, du wirst begeistert sein.«

»Ich dachte an morgen.« Leanna goss neuen Teig in die Pfanne. »Ab nächster Woche sind ja schon Ferien. Da könnten wir ein paar Tage dort oben verbringen. Natürlich müssen wir vorher deine Eltern fragen, Amber.«

Als ob die das interessiert. Amber aß noch eine Erdbeere, spielte auf Zeit. Sie hatte in dieser Woche sicher Besseres zu tun, nur fiel ihr gerade absolut nicht ein, was das sein könnte.

»Ruf sie an!« Billie schaute sie erwartungsvoll an und war auf einmal gar nicht mehr schläfrig. Leanna lachte.

»Lass sie in Ruhe überlegen, Liebling. Vielleicht möchte Amber gar nicht mitkommen.«

Amber zuckte mit den Schultern. »Doch. Klingt super. Danke, Leanna.« Klar, Schottland wäre sicher kalt und langweilig, aber die beiden wollten sie immerhin dabeihaben.

Also würde sie mitfahren. Sie aß noch eine Erdbeere und war sehr zufrieden mit sich.

Als Leanna ihr den Teller mit den Pfannkuchen hinstellte, drückte sie Ambers Schulter, als wollte sie ihr danken.

2018

GRETA WACHT um 4.13 Uhr auf. Die Tagesdecke kratzt an ihrer nackten Haut. Sie spürt einen pulsierenden Schmerz hinter den Augenbrauen und hat einen widerlichen Geschmack im Mund. Sie will sich umdrehen und die Decke mit sich ziehen, aber sie liegt obendrauf, nur mit einem BH bekleidet. Sie setzt sich mühsam hin. Das Licht brennt. Sie drückt die Hand vor die Augen, tastet nach dem Nachttisch (hofft auf Wasser), bemerkt dann die beiden Plastikbecher und die halbleere Whiskyflasche.

Dann flutet alles zurück – wenn auch verschwommen: Toms Lippen auf ihren, ihr Rücken, der gegen die Tür prallt, gegen die Wand, dann aufs Bett, Kleider, die ungeschickt ausgezogen werden, Whisky, der sich auf die glänzende Tagesdecke ergießt. Panik steigt in ihr auf, denn sie erinnert sich wieder. Sie erinnert sich, dass sie ihn um Eis gebeten hat, weil ihre Kehle vom Whisky brannte, und dass er gehorsam T-Shirt und Jeans angezogen hat und davongetrottet ist. Wie lange ist das her?

Sie findet ihr Handy – zweiundzwanzig verpasste Anrufe, alle von ihm – und weiß, dass es Stunden her sein muss, dass er vergeblich angeklopft und irgendwann aufgegeben hat und in sein Zimmer zurückgegangen ist. Die Hitze steigt ihr in die Wangen, und sie tastet nach ihrem Slip, der auf dem Boden liegt. Greta geht ins Badezimmer und spült einen

Becher aus, füllt ihn mit Wasser und kippt es hinunter. Sie klammert sich an den Rand des Waschbeckens, um das Wasser nicht wieder zu erbrechen. Als sie sicher ist, dass es drinbleibt, füllt sie den Becher mit zitternder Hand erneut und geht ins Schlafzimmer zurück. Sie kriecht unter die Decke und versucht (vergeblich), die Erinnerungsfetzen auszublenden, seine Hand auf ihrem Körper, ihr feuchtes Stöhnen an seiner Brust, ihre Zähne, die sich in seine Haut bohren.

Greta döst wieder ein, die zerbrochenen Bilder wie ein holpriger Film in ihrem Kopf, und als es klopft, hält sie es zuerst für einen Traum. Sie träumt, dass sie hingeht, dass es Tom ist, dass er sie küsst und wieder ins Zimmer schiebt. Doch das Klopfen ist hartnäckig, und dann wird sie mit einem Ruck wach.

Tom? Greta setzt sich hin, hat ein hohles Gefühl im Bauch. Sie steht auf und zieht das T-Shirt über. Ihr Atem fühlt sich widerlich an, ihre Hände zittern noch immer, die Kopfschmerzen werden bei jeder Bewegung schlimmer. Das Klopfen hört nicht auf.

Es ist nicht Tom. Vor ihr steht Amber, ihre Haare rutschen aus dem unordentlichen Pferdeschwanz, der auch noch schief gebunden ist. Verschmiertes Make-up unter den Augen, Ketchup auf dem Oberteil.

»Das *darf* nicht passieren«, zischt sie und schiebt Greta ins Zimmer. Greta ist durcheinander, beschämt, riecht ihren eigenen Schweiß.

»Amber, ich –«

Amber schießt herum und deutet mit dem Finger auf sie. »Ich hatte *nein* gesagt. Du warst dabei. Ich hatte gesagt, *nicht sie*. Nicht meine *Mutter*.«

Greta begreift und tastet nach dem Bademantel, der im Kleiderschrank hängt. »Das weiß ich. Es tut mir leid.«

»Ich habe es von Anfang an gesagt. Dass ich es nur dann mache, solange sie nicht involviert ist.«

Greta nickt. »Ich weiß, ich weiß. Ich habe versucht, Federica –«

»Hat sie etwa geglaubt, ich würde es nicht herausfinden? Hat sie wirklich geglaubt, ich würde es nicht erfahren?« Sie funkelt Greta an, die keine Antwort für sie hat. »Sie soll nicht mit ihr reden!«

»Ich weiß.« Greta tritt vorsichtig näher und berührt Amber sanft an der Schulter, setzt sich mit ihr aufs Bett. »Der Sender übt großen Druck auf Federica aus. Sie muss sichergehen, dass wir genügend Material haben, und so viele Blickwinkel wie möglich präsentieren. Ich weiß, dass du das nicht wolltest.«

»Ich mache da nicht mit«, sagt Amber übellaunig. »Wenn Federica sie haben will, verliert sie mich. Dann verschwinde ich morgen, irgendwohin, wo sie mich nicht finden kann.«

Ich komme mit, denkt Greta, sagt aber nur: »Du hast einen Vertrag unterschrieben. Man hat dich bezahlt. Wenn du jetzt abhaust, musst du das Geld zurückgeben. Kannst du das überhaupt?«

Amber knurrt frustriert und trommelt dumpf mit den nackten Fersen gegen das Bett. »Natürlich nicht.«

»Das tut mir leid.«

Amber hat die Augen zusammengekniffen, ihre Zähne graben sich in die Unterlippe. »Na schön. Ich mache, was sie will. Wenn sie meine Mutter aus dem Spiel lässt, mache ich es. Ich gehe dorthin zurück.«

»Aber du hast gesagt –«

»Das ist mir egal. Mir ist alles egal. Ruf sie an, Greta, und sag ihr, wir können nach Schottland fahren. Sie kann mich in dem beschissenen Haus filmen, und dann erzähle ich alles.«

2016

DIE ANRUFE begannen am Samstagmorgen, ganz früh, als Sadie noch schlief. Miles nahm den ersten nicht an, den zweiten auch nicht – er saß nur da und betrachtete sein Handy, das auf dem Küchentisch vibrierte, wobei der Bildschirm immer wieder aufblitzte. Ein stummer Alarm.

Es war eine unbekannte Nummer – konnte also ein simpler Werbeanruf sein –, aber er wusste es besser. Er wusste, dass es dieselbe Person war, die ihm die Mails geschickt hatte. Die Person, die sich SomeoneSpecial nannte.

Also hatte er das Handy ausgeschaltet. Was auch eine Zeitlang half. Er spülte das Geschirr vom Vorabend, kratzte die Krusten aus der Auflaufform. Irgendwann stand Sadie auf, und als er ihre Schritte über sich hörte, schaltete er die Kaffeemaschine ein. Weitermachen, das war immer seine Devise gewesen. Die einzige Möglichkeit. Sich normal verhalten, die Normalität zur Schutzmauer machen.

Aber Mauern konnten durchbrochen werden.

Sadie kam nach unten, das Gesicht blass und verkniffen, und er reichte ihr einen Kaffeebecher. Sein Lächeln fühlte sich irgendwie schief an. Er war froh, als sie sich abwandte und hinsetzte.

»Ich bin so müde«, sagte sie mehr zu sich selbst. Er betrachtete ihre zusammengekauerte Gestalt, und da begriff er. Er hatte zugesehen, hatte sie *gehenlassen*, Herrgott nochmal, obwohl er ihr die Last hätte abnehmen können. Jetzt konnten sie nicht mehr weglaufen. Die Chance war längst dahin. Die Geister ließen sich nicht zum Schweigen bringen.

Also machte er seiner Frau Frühstück. Dann mähte er den Rasen, räumte den Schuppen auf, zupfte Unkraut in den Blumenbeeten. Seine Hände zitterten, als er die Erde an der Spüle abwusch, und er konnte sich nicht dazu überwinden, sein Spiegelbild im Fenster zu betrachten. Als Sadie hinter ihn trat und ihm behutsam die Hand auf den Rücken legte, zuckte er unwillkürlich zusammen.

Als es nichts mehr aufzuräumen oder zu reparieren gab, ging Miles ins Arbeitszimmer und lehnte sich mit dem Rücken an die Tür. Er atmete den sanften Holzgeruch ein und versuchte, Kraft daraus zu schöpfen. Als er nicht länger widerstehen konnte, schaltete er das Handy wieder ein. Eine Minute lang herrschte wunderbare Stille, dann vibrierte es zweimal in seiner Hand. Eine SMS von Amber, ob er sie bei Billie abholen könne. Und eine Sprachnachricht auf der Mailbox.

Er spielte mit dem Gedanken, sie zu löschen, aber welchen Sinn hätte das? Sein unbekannter Anrufer würde nicht aufgeben.

Miles drückte auf das Icon, hielt das Handy ans Ohr. Sein Puls hämmerte wie eine Trommel, während er auf die Verbindung wartete. »Sie haben eine neue Nachricht«, sagte die Stimme vom Band, und er wischte sich den Schweiß vom Nacken.

»Miles, ich bin's.« Ihre Stimme klang geschmeidig und kühl, melodisch wie ein Bach, der über Felsen plätschert.

Ihre Sanftheit überrumpelte ihn geradezu. Er hatte nicht erwartet, dass sie sanft klingen würde. »Ich möchte wirklich mit dir reden. Ich –« Sie senkte die Stimme; im Hintergrund ging eine Tür zu, ein Mädchen redete, es konnte auch der Fernseher sein. »Ich weiß alles.« Sein Magen zog sich zusammen, das halbgegessene Sandwich drohte wieder hochzukommen. Er überhörte beinahe den letzten Teil, der nur geflüstert war: »Ich möchte dir die Gelegenheit geben, alles zu erklären.«

Er löschte die Nachricht mit zitternden Fingern. *Ich möchte dir die Gelegenheit geben, alles zu erklären.* Als wäre das so einfach.

Er ließ sich auf den Stuhl fallen und warf einen hoffnungslosen Blick zum Computer. Wäre die erste Mail bloß nie angekommen. Er wünschte sich die Zeit zurück, als Sadie gerade wieder da war und die Arbeit gut lief und ausnahmsweise nichts drohte, ihren Frieden zu zerstören.

Als es klopfte, raste sein Herz noch schneller. Er fuhr sich mit den Händen durch die Haare, wollte die Sorge aus seinem Gesicht streichen. Sadie drehte den Türknauf und rüttelte daran, als die Tür nicht aufging. »Miles? Was machst du da drin?«

Er holte tief Luft und öffnete. »Tut mir leid, sie klemmt. Ich wollte schon länger danach sehen.«

Sie sah ihn an, und er spielte wieder mit dem Gedanken, sie zu schnappen, ein paar Sachen in eine Tasche zu stopfen und einfach loszufahren, ganz weit weg.

Doch das war unmöglich, sie konnten Amber nicht zurücklassen.

Er zog Sadie in die Arme, drückte sie an seine Brust.

Fest – zu fest; sie erstarrte. Er atmete den Geruch ihrer Haare ein, spürte das unruhige Pochen ihres Herzens.

Sie löste sich von ihm, sah ihn eindringlich an. »Was ist los?«

»Nichts.« Er fuhr sich mit der Hand durchs Gesicht, wünschte, er könnte sich hinter ihr verstecken. »Tut mir leid, ich bin müde.«

Sie ging ans Fenster. »Immer noch da«, murmelte sie. »Was macht er nur?«

»Was?« Miles schaute über ihre Schulter auf die Straße, spürte neuerliche Panik. »Da draußen ist niemand, Sadie.«

Sicher war er sich nicht. In diesem Moment war niemand da – aber hatte er nicht gerade noch aus den Augenwinkeln eine Gestalt gesehen? Schweiß kribbelte ihm im Nacken, bildete Perlen auf seiner Oberlippe. Und dann spürte er den vertrauten Zorn, konnte sich nicht bremsen. »Du solltest dir eine neue Ärztin suchen, Sadie. Du verlierst den Verstand, egal was die andere Psychologin gesagt hat.«

Sie wich zurück, als hätte er sie geohrfeigt, und das tat gut. Denn letztlich war alles ihre Schuld.

Amber saß auf der niedrigen Mauer, die an den Park grenzte, und wartete auf ihn. Sie hielt den Kopf gesenkt, wie immer das Handy in der Hand, die Sonne glühte hinter ihr, und der Himmel war geradezu unbarmherzig blau. Miles hielt am Bordstein und hupte. Sie sprang von der Mauer und lief auf ihn zu, und er erinnerte sich, wie sie mit fünf Jahren über den Spielplatz gehüpft war, dass ihre Zöpfe nur so flogen. Er dachte an das seltsam verstohlene Lächeln, das typisch für sie war, spürte einen Druck in der Brust und kämpfte mit den Tränen.

»Hey, Dad.« Amber ließ sich auf den Beifahrersitz fallen und knallte die Tür zu. Sie war noch nicht so groß wie Sadie, doch ihre Beine wirkten unglaublich lang, als hätte sich ihr ganzer Körper unvermittelt gestreckt.

»Hi, Kleines«, hörte er sich sagen und versuchte, den Druck in der Brust hinunterzuschlucken. »Ich hätte dich auch bei Billie abgeholt. Du brauchtest nicht hier zu warten.«

Sie zuckte mit den Schultern. »Die mussten weg.«

»Ach so, verstehe.«

»Übrigens«, sie sperrte den Bildschirm, »ist es okay, wenn ich mit ihnen in Urlaub fahre?«

Ein Wagen rollte langsam an ihnen vorbei, ein blasses Gesicht drehte sich zu ihnen. Wieder kribbelte die Angst in ihm, der Knoten in seiner Brust zog sich zusammen, erstickte ihn. Er hörte gar nicht richtig zu. »Kommt drauf an. Wann?«

»Morgen?« Sie lachte ein bisschen verlegen. »Sie fahren für ein paar Tage nach Schottland. Über die Ferien. Darf ich?«

»Ähm«, sagte Miles und versuchte, sich auf Ambers Worte zu konzentrieren. Sie gehörten zu einer Welt, die nicht mehr die seine war, einer Welt, in der es Ferien, Ausflüge und keine Geister gab. Doch Amber durfte es nicht merken. »Klar doch. Warum nicht? Klingt nach einer schönen Idee.«

»Ehrlich?« Sie klang überrascht, hatte offenbar nicht erwartet, dass er ohne weiteres zustimmen würde.

»Ja. Ich gebe dir Geld für Essen und Trinken.«

»Cool.« Aus unerfindlichen Gründen klang Amber enttäuscht, hatte sich vielleicht auf einen Streit mit ihm gefreut. »Danke, Dad.«

»Gern geschehen. Du hast dir die Ferien verdient, warst ja fleißig in diesem Halbjahr.«

Er hatte keine Ahnung, ob es stimmte. Er konnte sich nicht daran erinnern, dass sie ihm irgendetwas über die Schule erzählt oder er danach gefragt hätte. In diesem Augenblick wollte Miles nur eins: Amber so weit wie möglich wegschicken, weg von ihm, weg von Sadie. Damit sie in Sicherheit war.

2018

AM FOLGENDEN Morgen starten sie in einem gemieteten Van, den Federica irgendwie in den frühen Morgenstunden herbeigezaubert hat. Sie ist bequem gekleidet, in Leggings und ein übergroßes Sweatshirt, und empfängt das Team grinsend in der Tiefgarage. Amber ignoriert sie, hat die Kapuze über den Kopf gezogen und die Hände in den Taschen vergraben. Greta muss einen großen Teil ihrer Energie darauf verwenden, sich nicht zu übergeben. Tom lädt die Ausrüstung in den Kofferraum, die Kappe tief ins Gesicht gezogen. Als er aufblickt, würde Greta sich am liebsten umdrehen und weglaufen.

Sie schafft es, die Hand zu heben und ein »Morgen« zu murmeln, als sie sich dem Wagen nähert. Sie will nicht rot werden. Will sich nicht an den ersten Kuss in der Bar erinnern und wie sie ihren Hocker an seinen gerückt hat. Ihre Hände auf seinem Gesicht, seiner Brust, seinen Oberschenkeln. Wie sie sich im Aufzug geküsst haben, den Rücken an den kalten Spiegel gedrückt. Ihr Magen rebelliert wieder, als Tom grüßend die Hand hebt und sich dann abwendet.

Amber hakt sie unter. Es ist wie mit dreizehn, als die wichtigen Mädchen in der Mittagspause wie viktorianische Liebespaare selbstzufrieden über den Schulhof flanierten, während die anderen (darunter Greta) hinterherlaufen mussten. Ambers Arm ist dünn, aber kräftig, ihr Ellbogen drückt sich scharf in Gretas Seite. Sie legt die Hand um Gretas Unterarm, die Knöchel sind rissig und weiß, eine hauchdünne Narbe verläuft zwischen Mittel- und Zeigefinger. Aus der Nähe riecht Amber nach Rauch, Duschgel und Cola light.

»Guten Morgen, Mädels!« Federica tritt näher und streckt den Arm aus, als wollte sie ihn Amber um die Schultern legen, zögert aber und lächelt nur. Dann winkt sie die beiden zum Van. »Steigt ein, wir müssen los.«

»Kann's gar nicht erwarten«, murmelt Amber, zieht den Arm weg und bohrt wieder die Hände in die Taschen.

Im Van riecht es nach Rauch, die verschlissenen Sitze sind grau und tragen die Spuren eines Handstaubsaugers. Greta setzt sich nach hinten und wünscht sich, sie hätte wie Amber eine Sonnenbrille dabei. Sie haben eine Menge Platz, aber Amber setzt sich in die Mitte, dicht neben Greta. Sie zieht die Kapuze tiefer ins Gesicht und lümmelt auf ihrem Sitz, die Füße auf dem Getränkehalter. In ihren Turnschuhen hat sie neonfarbene Schnürsenkel mit Glitzer; die Ränder sind schmutzig und ausgefranst.

Luca klettert herein und schiebt seinen Sitz nach hinten, so dass sie eingepfercht sind.

»Zu früh«, stöhnt er und legt sich quer auf die mittlere Sitzbank.

»Lass dich von uns nicht stören«, sagt Tom und schiebt die Tür zu. Er klettert auf den Beifahrersitz. Greta versucht, nicht daran zu denken, wie sie durch den Hotelflur gestolpert sind, wie ihre Hände sich an seinem Gürtel zu schaffen gemacht haben.

»Und los geht's!« Federica dreht den Zündschlüssel. »Möchte jemand was Bestimmtes hören?«

»Keine Musik. Zu früh.« Luca streift die Schuhe ab und dreht sich auf den Rücken. Er schläft ein, noch bevor sie die North Circular Road verlassen haben. Amber dreht sich von Greta weg und wird still, schläft oder tut zumindest so. Greta lehnt den Kopf ans Fenster und sieht zu, wie der graue Himmel allmählich heller wird, als die Sonne durchsickert.

Während der monatelangen Recherchen hat Greta Hunderte Fotos des Hauses gesehen. Sie hat in dem winzigen Büro in der Wohnung gehockt, die Federica und Millie gemietet hatten, und verschwommene Zeitungsfotos, alte Online-Inserate und Beweisfotos vom Prozess betrachtet. Es ist anders als damals in Texas, als sie in der trockenen, erstickenden Hitze mit hämmerndem Herzen zum Haus der Millers gefahren ist. Dem Mörderhaus, wie die Einheimischen es nannten, mit dem umgegrabenen Garten und den Resten von Absperrband, die noch am Boden flatterten. Niemand wusste, was damit geschehen sollte; es war vergiftet. Ein Jahr nach Ende der Dreharbeiten hatte Greta gehört, dass das Haus abgerissen und das Grundstück zubetoniert worden sei. Ein Parkplatz für die öde Straße mit den verschlossenen Fenstern und leeren Veranden. Im Film *Meine Eltern sind Mörder* sieht man die Nachbarhäuser, die sich vom Miller-Haus abzuwenden scheinen, man sieht den Garten des Hauses mitsamt den Dingen, die in ihm geschehen sind, abgeschirmt von schief gepflanzten Bäumen und Dornengebüsch. Man sieht leere Räume, in denen noch einige nummerierte Karten liegen, wie man sie für Polizeifotos verwendet. Man hat die Dielen ersetzt, doch erst nachdem sie ihre Geheimnisse preisgegeben hatten.

Nein, es fühlt sich ganz anders an, nach Norden in das schottische Cottage zu fahren, in dem Amber Banner zur Mörderin wurde. Es ist einfach nur traurig.

Als Federica eine Stunde später an einer Tankstelle hält, um den dritten Kaffee des Tages zu trinken, kämpft sich Greta aus dem Wagen, braucht dringend frische Luft. Dann dreht sie sich um und erbricht sich ins kümmerliche Gras hinter den Zapfsäulen.

Aus dem Tagebuch von Leanna Evans
[Auszug E]

Wir fuhren pünktlich los und holten Amber um sechs Uhr morgens ab. Billie beklagte sich; sie war noch nie gerne früh aufgestanden, und ich war zu angespannt und aufgeregt, um ihr Gejammer zu ertragen. Es war der einzige Augenblick in unserem Leben, in dem wir uns beinahe gestritten hätten, und wir waren wohl beide froh, als wir vor eurem Haus anhielten. Du hast an der Tür gestanden, um uns zu winken, das Gesicht bleich und verkniffen über dem verschlissenen alten Morgenmantel. Fertig mit der Welt. Ein Bild des Jammers. Tut mir leid, wenn ich das so offen sage. Du sahst besiegt aus, allein, als würdest du dich am liebsten hinlegen und alles über dich ergehen lassen.

Ich hätte Amber einsteigen lassen und wegfahren können; darauf hattest du wohl gehofft. Es war früh am Morgen, da herrschte kein Bedarf an Smalltalk oder Nettigkeiten. Doch ich wusste, dass dies womöglich unsere letzte Begegnung war. Also stieg ich aus und ging die Einfahrt hoch, ohne dich aus den Augen zu lassen.

Komischerweise hast auch du mich nicht aus den Augen gelassen.

Ich habe gelächelt. Du hast gelächelt. Es kam mir vor, als müssten wir einander nichts mehr vormachen, als wäre das Ende erreicht. Aber du warst noch nicht bereit. Du hast gesagt: »Ich bin dir so dankbar, Leanna. Amber freut sich sehr auf den Urlaub.«

Und ich habe mitgespielt. »Keine Ursache. Wir freuen uns sehr, sie dabeizuhaben.«

Alles wahr. Alles gelogen.

Du hast versucht, mir Geld zu geben, das weiß ich noch. Ich fand es abstoßend; das hast du vielleicht gemerkt. Du hast es rasch zurückgenommen, die Geldscheine an die Brust gedrückt, bevor sie die Kluft zwischen uns überwunden hatten. »Nein, ehrlich«, hast du schwach und unsicher gesagt. »Für Essen und so. Benzin.«

»Das ist nicht nötig«, habe ich gesagt, und es klang kalt, das konnte ich an deinem Gesicht ablesen. Aber ich war gekränkt, Sadie. Dieses Gespräch war zu banal für uns, zu schäbig. Als ginge es bei uns um Geld.

»Nun, danke«, hast du gesagt und schienst es ehrlich zu meinen. Offenbar war es das, was du wolltest: dass man dich wieder zurückließ.

Ich bin zum Wagen gegangen, habe die Sonnenbrille vom Kopf genommen und über die Augen geschoben. Ich habe das Radio lauter gestellt, und dann sind wir losgefahren. Ich habe dich noch im Rückspiegel betrachtet. Du bist nicht mal stehen geblieben, bis wir weg waren. Die Tür ist hinter dir zugefallen, und die Vorhänge blieben geschlossen.

Und das war's.

Es war so leicht, dir die Tochter zu nehmen, Sadie.

Nach zehn Minuten schliefen beide Mädchen, die Köpfe einander zugewandt, die Decke über die Schultern gezogen. Es war wunderschön, Sadie. Ich wünschte, ich hätte ein Foto davon gemacht. Ich wünschte, ich könnte es dir zeigen.

Sie schliefen stundenlang, typisch Teenager, und ich beschloss, sie erst zu wecken, wenn wir die Grenze überquert hatten und kurz vor Glasgow waren. Die Stunden, in denen ich so fuhr, waren etwas Besonderes. Die Hügel erstreckten sich vor uns, und die beiden Mädchen mit ihren glatten Gesichtern schliefen und schliefen. Als wir die Grenze überquerten, spürte ich die Trennung beinahe körperlich. Ich ließ »Leanna« hinter mir. Ich wurde wieder – nun, nicht ich selbst, aber ich kam mir näher. Ich konnte die Monate und Jahre abstreifen. Ich konnte wieder etwas aufbauen. Es war ein Anfang.

Ich hätte stundenlang so weiterfahren können, aber es wäre falsch gewesen, sie länger schlafen zu lassen. Ich wusste, sie gehörten ebenso dazu wie ich; ich wusste, dass sie es sehen mussten. Also weckte ich sie. Ich war sanft; ich drehte das Radio leiser und rief sie beim Namen. Ihre Namen fühlten sich wie Seide in meinem Mund an, vier Silben, zwei Paare; wie Schwingen. Billie. Amber. Schmetterlingsmädchen.

Sie rührten sich. Es ist immer ein besonderer Moment, einem Kind beim Aufwachen zuzusehen. Das entspannte Gesicht verändert sich, sobald das Bewusstsein zurückkehrt, die Gesichtszüge verfestigen sich, die Augen öffnen sich ganz langsam. Daran kann ich mich nicht sattsehen.

Du hast es natürlich nie gesehen, oder? Hast nie ein Kind im Arm gehalten und ihm beim Aufwachen zugesehen. Das tut mir leid für dich, Sadie. Ich bin mir nicht sicher, ob du damals gewusst hast, was du aufgibst.

»Sind wir bald da?«, fragte Billie, die Augen noch geschlossen, und Amber, die sich aufrecht hingesetzt hatte, lachte gähnend. Ich sagte, es würde noch etwa eine Stunde dauern und dass wir vorher essen würden.

Amber sah mich im Rückspiegel an, während sie sich reckte und noch einmal gähnte. Ich bemerkte ein verstohlenes Lächeln, das Grübchen in ihre Wangen zauberte. Es kam mir vor, als steckten wir unter einer Decke, falls das nicht zu phantasievoll klingt. Es war, als hätte sie darauf gewartet; als hätte sie gewusst, dass es richtig war. Dass es so kommen musste.

Im Raststättencafé Little Chef bestellte Amber ein großes Frühstück, während Billie wie immer Pfannkuchen nahm. Ich entschied mich für schwarzen Kaffee und rührte meinen Obstsalat in der angeschlagenen Schale herum. Ich war zu aufgeregt, um zu essen. Ich war wie ein Kind, dessen Bauch Purzelbäume schlägt, das sich nicht konzentrieren kann. Ich bemühte mich, es zu verbergen.

»Du wirst das Cottage lieben, Am«, sagte Billie, spießte drei Pfannkuchenstücke auf die Gabel und schob sie durch eine Lache Ahornsirup. »Es ist so süß.«

Dies schien der geeignete Moment zu sein, um meine Neuigkeit zu überbringen: dass das Cottage, das wir gewöhnlich mieteten, nicht verfügbar gewesen war, ich aber ein noch besseres gefunden hatte. Es schien den Mädchen nichts auszumachen. Mir war geradezu schwindlig, ich war hysterisch, fühlte mich frei. Ich schaute auf die sanften grünen Hügel neben der Straße und konnte endlich, endlich durchatmen.

Zwei Stunden später erreichten wir das Haus. Die letzten dreißig Minuten hatten wir auf einer von Schlaglöchern übersäten Straße verbracht, die um den prachtvoll glitzernden Loch Earn führte. Beide Mädchen waren verstummt angesichts der Schönheit – möglicherweise waren sie auch müde und genervt, weil sie so lange im Wagen hocken mussten, aber ich glaube, es war die überwältigende Schönheit des Sees. Man muss ihn gesehen haben, um es zu glauben, Sadie. Es machte mich glücklich, mir vorzustellen, wie du an seinem Ufer stehst, über die endlosen silbernen Wellen schaust und überlegst. Suchst. Nach uns Ausschau hältst, so wie ich nach dir Ausschau gehalten habe.

Das Haus steht verborgen am Ende einer steilen Auffahrt, geschützt durch Bäume und wucherndes Geißblatt, und ich musste Schritttempo fahren. Ich fürchtete schon, ich hätte mich verfahren, bog dann aber um eine Kurve, und da war es: klein, weiß gestrichen, perfekt. Ich atmete erleichtert aus und begegnete wieder Ambers Blick im Rückspiegel. Sie wirkte nicht so beeindruckt wie ich, aber das machte nichts. Letztlich würde sie es verstehen.

Wir stiegen mit steifen Beinen aus und sahen uns um. Das Gelände um das Haus fiel steil ab und war mit Ginster und Büschen überwuchert. Dahinter lag der weite, aufgewühlte Loch mit seinen hügeligen Ufern.

Billie ging auf die kleine, uralt aussehende Terrasse neben dem Haus und stieg aufs Geländer, um über die Landschaft zu schauen. Amber kletterte neben sie. Du kannst dir meine Panik vorstellen. Ich rief »Passt auf!«, während mein Herz raste, als ich das zerbrochene Geländer und das Meer aus Ginster darunter bemerkte. Die Mädchen verdrehten die Augen, und ich erkannte, dass ich meine Angst beherrschen, das Bedürfnis, sie zu beschützen, unterdrücken musste. Ich drehte mich um und suchte nach dem Schlüssel. Der Besitzer hatte gesagt, er läge unter einem Blumentopf vor dem Haus. Als ich ihn gefunden hatte, waren die Mädchen schon heruntergeklettert. Ich konnte aufatmen.

Ich schloss die Tür auf. Sie schwang geschmeidig nach innen, die Luft war kalt und sauber, es roch nach trockenem Feuerholz und sauberen Laken. Drinnen mussten sich unsere Augen an die Dunkelheit gewöhnen. Niedrige Decken, staubige Teppiche, eine Schiefertreppe führte nach oben. Durchs Wohnzimmerfenster bot sich ein perfekter Blick auf den Loch, der mit winzigen weißen Booten getupft war. Die Küche war sauber und gut ausgestattet. Im Kühlschrank fand ich sogar eine Flasche Chardonnay und dachte mir: Wieso nicht? Also nahm ich die Flasche und goss mir Wein in das billige Glas, das ich im Schrank gefunden hatte. Die Mädchen hüpften eine Etage über mir herum, lachten, ließen geräuschvoll ihre Taschen fallen und plumpsten quiekend in die Betten. Herrliche Geräusche; ganz normale Familiengeräusche. Mein Körper begann zu singen.

Ich ging mit dem Weinglas ins Wohnzimmer und schaute aufs Wasser. Der Loch war so unermesslich. Das war mir nicht bewusst gewesen. So dunkel und tief, fast so tief wie breit, heißt es. Das erschien mir unfassbar.

Sadie, es war einfach perfekt.

Ich machte Shepherd's Pie mit dem Hackfleisch und den mehligen Kartoffeln, die man für uns bereitgelegt hatte. Es waren auch noch ein paar Flaschen Rotwein da. Als ich das Essen servierte, hatte ich den Weißwein ausgetrunken und war bereit für mehr. Das mag dir normal erscheinen, für mich aber war es ungewöhnlich. Ich wurde allmählich zu aufgeregt, und man soll den Tag bekanntlich nicht vor dem Abend loben. Es war gefährlich, und dennoch war ich entspannter als in den ganzen letzten Jahren. Zur Feier des Tages schenkte ich auch den Mädchen ein Glas Wein ein.

»Mach doch mal Musik an, Amber«, schlug ich vor, und sie schloss ihr Handy an die Stereoanlage an. Zu meiner Überraschung wählte sie keine aktuelle Popmusik, sondern Frankie Valli and the Four Seasons.

Ich setzte mich an den Kopf des Tisches und bat Billie, das Essen zu servieren, während ich einen Schluckauf unterdrückte. Ich war betrunken, zu betrunken. Aber es bestand kein Risiko. Zum ersten Mal seit langem fühlte ich mich sicher.

Billie stand auf und schnitt vorsichtig in den Shepherd's Pie, wirkte plötzlich unsicher, weil wir sie beobachteten. Die Symptome waren leicht zu erkennen. Rote Flecken auf den Wangen, ihre Stimme beginnt zu wackeln und bricht. Das mag ich besonders gern an ihr. Eine gewisse Reinheit, keine Spur von Verstellung. Sie nahm den Löffel und versuchte, das erste ungleichmäßige Stück aus der Form zu heben.

»Hier rein«, sagte Amber und schob einen Teller hin, um die Portion aufzufangen. »Vielen Dank, Leanna. Das sieht toll aus.«

Ich lächelte einfach nur; mir fehlten die Worte. Die mühelose Vertrautheit, die Gemütlichkeit, die Schönheit der Umgebung überwältigten mich. Und ich spürte wieder, dass dies ein Ende war und auch ein Anfang. Sie gehörte hierher, so wie wir alle.

Die Mädchen aßen, ich trank einen Schluck Wein. Mir war der Appetit vergangen, doch ich war zufrieden. Ich bewegte die Gabel durchs Essen, führte dann und wann ein Stückchen an den Mund, ließ ihr ungezwungenes, belangloses Gespräch über Musik und Klatsch über mich hinwegspülen wie das Wasser des Sees.

Dann beging ich einen Fehler. Ich weiß, das mag dich überraschen, Sadie. Ich hatte mich zu sehr entspannt, die Kluft zwischen den Dingen, die ich denke, und den Dingen, die ich sage, verringert, bis sie so klein war, dass mir die Worte ungeprüft entglitten.

Ich nannte sie Anna. Ich hatte nicht aufgepasst, hatte an dich und jene längst vergangene Zeit gedacht. Da bemerkte ich, dass die Mädchen mich etwas gefragt hatten. Sie schauten mich erwartungsvoll an, und ehe ich mich versah, war es heraus: »Tut mir leid, Anna – wie war das?«

Amber sah mich seltsam an, obwohl sie zu höflich war, um nachzufragen. Billie hingegen quiekte: »Mum! Wer ist Anna? Sie heißt Amber!«

Ich tat es lachend ab und sagte, die lange Fahrt hätte mich ermüdet. Amber war ruhig und verständnisvoll. Der Anblick einer betrunkenen Mutter ist wohl nichts Neues für sie. Aber Billie beobachtete mich danach. Wirkte nervös. Amber versuchte, sie wieder ins Gespräch einzubinden, doch die Atmosphäre hatte sich verändert. Ich wünschte mir das zwanglose Geplauder zurück, sprach von den Dingen, die wir unternehmen könnten, den Spaziergängen, die sich anboten. Du denkst, so etwas würde sie nicht interessieren, aber das stimmt nicht. Die beiden wirkten hier jünger. Sie waren glücklich, in einem kleinen Haus in der freien Natur zu sein, und freuten sich auf das Abenteuer. Ich entspannte mich wieder.

Das Lied war zu Ende, und Amber stand auf, um etwas anderes auszuwählen. Ich beobachtete Billie, wollte sie beruhigen. Mein Ausrutscher hatte sie verunsichert.

Amber sagte: »Ups!«, und ich sah, wie meine Handtasche umkippte und der Inhalt auf dem Boden landete. Ich hatte sie wohl in meiner Aufregung auf der Arbeitsplatte stehenlassen. Mein Verstand war langsam und vom Wein benebelt. Amber bückte sich, um alles aufzusammeln. Ich blieb sitzen und lächelte über die Musik, die sie ausgewählt hatte: Madness. Sicher nicht gerade das, was du und Miles zu Hause hört. Bisschen zu hart an der Schmerzgrenze. Ich dachte an dich, voller Mitleid, das sich warm mit dem Wein in meinem Bauch mischte.

Dann traf es mich wie ein Schlag.

Ich sprang vom Stuhl, stolperte zu Amber und schob sie beiseite. Ich glaube, ich habe noch »Lass das« gerufen, sicher weiß ich es nicht. Dann griff ich wahllos nach den Dingen, die aus der Tasche gefallen waren, und stopfte sie wieder hinein. Billie sagte »Mum!« und starrte mich mit offenem Mund an. Ich schaute zu Amber, die Tasche an die Brust gedrückt. Sie wirkte nicht ängstlich, nur interessiert.

Sie ist nicht leicht zu erschrecken, was?

Ich entschuldigte mich und sagte etwas von einer Überraschung, die dort drin sei. Billie war sofort beschwichtigt und wandte sich wieder ihrem Essen zu. Amber setzte sich an den Tisch, behielt mich aber im Auge. Sie zeigte noch immer keine Angst. Sie sieht mich, Sadie. Sie sieht mich, und sie ist hier, und alles wird geschehen, wie es soll.

2016

BILLIE LAG seit Stunden schnarchend auf dem Rücken. Das Haus knackte und knarrte nicht mehr, alle Geräusche waren verstummt. Amber war hellwach und froh, dass Billie schnarchte, denn die Stille war unheimlich. Allumfassend, schwer, unerträglich. Die Stille erinnerte sie daran, wie weit die nächste Stadt, das nächste Haus entfernt waren.

Sadie hatte früher an einem solchen Ort gelebt – sie hatte Amber eines Abends davon erzählt, als sie betrunken war und ihre Tochter bitten musste, sie wieder ins WLAN-Netzwerk einzuloggen. »Ich bin so was nicht gewohnt«, hatte sie gesagt. »Ich bin es gewohnt, an einem Ort zu leben, wo nur dreimal am Tag ein Bus fährt.«

Amber war ein bisschen gekränkt gewesen, denn für sie hatte es sich angehört, als wollte Sadie beweisen, wie unabhängig sie war, dass sie weder menschliche Gesellschaft noch technisches Spielzeug brauchte, um zu überleben. Sie hatte sich gesagt, dass sie in einer solchen Situation ebenso gut klarkäme wie Sadie, sogar noch besser – doch nun, da sie hier war, fürchtete sie sich vor der Dunkelheit und der Stille.

Amber war nicht die Tochter ihrer Mutter.

Sie holte ihr nutzloses Handy unter dem Kopfkissen hervor. Noch immer kein Empfang. Es machte sie nervös und ängstlich, und sie schaute noch einmal nach, ob nicht wie durch Zauberei doch noch ein offenes WLAN-Netzwerk auf der Liste aufgetaucht war. Aber sie sah nur das eine, das schon beim letzten Mal angezeigt worden war: Ardvorlich01, passwortgeschützt. Sie erinnerte sich an ein geschnitztes Schild – Ardvorlich House –, das zwei bis drei Kilometer entfernt am Wegrand gestanden hatte. Eine unheimlich aussehende Auffahrt wand sich zwischen Bäumen hindurch. Morgen würde sie dort hinaufwandern und versuchen, ein Signal zu erwischen. Miles war bestimmt sauer, weil sie sich nicht gemeldet hatte. Amber hatte ein schlechtes Gewissen, da sie nur an Leo gedacht hatte, der vielleicht versuchen würde, sie zu erreichen.

Leo. Sie spürte die vertraute Welle kalter Furcht. Das Diktiergerät mit den ruhigen Beobachtungen: *Miles von unbekannter Frau vor Bibliothek angesprochen.* So als wäre er David Attenborough, der eine langweilige, vom Aussterben bedrohte Vogelart beobachtet. Und Amber hatte nichts unternommen. Was machte Leo ohne sie? Beobachtete er wieder ihren Vater – vielleicht gerade jetzt? Der Gedanke, er könnte vor dem Haus stehen und zu den dunklen Fenstern hinaufsehen, ließ sie erschauern. Sie wusste instinktiv, dass sie einen Fehler gemacht hatte; sie spürte, wie das unterschwellige Wissen in ihr umherwirbelte und Druck ausübte. Etwas war faul, und Amber hatte nichts dagegen unternommen.

Wegen Leanna machte sie sich auch Gedanken. Sie verhielt sich anders als sonst. Natürlich war sie nett – sie wirkte sogar viel netter und entspannter als üblich. Amber hatte nie gesehen, dass sie Alkohol trank, geschweige denn fast zwei Flaschen Wein wie vorhin beim Abendessen. Aber es war irgendwie beunruhigend, dass sie ständig lächelte und sie anstarrte. Leanna betrachtete Amber und Billie auf eine unkoordinierte, emotionale Weise, die Amber nicht verstand. Sie dachte an den Moment, in dem Leanna sie »Anna« genannt hatte. Keine große Sache, es klang so ähnlich wie »Amber«, doch Billie hatte vollkommen überzogen reagiert. Etwas hatte Ambers Blut gefrieren lassen; was es war, wusste sie selbst nicht. Wie Leanna durchs Zimmer geschossen war, um die Handtasche aufzuheben; wie ihre glückliche, beschwipste Miene in sich zusammengefallen war. Amber wusste, was sie in ihrem Gesicht gelesen hatte: Panik.

Sie wusste, wie es aussah, wenn ein Mensch etwas zu verbergen hatte.

Je länger sie darüber nachdachte, desto misstrauischer wurde sie. Es war von Anfang an seltsam gewesen: Billie war plötzlich in der Schule aufgetaucht und hatte Amber zu ihrer besten Freundin erkoren, der sie wie ein Hündchen folgte. Leanna war ebenso scharf darauf gewesen, sich mit Ambers verrückter Mutter anzufreunden, obwohl jeder, der mehr als fünf Minuten mit Sadie verbrachte, erkannte, dass sie nicht die Frau war, mit der man sich zum Mittagessen traf, Cocktails trank oder Rezepte tauschte.

Amber hatte tatsächlich etwas gesehen, als die Sachen aus der Handtasche gefallen waren. Sie hatte genau hingeschaut, weil sie keine Überraschungen mochte. Sie hatte sich immer darauf verstanden, Dinge zu entdecken, die jemand vor ihr verbergen wollte. Sie hatte ein ausgezeichnetes Gedächtnis und konnte darin zurückblättern wie in einem Feed auf Instagram; sie wusste genau, wann und wo sie etwas heranzoomen musste. Ja, sie hatte den dicken Umschlag bemerkt, der zusammen mit der schicken Geldbörse und dem makellosen Adressbuch, den Schlüsseln und den säuberlich ausgeschnittenen Gutscheinen aus der Lokalzeitung, der Reservierung für das Cottage und irgendeiner Quittung herausgefallen war. Sie hatte ihn bemerkt und registriert, wie fest Leanna das Papier umklammert hatte, bevor sie den Umschlag wieder in die Handtasche schob.

Vor allem aber hatte sie die erste Zeile der Adresse gesehen: *An Sadie Banner*. Sie fragte sich unwillkürlich, weshalb Leanna einen Brief an ihre Mutter mit sich herumtrug, wo sie Sadie doch am Morgen noch gesehen hatte.

Sie stand vorsichtig auf, doch das Bett quietschte verräterisch. Billie murmelte im Schlaf vor sich hin, und Amber erstarrte. Sie spürte einen kalten Luftzug an den Knöcheln. Als Billie sich wieder beruhigt hatte, schlich sie vorsichtig durchs Zimmer, während sich ihre Augen an die Dunkelheit gewöhnten.

Sie sagte sich, dass diese Aktion dumm war. Dass sie sich wieder ins Bett legen und versuchen sollte, ihren Kopf zum Einschlafen zu bewegen. Doch etwas trieb sie weiter, etwas Animalisches, das durch ihre Brust zuckte. Dieser Brief. Er war dick; und in der Mitte war etwas Festes gewesen. Wer schrieb denn heutzutage noch Briefe? Und was würde man in einen Brief an jemanden tun, den man kaum kannte und mit dem man sich einmal in der Woche zu einem langweiligen Essen traf?

Der fensterlose Treppenabsatz war stockdunkel, nicht einmal das schwache Mondlicht, das die Umrisse der Schlafzimmermöbel erhellt hatte, drang herein. Als Amber aus der Tür trat, kam es ihr vor, als stürze sie ins Bodenlose. Sie stand eine Sekunde da und horchte auf ihren Atem. Wagte nicht, das Handy als Taschenlampe zu benutzen.

Warum nicht? Sie dachte wieder an Sadie, an die Dinge, die sie in den Schatten sah. An den Fluch, den sie in sich trug und an Amber weitergegeben hatte. Lauerte in der Ecke, in der die Dunkelheit am tiefsten war, das Profil eines Mannes? Kauerte etwas Kleines dort neben der Treppe? Etwas Kleines, das sich hin und her wiegte und nach ihr greifen wollte?

Nein, sagte sie sich. Du bist nicht die Tochter deiner Mutter. Das streunende Tier in ihr trieb sie weiter. Den Flur entlang. Die Dielen unter ihr schwiegen, und sie kam sich gewichtslos vor, wie in einem Traum.

Leannas Tür war angelehnt, das Licht einer Lampe drang heraus und vertrieb die Dunkelheit. Amber zögerte, die Angst war wie ein scharfer Dolch in ihrer Brust. Es war ein Instinkt, aber sie hatte gelernt, ihren Instinkten zu gehorchen. Sie zögerte. Spürte sie das kühle Flattern eines Atems im Nacken?

Nur ein Luftzug – die Kälte kroch aus allen Ecken auf sie zu. Amber ging weiter, so langsam, dass das Licht sich vor ihr auszudehnen schien. Ihre Hand tastete nach dem Türgriff.

Nun, da ihr Herz langsamer schlug, konnte sie es hören: das feuchte, sägende Geräusch, das sich stetig hob und senkte. Wie die Tochter, so die Mutter: Leanna schnarchte. Ambers Selbstvertrauen wuchs. Sie stieß die Tür langsam auf. Der grüne Schirm der Nachttischlampe tauchte Bett und Vorhänge in ein kränkliches Licht. Leanna lag vollständig bekleidet auf dem Rücken. Ihr Oberteil war hochgerutscht und entblößte ein Stück nackte Haut, die runzlig und rot vom Bund ihrer Jeans war. Sie hatte nackte Füße, die Zehennägel waren in Perlmuttrosa lackiert. Amber stand auf der Schwelle und betrachtete sie. Dann wanderten ihre Augen die Tagesdecke hinunter zu Leannas Hand, die mit der Handfläche nach oben lag, die Finger leicht gekrümmt: eine Spinne auf dem Rücken. Daneben der Umschlag von vorhin, die Lasche geöffnet, und ein Stift.

Zehn Schritte, vielleicht auch nur sieben. Sie schaute auf die Dielenbretter und fragte sich, ob sie ihnen trauen konnte. Sah wieder zu Leannas schlaffem Gesicht. Sie schnarchte noch immer. Amber hatte Sadie im vergangenen halben Jahr mehr als einmal so gesehen, und auch ihr selbst war diese Schlafposition nicht fremd. Leanna würde vermutlich bis morgen früh so liegen bleiben.

Amber machte einen Schritt ins Zimmer und dann noch einen. Plötzlich gab es nichts Wichtigeres, als diesen Brief an sich zu nehmen, das dicke Papier des Umschlags in den Händen zu spüren und seinen Inhalt auszubreiten, ihn zu lesen und zu verstehen. Sie stand neben dem Bett, so nah, dass sie die zarten blauen Adern an Leannas Hals erkennen konnte, die bröckelnde Wimperntusche unter ihren Augen. Die Luft roch fermentiert und essigsauer, überlagert von Schimmel und altem Holz. Etwas hatte sich verändert, und sie brauchte einen Moment, bis sie merkte, dass es plötzlich still war.

Kein Schnarchen mehr.

Ihre Augen zuckten zu Leanna. War sie aufgewacht?

Doch Leanna hatte die Augen geschlossen, ihr Mund war

entspannt. Eine lange Sekunde der Stille, der absoluten Reglosigkeit – dann schnaubte sie im Schlaf, sog gierig den vergessenen Atemzug ein, und das Schnarchen begann von neuem.

Amber hielt den Brief in der Hand. Es kam ihr plötzlich albern vor, ein bisschen enttäuschend. Was erwartete sie denn, darin zu finden? Sie machte sich Sorgen, dass es ein Liebesbrief mit einem Geschenk sein könnte, etwas Privates. Vielleicht hatte Sadie ein Geheimnis, das ausnahmsweise nicht Amber betraf. Jetzt war es zu spät. Sie hielt den Brief in der Hand, spürte die dicke, flache Form im Umschlag. Sie wollte es wissen. *Sie musste* es wissen.

Amber wagte nicht zu atmen, bis sie wieder draußen stand und zur Treppe schlich. Eigentlich wollte sie nach unten gehen, weit weg von Leanna und Billie, ließ sich dann aber auf die erste Stufe sinken.

Sie lehnte sich ans Treppengeländer und zog den Gegenstand aus dem Umschlag, tastete nach ihrem Handy und schaltete das Licht ein. Es war ein Notizbuch, ein bisschen verknickt, mit einem Umschlag aus weichem Leder, darauf in Goldbuchstaben die Jahreszahl *2016*. Ein Tagebuch. Sie schlug es auf und begann zu lesen.

Ihr Mund wurde trocken vor Angst.

Die Seiten waren dicht mit einer säuberlichen Handschrift bedeckt, die gelegentlich wild umherschlingerte. Stellenweise hatte Leanna den Stift so fest aufgedrückt, dass die Buchstaben ganz dunkel waren und sich ins Papier gebohrt hatten. Zuerst war Amber verwirrt. Ein Tagebuch, das an ihre Mutter gerichtet war. Ein Tagebuch, in dem Leanna alltägliche Begegnungen schilderte, wie sich ihre Leben überschnitten hatten. Wer würde sich die Mühe machen, so etwas aufzuschreiben? Banale Ereignisse festzuhalten, als wären sie etwas Besonderes?

Dann war es, als schöbe sich eine Wolke vor die Sonne, und die Dunkelheit der Worte drang zu ihr durch. Der Hass, der in die Seiten geflossen war, der in den verdrehten Wörtern steckte, die nach ihr zu schnappen schienen. Als sie zu dem Eintrag über den vergangenen Abend kam, zitterte sie am ganzen Körper. Die letzten Worte – *Sie sieht mich* – trafen sie wie Pfeile. Amber blätterte weiter, doch Leannas Einträge endeten hier.

Nun übernahmen andere Stimmen die Kontrolle.

1990

»DER GROSSE Mann hat letzte Nacht wieder mit mir gesprochen«, sagte Justine.

Sie saßen an der üblichen Stelle am Fluss. Niemand sonst war in der Nähe, der Wind biss in ihre Gesichter, die tiefstehende Sonne war am weißen Himmel beinahe unsichtbar. Sadie spielte an dem metallenen Ohrclip herum, den sie auf dem Markt gekauft hatte und der schon zu kneifen begann.

»Er sagt, es ist nicht genug«, erklärte Justine, stand von der Bank auf und hüpfte die Stufen zum Wasser hinunter. Sie setzte sich auf das niedrige Mäuerchen und drehte sich zu ihnen um, die Hände unter den Oberschenkeln. »Er sagt, er müsse eine von uns holen.«

Sadie durchzuckte die Angst. Wollte er sie holen? Vielleicht war Justine als Einzige etwas Besonderes. Sie ballte die Finger zur Faust und fuhr die Ränder der Narbe nach, die sie wie ein Geheimnis in der Hand barg.

»Was sollen wir denn machen?«, fragte Marie mit tonloser Stimme. Sie warf Helen einen Seitenblick zu. Sadie hatte bemerkt, dass Marie nicht mehr so begeistert war wie früher.

»Wir müssen uns bewähren.« Justine stand auf. »Wir müssen ihm geben, was er haben will. Kommt alle mit.«

Sie trotteten in Richtung Wald. Der Boden war schwammig unter ihren Füßen. Die Luft roch nach Eisen. Sadie dachte an die Briefe, die sie dem Großen Mann geschrieben und danach hier verbrannt hatten, wobei sich ihre Worte silbrig färbten und davongeweht wurden. Es war nicht genug. Sie dachte an die Katze, die sich zwischen Justines Beinen hindurchgewunden hatte, an das Geräusch, das sie gemacht hatte, als Justine sie am Kopf ergriff.

Finger strichen über ihren Nacken, verschwanden wieder. Er war bei ihnen. Er war bei ihr, wie so oft, wenn Zweifel oder Angst sie überkamen, und bei dem Gedanken wurde ihr warm. Sie sehnte sich danach, die Lichtung zu verlassen, sich von den Schatten umarmen zu lassen, seine Hand in ihrer zu spüren. Seine Stimme in ihrem Ohr, die ihr sagte, sie sei etwas Besonderes.

Oder er war nur wegen Justine gekommen, wollte nur sie besonders machen. Vielleicht würde Sadie allein zurückbleiben – ein Schicksal, das schlimmer war, als von ihm geholt zu werden. Sie sah zu den Bäumen hinüber und glaubte, dort eine Gestalt zu erkennen.

»Der Große Mann hat vor langer Zeit seine Tochter getötet«, sagte Justine. Diesen Teil der Geschichte erzählte sie am liebsten. »Obwohl sie noch klein war, wusste er, dass sie böse und ungehorsam war.«

»Ich will das nicht tun«, sagte Marie plötzlich und verschränkte die Arme.

»Das müssen wir aber!« Helen schaute panisch von Justine zu Sadie und wieder zurück. »Sagt ihr das!«

Justine trat vor Marie und betrachtete sie. »Er hat mir gesagt, dass du schwach bist«, flüsterte sie. »Er wird dich holen, weißt du. Nachts im Schlaf, wenn du allein bist –« Sie schnippte mit den Fingern vor Maries Nase, und Sadie zuckte zusammen. In ihr verkrampfte sich alles. »Puff. Weg.«

Ein Vogel stieg kreischend von einem Baum auf, seine Schwingen teilten die Luft. Helen schrie auf und umklammerte Maries Hand.

»Marie, er holt nur die Ungehorsamen. Wir müssen es jetzt tun. Wir müssen besonders sein.«

»Müssen wir nicht.« Marie verschränkte die Arme, riss sich von Helen los. »Wir gehen nach Hause.«

»An deiner Stelle würde ich hierbleiben, Hel«, sagte Justine und behielt Marie im Auge. »Deine Schwester macht ihn sehr wütend. Dafür wird er sie bestrafen.«

»Halt die Klappe, Justine«, sagte Marie, doch sie hatte Tränen in den Augen, und ihre Stimme bebte. »Das wird er nicht.«

Justine lächelte, schaute an Marie vorbei zwischen die Bäume und trat ganz nah vor ihre Freundin hin. »Wetten?«, flüsterte sie, und ihre Augen zuckten wieder zu den Bäumen.

Marie schoss herum, und eine Sekunde lang meinte Sadie, jemanden zu sehen, eine Gestalt am Rande der Schatten.

»Fürchtest du dich jetzt?«, flüsterte Justine Marie ins Ohr und versetzte ihr einen so harten Stoß, dass Marie am Rand der Lichtung hinfiel.

»Hey –« Helen machte einen Schritt nach vorn, doch Sadie hielt sie zurück, schaute zu den Schatten, die Marie nicht zu bemerken schien. Sie rappelte sich auf und betrachtete ihr aufgeschürftes, blutendes Knie. Eine Träne rollte ihr über die Wange. Sadie war enttäuscht. Marie war nichts Besonderes. Marie war schwach.

»Na los, Marie«, sagte Justine, die immer noch lächelte. »Und schließ heute Nacht die Zimmertür ab, falls du glaubst, dass dich das retten kann.«

Marie widersprach nicht, sondern drehte sich um und rannte los, dass das welke Laub aufstob.

Justine wandte sich achselzuckend zu den anderen. »Wir können nicht alle besonders sein«, sagte sie und holte das Messer aus der Tasche. »Wir müssen ihm geben, was er haben will«, sagt Sadie. »Ich kenne auch die richtige Stelle.«

»Wird der Große Mann Marie holen?«, fragte Helen unter Tränen.

Justine zuckte mit den Schultern. »Sie ist jetzt nicht mehr wichtig.« Sie warf einen Blick zu den anderen und verweilte bei Sadie. »Der Große Mann holt Töchter«, sagte sie, und Sadie spürte, wie ihre eigenen Lippen dieselben Worte formten. »Aber manchmal braucht er Hilfe.«

Als sie durch den Wald gingen und dabei wild die Blätter mit den Füßen aufwirbelten, klang das Gelächter eines Kindes zu ihnen herüber.

2016

DIE NÄCHSTE Seite war mit Sätzen und Abschnitten aus vergilbtem Zeitungspapier beklebt. Sie überlappten einander, dichtgedrängt auf der Seite, die Wirkung im grellweißen Licht der Handykamera war schwindelerregend.

... hinterlässt die Eltern Debbie und David Weatherall und die ältere Schwester Lucy ...

... Lucy Weatherall, die Schwester des ermordeten Kleinkindes ...

... zusammen mit Lucy, der Schwester im Teenageralter ...

... Stacey Frederick, die Jüngste, hielt die Hand des Kindes ...

... schlicht und einfach Kindermörderinnen ...

Amber verstand nicht, was sie da las, und bekam Angst. Mit zitternden Fingern blätterte sie um. Ein einzelner Artikel, fein säuberlich ausgeschnitten und ins Buch geklebt.

Mörderinnen von Anna Lou freigelassen

Die Staatsanwaltschaft gab heute bekannt, dass die sogenannten Hexen von Westborough neue Identitäten erhalten. Die drei Mädchen wurden vor fünf Jahren des Mordes an einem Kleinkind für schuldig befunden.

Die zweijährige Anna Louise Weatherall wurde 1990 in einem Waldstück in der Nähe ihres Elternhauses in Westborough tot aufgefunden. Zuvor war sie von einem Spielplatz verschwunden. Ihre Leiche wies siebenundzwanzig Messerstiche auf, der Schädel war zertrümmert. Überwachungskameras führten die Polizei auf die Spur dreier einheimischer Mädchen zwischen zehn und dreizehn Jahren.

Bei einer Durchsuchung der Elternhäuser wurde eine blutbefleckte Socke gefunden, die dem Kind gehört hatte, dazu eine Haarspange mit einem Gänseblümchen. Die Mädchen erzählten der Polizei, sie hätten nur mit dem Kleinkind »gespielt«, doch eine ungenannte Schulfreundin sagte vor Gericht aus, die Gruppe sei von einer Großstadtlegende »besessen gewesen«, bei der einer satanischen Gestalt Opfer dargebracht werden. Den Geschworenen wurde fotografisches Beweismaterial eines »Rituals« vorgelegt, das die Mädchen an einer Katze vollzogen hatten, deren Kadaver auf dem Schulgelände gefunden wurde.

Das älteste Mädchen, Justine Jones, wurde von einer Polizeipsychologin vor Gericht als »sehr zorniges Mädchen« mit einem »hohen IQ und starker Manipulationsgabe« beschrieben, die Jüngste, Stacey, hingegen als »eine Träumerin, einerseits formbar und leicht beeinflussbar, andererseits aber auch eine überzeugungskräftige Persönlichkeit«.

Die *Sun* kann exklusiv berichten, dass alle Mädchen ihren Eltern übergeben wurden und zum eigenen Schutz neue Identitäten erhalten haben.

Unterdessen trafen Debbie und David Weatherall mit ihrer überlebenden Tochter Lucy in Manchester ein, um eine Presseerklärung abzugeben. Sie sagten, es sei »entsetzlich, dass die Mörder unserer Kleinen ein neues Leben beginnen können, während sie selbst nie diese Gelegenheit erhalten wird«.

Neben dem Absatz war ein Foto zu sehen. Amber schaute genau hin, berührte mit dem Handy beinahe die Seite. Ein Mann und eine Frau, verhärmt und schwarz gekleidet, neben ihnen ein mürrischer blonder Teenager mit einem seltsamen Topfschnitt.

Sie sah anders aus – definitiv eine Nasen-OP, vermutlich auch Silikoneinlagen, die das Gesicht eleganter aussehen ließen. Doch Amber erkannte sie, weil sie in ihren Augen genau das las, was sie verängstigt und abgestoßen hatte und was sie nun verstand. Den rohen Verlust, den ungeheuren Hunger.

Leanna. Leanna war Lucy Weatherall, die Schwester der armen ermordeten Anna Louise.

Ambers Hände waren feucht vom Schweiß, als sie weiterblätterte. Und da war es. Ein säuberliches Triptychon, die Bilder sorgfältig ausgeschnitten und verblichen. Links das Foto eines Kleinkindes mit runden Wangen, dessen feine Haare mit einer Plastikspange zurückgehalten wurden, auf der ein Gänseblümchen prangte. Dicke Händchen, die eine Puppe umfassten, unsicheres Lächeln. Daneben ein Zeitungsfoto: der zerstörte Körper einer Katze im Gras. Das Bild war schwarzweiß und körnig, aber sie konnte erkennen, wo das Blut ins Gras gesickert war, wo man grob in Pelz und Fleisch gehackt hatte.

Und dann das letzte Foto, ein altes Polaroid. Vier Mädchen, die mageren Arme umeinandergeschlungen, grinsten in Knautschsamtkleidern und Doc Martens in die Kamera. Der Blitz hatte das Foto stark aufgehellt, es war auch von der Sonne ausgeblichen, aber ihre Augen wanderten zielsicher zu dem kleinsten und jüngsten Mädchen mit dem sorglosen, vertrauten Gesicht. *Stacey.*

Sadie.

Mum.

Sie spürte den Atem im Nacken, noch bevor die Dielen knarrten.

»Das hab ich für dich reingeklebt«, sagte Leanna.

2018

SIE KOMMEN kurz nach dem Mittagessen in Schottland an. Amber hat bisher geschlafen – auch wenn Greta sich da nie ganz sicher ist –, wird nun aber hellwach, zieht ein Bein unter sich und klopft mit dem anderen Fuß gegen den Sitz. Sie scrollt durch ihr Handy, die Sonnenbrille auf der Nase. Greta schaut sie von der Seite an und bemerkt, wie ihre Augen immer wieder zum Fenster wandern. Sie ist froh, dass Amber die Brille trägt – wenn Federica wüsste, wie nervös sie ist, als sie sich dem Cottage nähern, würde sie verlangen, dass man sie filmt.

Greta hat auch ein bisschen geschlafen, wenn auch unruhig. Sie hat geträumt, dass sie von der Taille abwärts nackt war, dass ein Mann aus den Schatten trat und kalte Finger auf ihre Haut legte. Dass er seine langen, schmutzigen Fingernägel hineinbohrte und ganze Fleischstücke herausgrub. Ein kleines Mädchen hielt ihre Hand und baumelte mit den Beinen.

Sie war mit einem Ruck aufgewacht, als Tom ihren Namen rief und ihr das Handy hinhielt, das am Armaturenbrett auflud.

»Dein Dad hat angerufen.«

Er hatte eine Nachricht auf der Mailbox hinterlassen. *Tut mir leid, dass ich dich verpasst habe. Wir gehen jetzt essen, aber magst du morgen mal anrufen? Wir würden gern deine*

Stimme hören. Vielleicht liegt es am Kater, doch als sie seine Stimme hört, kommen ihr die Tränen. Sie folgt Ambers Blick zu den Feldern und den Hügeln dahinter und versucht, nicht daran zu denken, was ihre Eltern von diesem Film halten werden.

Weihnachten vor zwei Jahren waren sie und Sebastian nach Dearborn geflogen, er zum ersten Mal seit Ende des Studiums. Sie war ins Wohnzimmer gegangen, ein Zimmer, das sie gewöhnlich nie benutzten, weil sie immer im umgebauten Hobbykeller aßen und fernsahen. Über dem Wohnzimmerkamin hatte Greta eingerahmte Artikel entdeckt, die ihr Bruder in Kabul, Bagdad und Damaskus geschrieben hatte. Und auf dem Ehrenplatz in der Mitte hing eine Rezension von *Meine Eltern sind Mörder* aus der Onlineausgabe der *Washington Post.* Ihre Eltern hatten sie ausgedruckt, sorgfältig ausgeschnitten, auf ein Stück Pappe geklebt und in einem silbernen Rahmen aufgehängt. Das Wohnzimmer war Gästen vorbehalten, und hier wurden ihre und Sebastians Verdienste ausgestellt, als wären es seltene Schätze.

Federica beugt sich vor, als der Wagen langsamer wird. »Ist das hier die richtige Abzweigung?«

Tom schaut aufs Handy. »Ich bekomme kein Update von der Karte. Kein Empfang.«

»Ja, das ist sie.« Amber klopft schneller mit dem Fuß gegen den Sitz. »Noch etwa eineinhalb Kilometer da lang.«

Gretas Eltern haben *Meine Eltern sind Mörder* nie gesehen. Und falls ihr Bruder den Film kennt, hat er es nicht erwähnt.

»Alles gut, Amber?« Federicas Sorge klingt aufgesetzt,

und sie schaut zu Tom, als wollte sie sich vergewissern, dass er die Kamera bereithält.

Greta erinnert sich, wie Danny Miller sie vor etwa einem Jahr angerufen hat, die Stimme belegt vom Alkohol. »Du hast mich dazu gebracht, all das zu sagen. Ich mochte dich, und du hast mich dazu gebracht, Sachen zu sagen, die ich nicht sagen wollte. Jetzt kennen alle mein Gesicht, die wissen Bescheid über meine Mom und meinen Dad und was sie getan haben. Die behandeln mich wie einen Freak. Wie soll ich jemals einen Job kriegen, Greta? Wie soll ich je davon loskommen?«

Der Wagen holpert über die unebene Straße. Die Bäume verdecken die Sonne. Amber dreht abrupt den Kopf zur Seite und schaut in den vorüberziehenden Wald. »Ja, alles gut«, sagt sie schließlich. Greta fragt sich, ob sie als Einzige hört, wie ihre Stimme zittert.

Sie denkt wieder an Tom, an letzte Nacht. *Du hängst zu sehr an ihr, das sehe ich genau.*

Später, nach dem vierten Glas Wein und vor dem ersten Kuss, hatte sie Tom noch einmal darauf angesprochen. *Was ist denn falsch daran, wenn man etwas empfindet? Macht das nicht einen großen Film aus? Dass er einem am Herzen liegt?*

Er hatte sich kopfschüttelnd abgewandt. *Ich mache mir keine Sorgen um den Film. Ich mache mir Sorgen, was er mit dir anstellt.* Er hatte sie wieder angesehen. *Diese Familie ist gefährlich. Es ist ganz anders als mit den Millers. Hier gibt es nichts mehr zu retten.*

Sie schaut zu Amber, als Federica langsamer wird und fluchend versucht, in eine steile Abzweigung einzubiegen. Sie verschaltet sich, der Motor heult auf. Amber betrachtet noch immer den Wald, ihre Unterlippe ist ganz weiß, so sehr bohren sich ihre Zähne hinein. *Hier gibt es nichts mehr zu retten. Aber es wird dich verändern.*

Der Große Mann holt Töchter.

»Ich habe auch keinen Empfang«, sagt Luca und wedelt mit dem Handy, als Federica anhält. »Scheiße, ich hoffe, Elke muss mich nicht dringend erreichen. Gibt es da drinnen WLAN?«

»Es gibt einige Stellen im Wald, an denen man Empfang hat«, sagt Amber, ohne sich umzudrehen. »Wenn man tief genug hineingeht.«

Luca schaut sie nervös an. Als Federica den Motor abstellt, schiebt er die Tür auf und geht ein Stück zurück, das Handy in die Luft gestreckt, den Rücken zum Wald.

Tom schiebt den Sitz nach vorn, damit sie aussteigen können. Er schaut Greta an, als Amber an ihm vorbeistreift. »Alles gut?«

Sie nickt. »Und bei dir?«

»Hab mich schon besser gefühlt«, sagt er grinsend. »Aber immerhin war ich früh im Bett.«

Sie wird rot und schaut zu Amber, die vor ihnen den Schotterweg entlanggeht. »Ja … tut mir leid, dass –«

»Greta.« Er fällt ihr ins Wort, der Mützenschirm taucht sein Gesicht in tiefen Schatten. »Mach dir keine Gedanken deswegen. Wir waren beide vollkommen hinüber.«

»Ja.« Sie will lächeln, versucht, nicht daran zu denken, wie seine Hände ihre Jeans hinuntergeschoben haben, wie sich sein T-Shirt in seinem Mund verfangen hat, als sie es ausziehen wollte. Will nicht daran denken, wie es gewesen wäre, heute Morgen mit ihm aufzuwachen, nachdem sich der Whiskynebel verzogen hatte und das Tageslicht hereinflutete und alle ihre Makel entblößt hätte.

Dann biegt sie um eine Kurve und sieht das Cottage zum ersten Mal. Der Loch dahinter ist weit und ruhig, am Ufer vereinzelte Häuser. Auf dieser Seite herrscht Wildnis: Bäume und Ginster, ineinander verschlungen, Ranken, die an den verblichenen Mauern des Hauses emporwachsen. Es wird nicht mehr vermietet, hat sie gelesen. Verkaufen können es die Eigentümer auch nicht. Nicht so sehr wegen des Verbrechens – das würde manche Käufer geradezu anlocken –, sondern wegen der Marktlage. Sie denkt beiläufig, dass sie gern hier leben würde, weit weg von allem, inmitten von Mauern, die allmählich in die Erde sinken. In einem Haus, über das sich allmählich ein grünes Leichentuch breitet.

Und dann sieht sie Amber, die auch hinschaut. Sie steht ganz still da, geradezu starr, wie aus Stahl. Sie hat die Fäuste geballt, die Lippen aufeinandergepresst. Die Sonnenbrille verbirgt ihre Augen. Federica umkreist sie wie ein Tiger, der seine Beute belauert, und als Tom mit der Kamera um die Ecke kommt, gleitet sie elegant aus dem Bild. Der Schotter knirscht unter seinen Füßen, das Sonnenlicht blitzt auf der Linse.

Amber betrachtet das Haus, schiebt die Sonnenbrille nach oben, dreht sich zur Kamera und sieht daran vorbei zu Greta.

»Es ist kleiner, als ich dachte«, sagt sie. Dann geht sie hinein.

2016

»DAS HAB ich für dich reingeklebt.«

Amber wich vor den Worten zurück, vor dem heißen, sauren Atem auf ihrer Wange. Sie verlor das Gleichgewicht und klammerte sich ans Geländer, rutschte ein paar Stufen hinunter, während sie Leanna anschaute.

»Was ist das?« Ihre Stimme klang seltsam – jung und verängstigt. Das Tagebuch war ihr vom Schoß gerutscht und polterte die Treppe hinunter. Sie hörte, wie es unten über den Boden rutschte.

»Dachte ich mir, dass du das wissen willst.« Leanna verschränkte die Hände, sie kniete noch auf der obersten Stufe. »Du bist so klug, Amber. Und so misstrauisch. Ganz anders als erwartet.«

»Du bist das«, sagte Amber. »Du bist das auf dem Bild. Sie haben deine Schwester –«

»Leider ja«, sagte Leanna, und Amber wartete nicht ab, bis sie weitersprach. Sie stand auf und stolperte die Treppe hinunter, rutschte mit den nackten Füßen auf dem Holz aus.

»Bleib stehen!«

Aber Amber blieb nicht stehen, sie wartete nicht ab, bis Leanna hinter ihr die Treppe heruntereilte. Sie war im Flur und rannte zur Tür, löste die Sicherheitskette so hastig, dass ihr ein Nagel mitten durchriss. Sie stieß die Tür auf, als

Leanna nach ihr griff, als ihre Finger sich in Ambers T-Shirt krallten.

»Amber, bitte –«

Das T-Shirt zerriss, als sie sich von Leanna löste und in die Nacht hinausrannte.

Miles konnte nicht schlafen, er hatte kein Auge zugetan. Er saß an der üblichen Stelle auf dem Sofa und hörte, wie Sadie über ihm umherlief. Er wünschte, sie würde sich hinlegen. Er drückte die Fingerspitzen an die geschlossenen Augen, versuchte, den pochenden Kopfschmerz zu verdrängen.

Jemand beobachtete sie. Sadie hatte recht gehabt, und Miles wusste, dass es ihn nicht hätte überraschen sollen.

Es war kurz vor drei. Miles stand auf und ging zum zwanzigsten oder dreißigsten Mal ans Fenster. Da – jemand trat in den bernsteinfarbenen Lichtkreis der Straßenlaterne, bis Miles das Gesicht *beinahe* erkennen konnte, es war nur durch eine Kapuze verborgen. Der Regen prasselte ans Fenster. Dann war die Gestalt verschwunden, wieder mit der Nacht verschmolzen.

Plötzlich durchflutete ihn heißer Zorn. Seine Füße bewegten sich, noch bevor er es begriffen hatte, etwas brannte in seiner Kehle. Er schaute sich nach einer Waffe um – etwas Filmischem, Befriedigendem, einem Baseballschläger oder Schürhaken, den sie nicht besaßen –, dann war er im Flur und rannte zur Tür, riss sie auf und stürzte auf die mondbeschienene Straße.

Das war nicht er. So benahm er sich nicht. Und doch fühlte sich dieser Zorn richtig an, wie eine Heimkehr.

Er stürmte in die Dunkelheit, spürte seinen Puls hinter den Augen, wo eben noch der Kopfschmerz gesessen hatte. Dann plötzlich hielt er Stoff und Fleisch in Händen, stieß die Gestalt gegen ein geparktes Auto, zerrte sie ins Licht. Stoßweiser Atem, Miles wusste nicht, ob es sein eigener war.

Er riss die Kapuze weg.

Ein Mann seines Alters, die dunklen Haare mit Gel zurückgekämmt, unrasiertes Kinn. Seine Augen tanzten nervös über Miles' Gesicht und die verlassene Straße. »Lassen Sie mich los.«

Der Zorn hämmerte in ihm, die Worte kamen mühsam heraus. »Wer sind Sie?«

»Sie können mich Leo nennen. Und ich hab gesagt, Sie sollen mich loslassen.«

»Sie haben *mein Haus* beobachtet. Meine *Frau.*« Miles ließ ihn trotzdem los. Seine Hände zitterten.

»Ja.« Leo richtete sich auf und strich sein Oberteil glatt. »Hab ich.«

»Wieso?«

»Weil man mich darum gebeten hat.«

Miles' Herz schlug schneller, das Blut donnerte in seinen Ohren. »Wer?«

Leo lächelte verhalten. »Ich glaube, das wissen Sie genau. Sie hat Ihnen E-Mails geschickt.«

SomeoneSpecial. Miles stützte sich an einem geparkten Auto ab. Er zwang sich zu sprechen und fragte sich, wo sein Zorn geblieben war. »Wer ist sie? Was will sie von mir? Von uns?« Alles um ihn stürzte zusammen. Es war vorbei. Die Mauer war durchbrochen, die Geister drangen herein.

»Es geht nicht um das, was sie will, sondern um das, was

sie hat.« Leo schaute sich wieder um, zog die Kapuze über. »Ich will Ihnen nichts tun, ich wollte Sie nur warnen. Amber ist in Gefahr.«

Wieder durchflutete ihn das Adrenalin, die Straße begann, sich zu drehen. »Was haben Sie mit meiner Tochter gemacht?«

»Nichts, gar nichts. Sie hat gesagt, ich soll Amber beobachten, etwas über sie herausfinden. Und alles über Sie. Ich hätte nie gedacht, dass sie so weit gehen würde. Ich dachte, es ginge um Sadie. Ich hätte nie erwartet, dass sie Amber etwas antun will.«

»Amber ist nicht hier.« Miles' Hände waren taub, er suchte die Taschen nach dem Handy ab. Er würde erst die Polizei und dann seine Tochter anrufen.

»Sie kapieren es nicht.« Leo trat vor, sein Atem roch widerlich nach Malz. »Amber ist bei ihr. Sie hat mir heute Morgen eine Nachricht geschickt, dass sie mich nicht mehr braucht. Es sei so gut wie vorbei. Die Schuld werde beglichen.«

Da begriff Miles, und es war, als hätte man ein Messer in ihn hineingestoßen. »Leanna? Leanna steckt dahinter?«

Leo wich zurück. »Sie müssen Amber suchen. Sie müssen sie warnen.«

»Wo ist sie?« Miles packte ihn wieder, aus Furcht, er könnte verschwinden, mit den Schatten verschmelzen. »Ist sie eine von ihnen? Eins der Westborough-Mädchen?«

»Sie haben es *gewusst.*« Leos Gesicht verzerrte sich, als er sich von Miles losriss. »Sie hatte so was geahnt, aber ich habe es nicht geglaubt.« Er spie die Worte förmlich aus. »Wie konnten Sie *so etwas* heiraten?«

»Sie kennen Sadie nicht.« Miles war überrascht, wie ruhig seine Stimme klang. Wie ihn die Hoffnung verließ. »Sie ist nicht mehr Stacey.« *Ich dachte, ich hätte sie gerettet*, wollte er hinzufügen. *Ich dachte, ich könnte sie retten.* Der große Miles Banner mit seinen akademischen Titeln, seinen veröffentlichten Aufsätzen über abweichendes Verhalten und dessen Ursachen, über die soziale Rehabilitation von Straftätern. Mit seiner jungen Frau, seiner ersten Liebe. Seiner ersten Fallstudie.

»Holen Sie sich Ihre Tochter zurück. Sie hat das alles nicht verdient.« Dann rannte sein Besucher davon.

Miles wandte sich zum Haus und sah Sadie dort stehen.

Amber lief zum Waldrand, ihre Füße bluteten, der Wind zerrte an ihrem zerrissenen T-Shirt. Die Schatten neigten sich ihr entgegen, um sie zu verschlucken, doch Leanna kam näher. Leanna folgte ihr ins Dunkel.

2018

SIE SITZT auf der Treppe, und alle drängen sich zu ihr hinein. Federica und Tom schauen zu ihr auf wie Betende auf einem Renaissancegemälde. Luca reckt sich, um den Mikrophongalgen zu richten. Greta hält Scheinwerfer und Reflektor wie Fackeln in die Höhe. Amber weint, und alle tun, als bemerkten sie es nicht. Amber weint, und sie filmen einfach weiter.

»Du bist weggelaufen«, sagt Federica. »Als du gemerkt hast, dass die Frau, die sich Leanna nannte, dich verfolgte, bist du in den Wald gelaufen.«

Amber nickt.

»Es gab noch eine Seite im Tagebuch, oder?«, fragt Federica, und ihre Stimme klingt unerträglich weich, die Wörter sinken ins Dunkel, als wäre es Treibsand. »Wusstest du das?«

»Ich habe sie nicht gelesen. Ich war zu sehr damit beschäftigt, um mein Leben zu rennen. Komisch, was?«

»Ich habe eine Kopie davon«, sagt Federica und holt triumphierend ein gefaltetes Blatt aus der Tasche. Greta spürt, wie ihr Blut in den Adern gefriert. Wo hat sie das gefunden? Das Tagebuch galt lange als verloren – es war eine der größten Schwächen der Verteidigung, bis Ambers Anwaltsteam es in letzter Minute im Wald entdeckte, wo sie es versteckt hatte. Wo es von dem vergifteten Haus zusammen mit all seinen Geheimnissen bewacht wurde. Und Federica hat sich die wichtigste Seite beschafft.

Sie hält das Blatt in die Kamera, als würde sie einen Zaubertrick vorführen. Oder einen schmutzigen Journalistentrick, denkt Greta, mit dem sie eine Reaktion hervorkitzeln will. Manipulieren. Ausbeuten. Sie spürt, wie sich ihr Mund öffnet, wie sie Luft holt. So muss es nicht laufen. Das lässt sie nicht zu.

Doch Amber zuckt nicht mit der Wimper, als sie das Blatt sieht, beugt sich vor und nimmt es entgegen, reißt trotz der Tränenspuren im Make-up begierig die Augen auf.

»Würdest du uns das vorlesen?«, fragt Federica ebenso begierig. Greta würde den Scheinwerfer am liebsten an die Wand werfen. Sie will weg hier.

Aber sie will auch hören, was auf der Seite steht.

2016

DIE DUNKELHEIT zwischen den Bäumen war anders als die im Haus. Sie lebte, ihre Schatten bewegten sich und atmeten. Äste und Zweige neigten sich ihr entgegen, schnappten nach ihr und klatschten gegen ihre Haut, zogen sie tiefer in den Wald hinein. Der Boden war feucht unter ihren Füßen, ihre Haut so eiskalt, dass sie die Wurzeln und Steine, die sich in ihre Sohlen bohrten, gar nicht spürte.

Der Weg führte steil nach oben, die Bäume rückten näher, und immer noch hörte sie Leanna hinter sich, ihren rauen Atem und die knackenden Zweige.

»Du musst mit mir kommen«, hatte Leanna gerufen, als Amber in den Wald gerannt war. »Das musst du doch einsehen. Es gibt keinen anderen Weg.«

Der einzige Weg führte nach oben, geradeaus, geradewegs in die Schatten hinein.

Billie stand am offenen Schlafzimmerfenster und hörte, wie ihre Mutter und ihre Freundin sich durch den Wald kämpften. Sie wusste, sie musste helfen.

Sie war erstaunlich ruhig. Zu allem bereit. Sie trug schon dicke Socken und zog die Stiefel über, die aufgeschnürt am Bettende standen. Sie zog einen Pullover über den Schlafanzug und tastete nach der Taschenlampe. Dann ging sie langsam die Treppe hinunter und zur Tür hinaus.

Sie kannte die Geschichte von Anna Louise schon ewig; früher hatte sie etwas Märchenhaftes gehabt, man hatte sie ihr im rosigen Licht der Nachttischlampe ins Ohr geflüstert und mit einem Kuss auf die Stirn beendet. Anna-Lou und die Hexen. Anna-Lou und ihre Rächer. Sie wusste noch, wie sie mit weit aufgerissenen Augen unter ihrer Mulan-Bettdecke gelegen und begriffen hatte, dass sie selbst zu der Figur aus der Geschichte heranwachsen und die Tochter werden sollte, die gemeinsam mit ihrer Mutter die Hexen erlegte.

Sie wusste, dass ihre Mutter sie für dumm hielt. Oder naiv. Sie wusste auch, dass ihre Mutter nicht sie selbst war, dass etwas mit ihr nicht stimmte – dass sie anders dachte als andere Menschen. Besessen war wohl das richtige Wort. Billie wusste auch, dass Leanna sie unterschätzte und glaubte, sie verstünde nicht, worum es ging. Darum war Leanna auch nie auf die Idee gekommen, dass Billie eigene Pläne haben könnte, um das Feuer zu löschen, das schon lange vor Billies Geburt in ihrer Mutter gebrannt hatte.

Die Nacht war kühl, aber nicht kalt, und sie war gut gerüstet. Sie schaltete die Taschenlampe ein, der Strahl durchschnitt die Dunkelheit. Sie hörte ein Knacken, gefolgt von einem Schrei, dann rutschte jemand den Abhang hinunter.

Billie trat in den Wald. Sie wusste, sie musste es zu Ende bringen.

Sadie schaute ihren Mann an, als sähe sie ihn zum ersten Mal. Er versuchte, Amber zu erreichen, gab schließlich auf und verständigte die Polizei. Sie beobachtete, wie er seine Nachrichten durchging und die Adresse des Hauses angab, die Leanna ihm gemailt hatte. Als er auflegte und sie anschaute, war sein Gesicht blass und erschöpft.

»Du hast es gewusst«, sagte sie, und er nickte. »Woher?«

»Sadie …« Miles streckte ihr die Hand entgegen, doch sie wich ruckartig zurück. Ihr Herz hämmerte, ihr Mund war trocken.

»Sag's mir.«

Er nickte hilflos. »Es ist nicht deswegen, Sadie, das schwöre ich dir. Ich habe dich auch so geliebt. Ich habe dich sofort geliebt und gespürt, dass du etwas vor mir verbirgst, und ich wollte dich so gerne kennen. Alles über dich erfahren. Also …« Er fuhr sich mit der Hand durch die Haare und wandte sich ab. »Manchmal habe ich mir deine Sachen angesehen. Wenn du unter der Dusche oder zur Vorlesung gegangen warst. Ich wollte jedes Detail deines Lebens kennen.«

»Du hast nach meinen Geheimnissen gesucht.«

»Es –« Er überlegte es sich anders. »Ja. Ich habe mal eine alte Geburtstagskarte gefunden. *Für Stacey, alles Liebe von Mum und Dad.* Ein paar Wochen später warst du betrunken und hast erwähnt, du seist in Westborough aufgewachsen. Da fügte sich alles zusammen.«

»Warum hast du es mir nicht gesagt?«

Er schaute sie mit weit aufgerissenen Augen an. Flehend. »Ich habe gehofft, dass du es mir irgendwann erzählst, dass du lernst, mir zu vertrauen.« Er wollte wieder die Hand ausstrecken, doch sie wich weiter zurück, und er wandte sich ab. »Und dann bist du schwanger geworden. Das Wissen wurde etwas Besonderes für mich. Es war … ich weiß nicht. Es war, als würdest *du* dein Geheimnis bewahren, um *mich* zu beschützen – und ich bewahrte *mein* Geheimnis, um *dich* zu beschützen. Verstehst du? Es war das Band zwischen uns. Es war das, was uns einander am nächsten brachte.«

»Wie konntest du ein *Kind* mit mir wollen? Du wusstest –«

Dann wurde es ihr zu viel. Sie schaute zu Boden und war wieder Stacey, zehn Jahre alt und unbesiegbar. Sie schaute zu Boden, und die kleine Anna stand neben ihr. Sie hielt ihre winzige Hand. Sie kniete sich neben Anna, und die Straße wurde zu Gras. Die großen blauen Augen mit ihren blonden Wimpern schauten in ihre. Der Kopf war unversehrt, das Kleid wieder sauber.

Der Große Mann holt Töchter. Das Flüstern eines Kindes, Atem in ihrem Nacken, obwohl das Mädchen neben ihr sie unverwandt anschaute und lächelte. Ein Vogel segelte hoch über ihnen durch den luftlosen Himmel, und Sadie deutete hinauf, bis das Kind lächelte. Sie erhob sich und führte das Kind in den Wald, wo die anderen warteten. Wo Justines Gelächter die Vögel aufschreckte.

Als Sadie wieder allein war, spürte sie, wie die kleinen kalten Finger ihr entglitten. Sie spürte, wie Miles seine Hand fest um ihre Schulter schloss.

»Ich habe gelacht«, sagte sie. »Ich habe ihr Gesicht gestreichelt und gelacht, als die anderen das Messer in sie stießen.«

»Du hast sie nicht getötet, Sadie«, sagte Miles, obwohl beide spürten, wie kraftlos diese Lüge war. Er schaute aufs Handy. »Ich sollte die Polizei zurückrufen.«

Sadie war wieder sie selbst, ihr neues Selbst, nicht mehr

Stacey, und Kälte schloss sich um ihr Herz, Panik kribbelte auf ihrer Haut. »Warum hätte sie dir die richtige Adresse geben sollen?«, fragte sie und meinte, ein Geräusch zu hören. Ein ganz schwaches, mädchenhaftes Kichern aus den Schatten.

2018

Es wird Zeit, Sadie. Ich kann nicht länger warten. Ich will nicht länger warten. Ich bin bereit.

Ich kann mich deutlich an sie erinnern. Du auch? Wie blond ihre Wimpern an den Spitzen waren. Wie sich ihr Mund zusammenzog, wenn sie schlief, als würde sie selbst im Traum noch Küsschen geben. Wie sich ihre Hand in meiner anfühlte. Ich frage mich, ob du dich auch daran erinnerst. An die arme Anna, die du in den Wald geführt hast.

Du bist nicht die Einzige, das ist mir klar. Ich habe nach euch allen gesucht. Ich wollte dich finden, um zu sehen, was aus den Mädchen geworden war, die meine Schwester getötet und meine Familie zerstört hatten. Denn ihr habt sie zerstört. Meine Eltern sind nie über Anna hinweggekommen, haben nie aufgehört, an die Dinge zu denken, die ihr Anna angetan habt. Mein Vater erwachte danach in jeder Nacht seines Lebens schreiend aus Albträumen. Meine Mutter konnte nur schlafen, wenn sie betrunken war, und wenn sie wach war, ließ der Alkohol sie Dinge sehen, die kein Mensch ertragen sollte. Ich bin mein Leben lang die Tochter gewesen, die das nicht ausgleichen konnte; die Schwester, die den einzigen Menschen, der ihr anvertraut worden war, nicht beschützen konnte. Die Schwester, die eines Nachmittags gerade so lange wegschaute, dass du dich anschleichen und alles zerstören konntest. Nur weil ihr so verzweifelt an ein Schulhofmärchen glauben wolltet.

Ich habe alles darangesetzt, dich zu finden, als wäre es eine der Hausaufgaben, die ich in der Schule immer so gut erledigt habe. Im Laufe der Jahre stieß ich auf Spuren. Nachsendeadressen, eine vergessliche ältere Verwandte, Kontakte zu einer alten Freundin. Letztlich war es gar nicht so schwer. Willst du wissen, was der Große Mann für deine Freundinnen getan hat? Was der Preis für das Leben meiner Schwester war? Das Mädchen, das du Helen nennst, wohnt in einer Sozialwohnung, ist ein Messie mit Sammeltrieb und einer lähmenden Agoraphobie. Ihre Schwester Marie ist mit achtunddreißig zweimal geschieden und Alkoholikerin. Das Mädchen, das du als Justine kanntest, vor dem ihr euch alle so gefürchtet habt, starb mit zweiundzwanzig an einer Überdosis Heroin.

Aber du. Du hast versucht zu leben. Du hast Liebe gefunden, ein Kind bekommen, obwohl du wusstest, dass tief in dir etwas Verdorbenes lauert. Eine so abscheulich selbstsüchtige Tat, dass selbst deine Eltern die Verbindung zu dir abgebrochen haben. Eine Tat – noch eine Tat –, die nicht ungesühnt bleiben durfte.

Und da sind wir nun, in diesem kleinen, perfekten Haus tief im Wald. Ich werde das Messer aus der Tasche holen. Es ist nicht die sauberste Lösung, besitzt aber eine gewisse ausgleichende Gerechtigkeit.

Ich glaube, danach hast du dich die ganze Zeit gesehnt. Ich glaube, du hast an jenem Tag erkannt, dass ihr die Waage auf eine ungeheuerliche Weise geneigt hattet. Und hast seitdem auf deine verdrehte Weise versucht, es wiedergutzumachen, die Schuld zu begleichen. Du hast dich damit gequält, warst mehr Macbeth als Lear. Du warst eine Tigertochter,

Sadie, gewiss, aber jetzt bist du nur noch eine Frau, die das Blut nicht von ihren Händen waschen kann.

Das Problem ist, dass du unglaublich, jämmerlich, verachtenswert schwach bist. Das warst du schon immer. Die kleine Stacey, das Schaf. Die kleine Stacey, die etwas Besonderes sein wollte. Du konntest deine Schuld nie begleichen, das Unrecht nicht wiedergutmachen.

Ich aber kann es.

Ich werde dich befreien, Sadie. Ich werde dir das nehmen, was du uns genommen hast, und dann bist du frei. Ich hoffe, dass du das verstehst, während du das hier liest. Dieses Ende ist ein Anfang für uns alle. Du hast an den Großen Mann geglaubt, aber der Große Mann holt keine Töchter. Das habt ihr getan. Und ich werde es auch tun.

Jetzt ist es Zeit, den Stift wegzulegen und das Messer in die Hand zu nehmen. Ich schreibe das auf, damit du es auch wirklich verstehst, damit du ohne jeden Zweifel erkennst, dass der Tod deiner Tochter ein Ereignis ist, das zu dir gehört. Ein Ausgleich.

Jetzt werden wir beide frei sein.

Die Worte hallen noch durchs Haus. Greta geht von einem dunklen Zimmer ins nächste, ihre Hand verweilt über den Lichtschaltern. Sie fühlt sich vergiftet von dem, was sie gerade gehört hat, obwohl sie die Fakten kennt und weiß, wie man die Lücken füllen kann. Es ist nicht der Hass in den Worten, der sie abstößt, sondern mitzuerleben, wie sie Ambers Mund verließen, wie Ambers Knöchel sich weiß um das fotokopierte Blatt schlossen. Sie hat gesehen, wie Federica das Treppengeländer umklammerte, wie sie ihren Triumph auskostete. Wie Tom die Mundwinkel nach unten zog, die Miene ausdruckslos und höflich, als hätte man ihm bei einer Essenseinladung etwas Verdorbenes vorgesetzt.

Sie steht auf der Schwelle eines Schlafzimmers und horcht. Amber hat sich entschuldigt und ist nach draußen gegangen. Greta hat gesehen, wie ihre Hände zitterten, als sie an der Haustür herumfummelte. Sie kann hören, wie die anderen unten Tee machen; der Wasserkocher blubbert, Federica spricht leise und aufgeregt. Sie ist stolz, dass sie den Trick mit dem Brief durchgezogen hat. Amber, die die Worte einer Frau vorliest, die sie ermorden wollte, an fast genau der Stelle, an der es damals geschah – über diese Szene werden die Leute online posten, die Kritiker werden sie lieben und hassen und teilen. Luca murmelt zustimmend, als Federica etwas sagt, ein Löffel klirrt, eine Kühlschranktür öffnet sich quietschend. Und hier oben, um sie herum, knarrt das Haus und setzt sich. Ein kühler Lufthauch streicht flüsternd über ihren Nacken. Sie legt sich auf das Bett, in dem Amber zwei Jahre zuvor wach gelegen hat, und schaut an die Decke.

Wieder und wieder sieht sie Federicas Gesicht, als sie das Blatt hervorholt: *Überraschung!* Sie denkt an das, was Tom in L. A. gesagt hat, während die Möwen sie umkreisten. *Du weißt, was passiert. Du kennst Federica, sie wird Amber den Boden unter den Füßen wegziehen. Am Ende haut sie einen immer übers Ohr.*

Das wird sie, Greta weiß es genau. Federica wird sich nicht damit zufriedengeben, Sadie Banner im schützenden Schatten zu lassen; sie wird nicht ruhen, bis sie sie ans Licht gezerrt und aus jedem Blickwinkel betrachtet hat.

Sie begreift nicht, dass Amber ihre Mutter beschützen will, so wie Sadie sie früher beschützt hat. Indem Sadie ihre Anonymität aufgab und zur Boulevardpresse ging, hatte sie die Welt auf die schreckliche Wahrheit hinter dem Mord aufmerksam gemacht, ihn mit den Hexen von Westborough in Verbindung gebracht. Darum war die öffentliche Meinung von Abscheu zu Mitgefühl mit der Eisprinzessin Amber Banner umgeschwenkt. Indem Sadie Banner das Leben aufgab, das man dem Mädchen namens Stacey geschenkt hatte, gab sie Amber die Chance, ein neues Leben zu beginnen.

Im Flur knarrt ein Dielenbrett, die Geräusche der anderen dringen herauf, sie trinken draußen Tee. Federica schnaubt vor Lachen, als Luca etwas sagt. Toms knurrige Stimme, die Worte klingen gedämpft. Alles geht einfach weiter. Der kühle Lufthauch ist zurück, er leckt wieder über ihre Haut.

Sie denkt an die Mail, die Federica ihr weitergeleitet hat. Jemand behauptet, der Mann zu sein, den Amber als Leo gekannt hat. Für die passende Summe werde er den Mund aufmachen, will aber anonym bleiben. Greta hat nun die Aufgabe, seine Behauptungen zu überprüfen und herauszufinden, ob dies wirklich der Mann ist, der für Geld mit einer Sechzehnjährigen geschlafen und sie und ihre Familie gestalkt hat. Seine Verbindung zu Leanna wurde nie überprüft, obwohl eine Boulevardzeitung während des Prozesses behauptete, es handle sich um den siebenunddreißigjährigen Lee Mitchell. Der Mann wurde wegen bewaffneten Raubüberfalls und sexueller Nötigung gesucht und hatte früher in der Werkstatt gearbeitet, die Leannas Vater David

Weatherall gehörte. Greta fragt sich, ob Federica die Informationen an die Polizei weitergeben oder ihn zuerst filmen wird, falls er tatsächlich der Gesuchte sein sollte.

Sie steht auf und geht ans Fenster, zieht den durchscheinenden Vorhang zurück. Von hier aus kann man den Loch nicht sehen – nur den dunklen Wald. Davor ein Baum, aus der Erde gerissen, die Wurzeln mit Moos überwachsen. Der Wald scheint sich endlos zu erstrecken, die Bäume wirken blass, die Sonne erreicht sie nicht, alles ist still und lautlos.

Greta lehnt den Kopf an die Scheibe und sieht, wie eine Gestalt zwischen den Bäumen umherschleicht, ins schwache Licht und wieder ins Dunkel tritt. Sie versucht, nicht an Ambers bebende Stimme zu denken, mit der sie Leannas letzte Worte an Sadie vorgelesen hat. *Jetzt werden wir beide frei sein.* Sie fragt sich, ob das je der Fall sein wird.

2016

AMBER HATTE versucht, das Licht des Handys mit dem Ärmel zu verdecken, doch ihre zitternden Finger waren zu langsam. Sie hatte gehört, wie Leanna gestürzt war, doch sie musste wieder aufgestanden sein und einen Blick auf das Licht erhascht haben. Amber konnte nämlich hören, wie sie den Abhang heraufkam, wie die Zweige laut unter ihren Füßen knackten. Sie kämpfte sich tiefer in den Wald, rutschte mit den nackten Füßen auf dem Steilhang aus, drückte mit dem Daumen blindlings aufs Display. Sie prallte blind gegen einen Ast und schnitt sich Stirn und Wange auf. In den kommenden Tagen würde sich eine violette Sturmwolke über ihrem Auge bilden. Die Narbe würde sehr viel länger bleiben.

Und hinter ihr immer die Schritte.

»Na los, Amber«, rief Billie spielerisch. »Es ist zu dunkel, um Versteck zu spielen. Hast du Angst?«

Sie rutschte beinahe in eine Spalte, die sich plötzlich vor ihren Füßen auftrat, ruderte mit den Händen. Billie. Die tollpatschige Billie suchte nach ihr. Als wäre das wahre Leben in einen Albtraum eingedrungen, hätte ihr signalisiert, dass sie aufwachen musste. Sie konnte sich umdrehen und um Hilfe rufen –

»Ammmmber.« Billies Stimme wirkte gepresst und fremd. Ihre Schritte klangen vorsichtig, als horchte sie auf

Amber, wollte sie orten. Kein Tollpatsch mehr. Noch eine Maske war gefallen.

Ambers Atem ging heftig, sie schob einen nackten Fuß über die Kante. Da, ein Vorsprung. Darunter ging es in die Tiefe, kühle Luft stieg auf. Billie kämpfte sich durch ein nahe gelegenes Gebüsch. Amber kauerte sich hin, schob den Körper über die Kante. Ihre Hände ertasteten etwas, das sich wie Knochen anfühlte, aber es waren nur Baumwurzeln. Und dann das Nichts, eine Furche im Boden, in der sich das Wasser beharrlich vorarbeitete und zum Loch hinunterströmte. Sie drückte sich in die Böschung, in den Hohlraum zwischen zwei dicken Wurzeln, spürte die eisige Umarmung des Bachs, der über ihre Füße spülte. Sie blickte auf ihr Telefon herab, doch es zeigte immer noch kein Netz an.

Ein Schritt über ihr – näher als erwartet, messerscharfe Angst durchzuckte sie. Erde rieselte ihr auf Kopf und Schultern. Billie mit dem schniefenden Atem, den schweren Schritten. »Ich weiß, dass du hier bist, Am«, sagte sie sanft. »Du solltest jetzt einfach rauskommen.«

Ein metallisches Geräusch erklang, wie Nägel auf einer Tafel, als Billie mit dem Messer an der Baumrinde entlangfuhr. Amber bewegte sich nicht, atmete nicht einmal. Das Laub um sie herum begann zu flüstern – doch Billie schien es nicht zu hören.

»Soll ich dir eine Geschichte erzählen? Sie ist gut. Vor Jahren gingen zwei Mädchen in einen Wald, der diesem hier sehr ähnlich war. Eine war ein bisschen jünger als wir beide, die andere fast noch ein Baby.« Wieder das Kratzen. »Sie gingen Hand in Hand in den Wald, aber nur eine von ihnen kam wieder heraus. Du weißt ja sicher, wer das war, denn ein paar Jahre später bist du *aus ihr* herausgekommen.«

Amber tastete mit der Hand über den feuchten Boden, suchte nach etwas, das scharf oder schwer genug war. Moos, Kiesel, etwas Fedriges, Feuchtes, nichts, das sich als Waffe eignete. Und doch wuchs etwas in ihr, das lauter und mächtiger war als die Angst, das ihre zitternden Hände beruhigte, das sich neu und dennoch zutiefst vertraut anfühlte und verdächtig an gespannte Erwartung erinnerte.

Irgendwo am Abhang brach ein Zweig, der Wind zischte durch die Bäume. Billie machte ein paar Schritte, ihre Stiefel stapften durch den Morast. Die Stille schien ewig zu dauern, und Amber konnte noch immer nicht atmen.

»Nein«, sagte Billie und kam zurück. »So einfach kommst du nicht davon, Amber. Dieses Messer wird dich finden. So wird es enden. So befreie ich sie.« Sie machte einen Schritt nach vorn, stolperte an der Kante, wieder rieselte Erde herunter.

Amber richtete sich auf und schloss die Hand um Billies Knöchel. »Versuch's doch.«

Dann zog sie Billie zu sich in die Schlucht.

2018

GRETA FINDET sie am Rand der Schlucht, der Schatten eines Astes breitet die Finger über ihren Rücken. Die Luft ist muffig, es riecht nach wildem, ungezähmtem Wachstum, und ein Vogel zwitschert zögernd hoch in den Bäumen.

»Früher gab es hier Wölfe«, sagt Amber, ohne sich umzuschauen. »Das hat mir mein Dad erzählt.«

Greta setzt sich neben sie.

»Ich schlafe wenig«, fährt Amber fort. »Das habe ich dir erzählt, oder? Er wohl auch, nach allem, was passiert ist. Dann rief er mich oft an, und wir haben die ganze Nacht geredet.« Sie schaut den Abhang hinunter zum Haus. »Ich hatte Albträume von diesem Wald.« Sie zuckt mit den Schultern. »Keine Ahnung, wieso er geglaubt hat, das mit den Wölfen würde mir helfen.«

Greta lächelt. »War er da schon ausgezogen?«

»Ja.« Ein weiterer Vogel gesellt sich hinzu, er klingt schriller und hartnäckiger. »Mum hat gesagt, sie hätte ihm zu weh getan. Aber ich glaube, in Wahrheit konnte sie ihm nicht verzeihen, dass er ihr nie gesagt hat, dass er von ihrer Vergangenheit wusste, dass er ihr nicht geholfen hat, es zu verarbeiten, zu erkennen, dass die Dinge, die sie in den Schatten sah, sie nicht verletzen konnten.«

»Hast du ihm verziehen?«

Amber schürzt die Lippen, ihre Augen werden schmal. »Ich denke schon«, sagt sie schließlich. »Sie haben beide Scheiße gebaut. Es ist wie in dem Gedicht, oder?«

»Larkin?«

»Weiß nicht, vermutlich.« Amber lehnt sich gegen einen Baum und schaut Greta an. »Ich werde euch nie geben, was ihr haben wollt, nur damit du das weißt.«

»Und was wollen wir?«

»Ihr wollt Tränen, ihr wollt hören, dass meine Mum böse ist und mein Dad wollte, dass sie verrückt bleibt, und dass beide mein Leben zerstört haben. Ihr wollt eine Show. Aber weißt du was, Greta? Die Kamera läuft nicht. Ihr werdet nicht erfahren, ob ich etwas bereue oder ob ich traurig bin, und ihr werdet euch bei der ganzen Sache nicht besser fühlen.«

Greta steht auf und betrachtet den Baum, an dem Amber lehnt. In seinem Stamm sind schwache Narben zu erkennen, überkreuzte Linien auf der Höhe ihrer Schulter, und sie fährt mit dem Finger darüber. Es ist Zeit wegzugehen, denkt sie. Vielleicht nach Deutschland. Oder nach Jordanien, falls ihr Bruder sie bei sich haben will. Auf die Fidschi-Inseln. Nach Hongkong. Überallhin, nur weg von diesem dräuenden, stinkenden Wald, dem lehmbraunen Bach.

»Ich hätte sie nicht töten müssen«, sagt Amber und schaut in die Schlucht hinunter. Als Greta nicht antwortet, sieht sie sie an, kneift die Augen zusammen. »Wirklich nicht. Billie war ungeschickt und nicht ganz dicht. Sie hätte mir nichts getan. Ich hätte sie einfach herunterziehen und weglaufen können, sie hätte mich nicht eingeholt.«

»Das kannst du nicht wissen.«

Amber lächelt. »Komm schon, Greta, du hast doch den Bericht des Leichenbeschauers gelesen. Du hast gehört, was der Staatsanwalt vor Gericht gesagt hat. Hört sich das nach Notwehr an?«

Greta widersteht dem Drang, die Augen zu schließen, die Erinnerung an die Fotos zu verdrängen, auf denen Billies bläuliche Haut und der Einstich zu sehen waren. »Ich glaube, dass du alles sein willst, nur kein Opfer.«

Amber lacht halbherzig »Vielleicht kennst du mich ja doch, Gee.«

Greta tastet wieder die Narben in der Rinde ab und stellt sich vor, wie Billie zwei Jahre zuvor in den letzten Minuten ihres Lebens hier gestanden hat.

»Ich habe sie besucht«, sagt Amber. »Ich habe Leanna – Lucy – im Gefängnis besucht.«

»Warum?«

Amber zuckt mit den Schultern. »Weil ich sie sehen wollte. Allein. Es ist anders, wenn der ganze Gerichtssaal zuschaut.«

»Sie wollte dich töten.«

»Hat sie aber nicht.«

»Weil sie gestürzt ist und sich zweimal das Bein gebrochen hat.«

Amber schüttelt den Kopf. »Klingt fast, als wärst du auf meiner Seite.«

»Was hat Lucy gesagt?«

Der Wind peitscht durch die Bäume, die Blätter zittern. Amber schaut zu den Ästen empor, ihre Hand zupft am Ausschnitt des Kapuzenpullis.

»Sie hat mich gefragt, ob ich jetzt etwas Besonderes sei.«

Ein Vogel ruft von einem Baum weiter oben am Hang, ein rundes, trällerndes Gelächter.

»Greta?«, ruf Federica von weitem. Amber steht auf und wischt sich die Hände an der Jeans ab.

»Komm, wir gehen zurück. Ich bin ohnehin am Verhungern.«

Greta lässt sich von ihr bergab führen. Als der Vogel wieder ruft, schaut sie zurück zum Wald mit seinen dunklen Nischen.

Die Silhouette eines Mädchens lugt hinter einem Baum hervor.

Eine Hand legt sich sanft auf seinen Kopf.

Zieht es zurück in die Schatten.

2016

SIE FANDEN sie am Rand des Lochs, als die Sonne aufging. Ihr Schlafanzug war blutgetränkt, das Wasser leckte an ihren Füßen. Das Rot trieb langsam mit den Wellen davon. Ihre Hand umklammerte das Messer. Sie stand mit dem Rücken zu ihnen, als man einen Polizeibeamten in den Wald schickte; zwanzig Minuten später stolperte er hervor und erbrach sich auf den Weg.

Sie fanden Leanna in einer weiteren Schlucht unten am Hang, ein gesplitterter weißer Knochen drang durch ihre blutgetränkte Jeans. Ihr Gesicht war grau, der Puls schwach. Sie wickelten beide Frauen in Decken aus Silberfolie und bugsierten sie in zwei Krankenwagen, während das Blaulicht zwischen den Bäumen flackerte und der Himmel in malvenfarbenen Streifen allmählich hell wurde.

Türen wurden zugeschlagen, Funkgeräte knisterten, die Fahrzeuge mit ihren grellen Neonstreifen umrundeten langsam den Loch. Ein einsamer Fischer schaute vom felsigen Ufer aus zu. Das Foto auf seinem Handy zeigte ein Mädchen in Handschellen und einem Pyjama, der schwarz von Blut war.

Nacheinander bogen sie auf die Straße, ließen die Schlaglöcher hinter sich, und als sie in Richtung Crieff beschleunigten, erschienen erst ein und dann zwei Balken auf Ambers Handy, das sie noch immer mit ihrer blutigen, schmutzigen

Hand umklammerte. Dann erwachte es zum Leben und meldete eine Nachricht nach der anderen.

Mum.

Mum.

Mum.

Miles und Sadie warteten auf der Polizeiwache, als man sie freiließ. Sie waren die Nacht durchgefahren, waren längst unterwegs gewesen, als der Anruf kam. Man hatte Amber ausgezogen und Abstriche gemacht, ihre Finger auf Stempelkissen gedrückt und über offizielle Formulare gerollt. Danach musste sie in der kleinen Polizeiwache warten, während man im Cottage nach Hinweisen suchte.

Als ihre Eltern in der Tür erschienen, stand Amber auf, wirkte zum ersten Mal seit langer Zeit unsicher.

»Kleines«, sagte Miles weinend, doch Amber ging nicht zu ihm. Sie schaute ihre Mutter lange an und nahm sie in die Arme.

»Ich habe was Schlimmes getan.«

Sadie schüttelte den Kopf. Sie umarmte ihre Tochter behutsam und führte den Mund ganz nah an ihr Ohr. Sie sagte, Amber wisse gar nicht, was schlimm sei.

Amber lehnte den Kopf gegen den ihrer Mutter, ihr Atem fuhr seidig und kühl über Sadies Haut.

»Ich habe ihm Billie gegeben, Mum«, flüsterte sie.

Also waren sie zu zweit. Sadie ergriff die Hand des Kindes und ging hinaus ins Tageslicht.

Zusammen gingen sie hinüber zu den Bäumen.